LE NOUVEAU

DU MÊME AUTEUR
AUX ÉDITIONS ACTES SUD

Dans la collection “Actes Noirs” et en Babel noir

LA MAISON OÙ JE SUIS MORT AUTREFOIS (prix Polar international de Cognac), 2010 ; Babel noir n° 50.

LE DÉVOUEMENT DU SUSPECT X, 2011 ; Babel noir n° 70.

UN CAFÉ MAISON, 2012 ; Babel noir n° 97.

LA PROPHÉTIE DE L'ABEILLE, 2013 ; Babel noir n° 128.

L'ÉQUATION DE PLEIN ÉTÉ, 2014 ; Babel noir n° 157.

LA LUMIÈRE DE LA NUIT, 2015 ; Babel noir n° 173.

LA FLEUR DE L'ILLUSION, 2017 ; Babel noir n° 204.

LES DOIGTS ROUGES, 2018 ; Babel noir n° 237.

LE NOUVEAU, 2021 ; Babel noir n° 291.

LES SEPT DIVINITÉS DU BONHEUR, 2022.

Dans la collection “Exofictions” et en Babel

LES MIRACLES DU BAZAR NAMIYA, 2020 ; Babel n° 1780 (prix “Lire en Poche” de littérature traduite).

Titre original :
Shinzanmono
Éditeur original :
Kōdansha Ltd, Tokyo

ISBN 978-2-330-17644-0

KEIGO HIGASHINO

LE NOUVEAU

roman traduit du japonais
par Sophie Refle

BABEL NOIR

LA FILLE DU MAGASIN DE BISCUITS

1

— On dirait qu'il commence à faire moins chaud. Il était temps. Dire qu'on n'est qu'en juin…

Satoko, qui venait de remettre de l'ordre dans l'éventaire, revint dans le magasin.

— Mamie, tu viens juste de sortir de l'hôpital, tu ne dois pas faire tant d'efforts ! Si quelqu'un te voit et le dit à papa, je vais avoir des ennuis, moi, dit Nao en faisant la grimace.

— Mais je vais bien, enfin ! Je ne suis plus malade, puisque je suis revenue à la maison, et je peux travailler normalement. Depuis toujours on dit, qui ne travaille pas ne mange pas. D'ailleurs, il faut que tu te dépêches d'apprendre à gagner ta vie, ma petite Nao !

— Pff… Tu recommences, lâcha celle-ci en croquant un biscuit de riz à la mayonnaise.

Satoko se donna une tape à la hanche tout en lui décochant un regard noir.

— Je trouve incroyable que tu aimes ces biscuits à ce point. Tu es née dedans, tu en manges depuis toujours, mais tu ne t'en lasses pas !

— Celui-là, c'est une nouvelle sorte.

— Nouvelle sorte ou pas, un biscuit de riz reste un biscuit de riz. Honnêtement, moi, les *senbei*, je ne peux plus les voir en peinture. D'ailleurs, avec mes dents, ça ne passe plus.

— Après cinquante ans dans ce magasin, ça me semble plutôt normal.

— Je t'ai déjà dit des dizaines de fois que cela ne fait que trente ans qu'on en vend ici. Autrefois, notre spécialité, c'étaient les gâteaux japonais. Ton père n'a consulté personne quand il a décidé de se lancer dans les biscuits de riz. Ah… que la gelée de haricot rouge me manque…

— Mais tu en manges tout le temps, de la gelée de haricot rouge, répondit Nao en pinçant les lèvres.

Au même moment, un homme en costume gris, assez corpulent, poussa la porte en verre du magasin et salua les deux femmes en s'inclinant légèrement.

— Bonjour, monsieur Takura. Merci d'être venu jusqu'ici malgré la chaleur, lança Satoko d'un ton aimable.

— Ne me remerciez pas, je ne fais que mon travail. Et il fait moins chaud que plus tôt dans la journée. Heureusement, parce que c'était pénible.

— Vous devez être épuisé ! Entrez, je vous en prie, je vais vous apporter quelque chose de frais, dit Satoko en l'invitant à passer dans l'arrière-boutique, adjacente à la pièce à vivre.

— Non, ce n'est pas la peine. Je suis juste venu pour ça, fit l'homme en traçant du doigt un carré dans l'air.

— Ah oui, le certificat médical. Je suis allée le chercher avec ma petite-fille. J'aurais tout à fait pu y aller seule, mais elle tenait absolument à m'accompagner, expliqua la vieille femme en se baissant pour se déchausser.

— Reste là, mamie, je te l'apporte, dit sa petite-fille.

— Tu sais où il est ?

— Bien sûr ! C'est moi qui l'ai rangé. Alors que, toi, tu n'en as pas la moindre idée.

En entendant Takura rire, Nao devina la réaction de sa grand-mère.

— Nao, apporte aussi du thé !

— Comme s'il fallait me le dire, grommela Nao, mécontente.

Elle revint dans la boutique avec un verre de thé glacé sur un plateau.

— Vous avez bonne mine ! Bien meilleure que la dernière fois que je suis venu, il y a quatre jours, déclara Takura d'un ton convaincu.

— C'est que je suis bien mieux chez moi. Et puis je ne supporte pas de rester sans rien faire. Même si ma petite-fille n'arrête pas de me dire que je devrais me reposer plus.

— C'est normal, elle se fait du souci pour vous. Oh merci, ajouta-t-il à l'intention de Nao en prenant le verre de thé froid.

— Tiens, voilà ton certificat, mamie, dit Nao.

— Merci, répondit Satoko.

Elle le sortit de l'enveloppe et le parcourut des yeux avant de le tendre à Takura.

— Permettez, dit celui-ci en le lisant. Hum… Vous avez été hospitalisée deux mois… ça a dû vous paraître long.

— Ça ne m'aurait pas gênée si j'en étais sortie guérie, mais ce n'est même pas le cas. On m'a découvert une autre maladie, et il a fallu deux mois pour me retaper. Vraiment pas de quoi se réjouir.

— C'était une cholangite… Mais on vous a aussi fait un examen pour un anévrisme.

— Au départ, j'ai été hospitalisée pour ça. Je pensais être opérée. Mais ça sera pour plus tard.

— Vous voulez dire que vous n'y couperez pas ?

— Apparemment non. Mais en même temps, à l'âge que j'ai, je me demande si ça ne serait pas aussi bien de ne rien faire du tout et de voir ce qui se passe.

— Oui, je vous comprends, ce n'est pas facile, répondit Takura, un peu embarrassé.

Il ne pouvait pas se permettre de dire n'importe quoi.

— Vous avez tout ce qu'il faut, maintenant ? demanda Satoko.

— Oui, avec ça, votre dossier est complet. Je vais rentrer au bureau m'en occuper tout de suite. Vous devriez recevoir au plus tard le mois prochain la part de la complémentaire pour votre hospitalisation.

— Vous allez retourner à votre bureau ? Mais il est déjà tard…

— Pas du tout. Eh bien, je vais vous laisser, dit-il en rangeant le certificat dans sa serviette.

Il se tourna vers Nao et lui sourit.

— Merci pour le thé !

— Je vous en prie, répondit la jeune fille.

Satoko le raccompagna dehors et se posta devant la boutique pour le suivre des yeux. Fumitaka, son fils, le père de Nao, rentra environ deux heures plus tard. Le col de son polo blanc était grisâtre. Il revenait de chez un grossiste.

— Il a dû se passer quelque chose à Kodenmachō, dit-il en se déchaussant. Il y avait trop de voitures de police pour que ce soit un simple accident.

— Tu veux dire un meurtre ? demanda sa fille.

— Ça se peut. Il y avait vraiment beaucoup de policiers.

— Le quartier n'est plus aussi calme qu'avant, lança Satoko qui préparait de la soupe au miso dans la cuisine. Je trouve qu'il y a trop de monde. Et trop de grands immeubles.

Au lieu de lui répondre, son fils alluma la télévision et se concentra sur un match de base-ball retransmis en direct. Nao mit la table. Elle avait l'habitude d'entendre sa grand-mère dire ça.

Les Kamikawa ne dérogeaient jamais à leur habitude de dîner ensemble. En raison du retour tardif de Fumitaka, ils commencèrent plus tard que d'ordinaire.

Pendant l'hospitalisation de Satoko, Nao s'était chargée de faire la cuisine, corvée dont elle avait été libérée une semaine plus tôt. La vie avait repris comme avant.

Elle était encore en maternelle lorsque sa mère était morte dans un accident de voiture. Malgré son jeune âge, elle n'avait pas oublié le choc que cela avait été pour elle. Elle y avait survécu parce que son père tenait un magasin et qu'il était toujours à la maison. La présence de Satoko lui avait aussi été d'un grand secours. Grâce à eux, elle avait le sentiment d'avoir échappé à l'isolement qui est généralement le lot des enfants uniques vivant seuls avec leur père. L'amour de sa mère lui avait manqué, mais elle avait toujours bénéficié de repas préparés avec amour. Les boîtes-repas que lui confectionnait sa grand-mère pour les sorties scolaires éveillaient invariablement l'envie de ses camarades de classe.

En avril, la maladie de sa grand-mère et son hospitalisation l'avaient ébranlée. Elle ne s'y attendait absolument pas, et elle était revenue en pleurs de l'hôpital.

Comme sa grand-mère l'avait expliqué à l'agent d'assurances, elle était entrée à l'hôpital pour se faire opérer d'un anévrisme. Mais quelques jours avant la date de l'opération, elle avait été prise d'une fièvre inexpliquée, si forte qu'elle en était tombée dans le coma.

Elle avait passé trois jours dans cet état. Nao avait à nouveau pleuré lorsque sa grand-mère avait repris conscience.

Son père et elle avaient alors appris que cet accès de fièvre était dû à une cholangite. Nao avait réalisé que sa grand-mère, sur laquelle elle comptait, et qui la gâtait, était une vieille dame malade.

Voilà pourquoi, le jour où Satoko était revenue à la maison, elle avait déclaré que ce serait désormais elle qui la choierait, parce qu'elle avait l'intention de lui exprimer ainsi sa gratitude. Satoko en avait été émue aux larmes.

L'harmonie entre les deux femmes n'avait malheureusement pas duré. Satoko était d'une nature emportée. Les premiers jours, elle avait réussi à fermer les yeux sur les maladresses de sa petite-fille, pour ensuite se mettre à critiquer la manière dont elle agissait. Son impatience naturelle l'empêchait en outre de dire les choses avec tact. Sa petite-fille avait hérité de son caractère, ce qui n'arrangeait rien. Comme avant son hospitalisation, la vieille dame s'entendait souvent dire que si elle n'était pas contente, elle n'avait qu'à tout faire elle-même.

Fumitaka continuait cependant à se réjouir du retour de sa mère. Depuis qu'elle avait recommencé à cuisiner, il reprenait petit à petit les cinq kilos qu'il avait perdus pendant son absence.

— Nao, tu vas à tes cours à l'école de coiffure ? demanda-t-il à sa fille.

— Ça va de soi, non ? Mais aujourd'hui, je suis restée à la maison, parce que je n'avais pas cours.

— D'accord.

— Je n'arrive pas à te voir en coiffeuse. Tu crois que tu vas y arriver ?

— Bien sûr que oui, répondit la jeune fille en lançant un regard mauvais à sa grand-mère.

Elle n'osa pas lui dire qu'à cause de ses problèmes de santé, elle avait manqué plusieurs jours de cours.

— C'est important que tu devi
et que tu commences à gagner ta v

— Oui, parce que depuis toujou

— Qui ne travaille pas ne mange
au courant, dit Nao, mécontente.

Nao
juku
sa gr
sur s
pres
feus
d'ét
E
Les
plu
pèr
pri
tait

pri
d'I
th
dō
Q
en

la
m
c

1

2

:tait entrée dans cette école de coiffure de Shin-
en avril, juste avant les problèmes de santé de
ınd-mère. Ils lui avaient fait prendre du retard
:s camarades, mais elle avait le sentiment d'avoir
ue réussi à le rattraper. Elle rêvait de devenir coif-
depuis l'école primaire et n'avait jamais envisagé
dier autre chose.
le le savait bien, que le magasin ne tournait pas.
revenus leur permettaient tout juste de vivre. De
, Satoko vieillissait, et rien ne garantissait que son
resterait toujours en bonne santé. Nao avait com-
qu'elle devrait un jour s'occuper d'eux, et souhai-
plus que tout devenir indépendante.
:e jour-là, ses cours avaient fini à seize heures. Elle
le métro à seize heures vingt, descendit à la station
lamachō et suivit son trajet habituel, passant devant le
âtre Meijiza avant de traverser l'avenue Kiyosubashi-
ri pour se diriger vers le quartier de Ningyōchō.
ıelques hommes marchaient, le veston sur l'épaule,
bras de chemise. Il faisait vraiment chaud.
Le magasin de biscuits de riz Amakara, autrement dit
maison de Nao, se trouvait dans la petite rue com-
erçante qui menait à la station de métro Ningyōchō,
lle qui était appelée Amazake Yokochō.

Elle n'était pas exactement à la pointe de la technologie. Ses magasins de confection vendaient des vêtements pour femmes d'un certain âge, et pendant la journée, elle était surtout peuplée d'employés masculins qui s'y promenaient entre deux rendez-vous, un cure-dent à la bouche. Son attrait principal était qu'elle conservait l'ambiance du Tokyo d'autrefois. Avant que Nao n'en prenne conscience, elle croyait que toutes les rues commerçantes comptaient au moins un vendeur de shamisens ou de boîtes en osier.

On y trouvait aussi un magasin d'artisanat traditionnel, la boutique Hōzukiya, qui avait sur son éventaire des toupies en bois et des tambourins à pellets. Lorsque Nao passa devant, la vendeuse, avec qui elle avait récemment sympathisé, lui lança un "bonsoir" sonore. Elle s'appelait Sugawara Misaki et avait un an de plus qu'elle.

— Ça s'est bien passé pour toi aujourd'hui ?

— À peu près, oui.

— Tant mieux !

— Merci, répondit Nao en agitant la main pour lui dire au revoir.

Quelques mètres plus loin, elle vit trois hommes adultes debout devant la boutique familiale. Deux d'entre eux étaient en costume, et le troisième portait une chemisette à carreaux sur un tee-shirt.

Amakara comptait peu de clients masculins et Nao se dit immédiatement qu'ils n'étaient pas venus faire des achats. Au moment où elle mettait la main sur la porte en verre, l'homme en chemisette fit la même chose, si bien qu'ils faillirent se heurter, mais il s'effaça à la dernière seconde.

— Désolé, dit-il. Passez la première, je vous en prie.

Il lui sourit de toutes ses dents blanches.

— Mais non, allez-y, je suis du magasin.

— Ah bon, répondit-il en hochant la tête. J'ai de la chance, alors.

Il entra dans la boutique où se trouvait Fumitaka qui regarda, non sans embarras, Nao puis l'inconnu.

— Bonsoir, monsieur, finit-il par dire.

L'inconnu l'interrompit en agitant la main.

— Désolé, mais je ne suis pas ici pour acheter des biscuits. Je viens du commissariat de Nihonbashi, expliqua-t-il en sortant de sa poche sa carte de police, qu'il tendit à Nao et à son père.

Pour autant qu'elle le sache, le magasin n'avait jamais encore reçu la visite de policiers. Elle regarda la carte et vit que celui-ci, à qui elle donnait la trentaine, s'appelait Kaga Kyōichirō.

— Pouvez-vous me dire si un certain Takura est venu ici hier ? Takura Shin'ichi, des assurances Shinto Seimei.

— Oui, il est passé, répondit Nao, surprise.

— Vous vous trouviez au magasin ?

— Oui, avec mam..., je veux dire avec ma grand-mère.

Kaga hocha la tête.

— Des policiers de la préfecture de police aimeraient vous poser quelques questions à ce sujet. Je peux leur dire d'entrer ?

Les mots "préfecture de police" effrayèrent presque la jeune fille.

— Euh... Eh bien... bafouilla-t-elle en regardant son père.

— Oui, bien sûr, dit celui-ci. Il s'est passé quelque chose ?

— Nous menons quelques vérifications, cela ne prendra qu'une minute.

— Ah bon... Je vous en prie, faites-les entrer. Vous voulez que j'appelle ma mère ?

— Vous voulez dire sa grand-mère ? s'enquit Kaga en regardant Nao. Oui, ça serait mieux si c'est possible.

— Très bien, répondit Fumitaka avant de passer dans l'arrière-boutique.

Kaga sortit chercher ses collègues. Nao eut du mal à leur donner un âge, à ces hommes au visage sévère. Ils lui paraissaient vieux, par la façon dont ils étaient coiffés, vêtus, et leur embonpoint visible. Ils se présentèrent mais elle ne retint pas leur nom.

Lorsque Fumitaka revint avec Satoko, le plus âgé des deux commença à la questionner.

— Votre petite-fille nous a dit que cet homme est venu chez vous hier. Est-ce exact ?

Il lui tendit une photo qui montrait Takura, l'air grave.

— Oui, c'est exact, répondirent-elles à l'unisson.

— Quelle heure était-il ?

Elles échangèrent un regard.

— Quelle heure pouvait-il être ? s'interrogea Satoko en regardant sa petite-fille.

— Six heures ou six heures et demie, je crois.

— Ce n'était pas avant six heures ?

— Peut-être, réagit Nao en mettant la main devant sa bouche. C'est difficile de préciser. En tout cas, il faisait encore jour.

— Oui, mais en ce moment, la nuit tombe vers sept heures, dit le policier. Autrement dit, vous ignorez l'heure précise.

— Je ne peux pas vous la donner à la minute près, répondit Satoko d'un ton mal assuré.

— Et M. Takura est venu pour quelle raison ?

— Pour une formalité liée à un remboursement consécutif à mon hospitalisation. Il avait besoin d'un certificat médical, et je lui ai remis.

— Il est resté ici combien de temps ?

— Eh bien… Une dizaine de minutes, je pense, ajouta-t-elle après un instant de réflexion.

Nao ne dit rien car elle était d'accord. Kaga, qui semblait captivé par les paquets de *senbei*, lui jeta un coup d'œil. Les questions de ses collègues ne paraissaient pas l'intéresser.

— Il vous a dit où il comptait aller en sortant d'ici ?

— Oui. À son bureau, pour compléter mon dossier, répondit Satoko au policier.

— Je vois. Et comment était-il à ce moment ?

— Comment ça ?

— Avez-vous remarqué quelque chose de particulier ?

— Non, rien de spécial, dit Satoko en cherchant des yeux l'assentiment de Nao.

— Il ne portait pas le même costume que l'autre jour, dit la jeune fille. La dernière fois, il en avait un bleu marine, mais celui d'hier était gris. Je m'en souviens, parce que le gris lui allait mieux.

— Je ne parle pas seulement de ses vêtements. Vous n'avez pas eu l'impression qu'il était stressé, ou pressé ?

— Non, pas spécialement.

Cette réponse de Nao parut laisser le policier sur sa faim, mais il se reprit et lui adressa un sourire.

— Si je comprends bien, vous ne vous souvenez pas de l'heure exacte de sa visite. Il était peut-être six heures, ou plus tard. Entre cinq heures et demie et six heures et demie, c'est ça ?

— Oui, je pense fit Nao en cherchant sa grand-mère des yeux.

— Très bien. Désolé de vous avoir dérangés.

— Excusez-moi, mais… commença la jeune fille. Il est arrivé quelque chose à M. Takura ?

— Non, nous faisons quelques vérifications, c'est tout, répondit le policier tout en jetant un regard à Kaga.

Celui-ci remercia les trois personnes de la boutique et sortit, suivi par ses collègues.

— J'espère que ça n'a rien à voir avec ce qui s'est passé à Kodenmachō, lâcha Fumitaka.

— Qu'est-ce qui s'est passé à Kodenmachō ?

— Tu n'as pas lu le journal ? se renfrogna son père. C'est important pour un coupe-tif de lire le journal !

— Je ne suis pas coupe-tif, moi, protesta Nao en enlevant ses chaussures.

Elle prit le journal posé sur la table basse, l'ouvrit et ne tarda pas à trouver l'article dont parlait son père, à la page "faits divers". Une femme de quarante-cinq ans avait été découverte étranglée chez elle. Rien n'indiquant une effraction, elle connaissait probablement l'assassin. L'article précisait que le commissariat de Nihonbashi et la préfecture de police avaient été chargés de l'enquête.

— C'est un vrai meurtre !

— M. Takura n'a certainement rien à voir là-dedans. Comme le pur gars de Tokyo qu'il est, il déteste toutes les histoires tordues, commenta Satoko en lisant par-dessus son épaule.

— Peut-être, mais d'après les questions de ce policier, il fait sans doute partie des suspects. J'ai l'impression qu'ils voulaient vérifier son alibi. Donc ils pensent que ça peut être lui.

— C'est impossible. Je suis prête à témoigner qu'il est venu chez nous, ça devrait le blanchir, répondit sa grand-mère.

— Oui mais ce qu'ils voulaient savoir, c'était à quelle heure. C'est probablement important, dit Nao.

— Vous ne vous souvenez pas de l'heure exacte ? demanda Fumitaka en revenant de la boutique.

— C'était entre cinq heures et demie et six heures et demie. Mais je ne peux rien dire de plus, répondit sa fille.

— Vous n'êtes pas très fortes.

— Comment ça ? N'essaie pas de dire que tu vis les yeux collés à ta montre, papa !

Fumitaka fit la moue en entendant cet argument de Nao.

— Ça m'embête, cette histoire. J'espère que M. Takura sera vite blanchi, dit Satoko en fronçant les sourcils.

Nao était en train d'abaisser le rideau de fer après le dîner lorsqu'elle vit un homme debout devant la vitrine. Elle appuya immédiatement sur le bouton pour stopper la descente du rideau.

L'inconnu se pencha et elle reconnut Kaga. Il le remarqua et passa sous le rideau.

— Excusez-moi. Vous auriez une minute à me consacrer ?

— Euh… oui. Vous voulez que j'aille chercher mon père ?

— Non, ce n'est pas la peine. Je voulais juste vérifier une chose.

— De quoi s'agit-il ?

— Tout à l'heure, vous avez dit que M. Takura portait un costume, n'est-ce pas ?

— Oui, un costume gris. La fois d'avant, il était bleu marine.

Kaga sourit et fit un geste de dénégation.

— La couleur n'a pas d'importance. Ce que je voudrais savoir, c'est s'il portait son veston.

— Il le portait.

— Ah bon. C'est ce que j'ai pensé en vous entendant dire qu'il lui allait bien.

— Et ça a de l'importance ?

— Non. Enfin, je n'en suis pas sûr. Merci en tout cas, dit Kaga en prenant un paquet de biscuits de riz. J'achète celui-là. Ils ont l'air délicieux.

Il donna les 630 yens à Nao.

— Merci.

— Eh bien, bonsoir, conclut Kaga en repassant sous le rideau de fer.

Nao resta immobile quelques instants puis s'approcha du bouton de commande. Avant d'appuyer, elle se pencha et regarda dehors.

Quelques hommes passaient devant la boutique. Ils s'apprêtaient sans doute à aller boire un verre. Mais elle ne vit aucune trace de Kaga.

3

Le lendemain aussi, la température se mit à monter anormalement dès le matin. D'après le bulletin météo, c'était dû à une haute pression stationnaire. Nao, qui descendit comme d'habitude à la station Hamachō, sentit la sueur ruisseler sur son dos avant même d'être arrivée en haut de l'escalier.

— Bonsoir, fit son père qui était en train de relever le store du magasin quand elle y arriva.

— Bonsoir papa. Pas de visite de la police aujourd'hui ?

— Non. Mais apparemment des policiers sont passés dans le quartier, répondit-il tout bas.

— Je me demande ce qu'ils cherchent.

— D'après ce que je me suis laissé dire, ils enquêtent au sujet de M. Takura. Ils demandent aux gens s'ils l'ont vu ici ce jour-là. L'heure de son passage chez nous a l'air importante.

— Autrement dit, mon témoignage et celui de mamie ne leur suffisent pas ?

— Sans doute, dit-il en rentrant dans la boutique.

Nao jeta un coup d'œil sur les alentours. Y avait-il encore des policiers dans le quartier ?

Elle tourna les yeux vers le café de l'autre côté de la rue et sursauta. Elle venait de reconnaître un de ses consommateurs. Il dut la voir, car il esquissa un sourire gêné.

Elle traversa la rue, entra dans l'établissement puis marcha vers une table près de la vitrine.

— Que surveillez-vous ? demanda-t-elle en baissant les yeux vers Kaga.

— Rien du tout. Mais assieds-toi donc, répondit-il en levant la main pour appeler la serveuse. Tu veux boire quelque chose ?

— Non merci.

— Mais si, j'insiste, dit-il en lui tendant le menu.

— Dans ce cas, un jus de banane, annonça-t-elle à l'employée avant de s'asseoir. Vous surveillez notre magasin ?

Kaga soupira.

— Tu es obstinée, dis donc ! Je t'ai déjà dit que je ne suis pas ici pour ça.

— Mais pourquoi êtes-vous ici, alors ?

— Pour rien. Enfin, à part boire un café glacé. On pourrait dire que je fais l'école buissonnière.

Il souleva son verre et but sans se servir de la paille.

— Vous soupçonnez M. Takura d'être l'auteur du meurtre de Kodenmachō ?

Le visage de Kaga se ferma et il jeta un coup d'œil circulaire.

— Tu ne veux pas parler un peu plus doucement ?

— Si vous ne répondez pas à ma question, je vais la répéter encore plus fort.

Il soupira et repoussa en arrière ses cheveux, qu'il portait un peu longs.

— Il fait partie des suspects. Le jour du meurtre, M. Takura a rendu visite à la victime. Nous avons trouvé chez elle une brochure de l'assurance et sa carte de visite. Il affirme bien sûr être venu la voir pour son travail.

— Et il est suspect juste pour ça ?

— C'est important pour la police.

La serveuse apporta la commande de Nao, qui en aspira immédiatement la moitié à l'aide de la paille.

— L'heure à laquelle M. Takura est venu nous voir compte pour vous ?

Kaga réfléchit avant de répondre par un nouveau hochement de tête.

— Il affirme être parti de chez la victime vers dix-sept heures trente. Nous savons qu'elle était encore en vie à cette heure-là. Parce qu'elle est allée faire des courses un peu après.

— Ah bon… Elle a acheté quoi ?

Le policier cligna des yeux avant de répondre.

— Ça te paraît important ?

— Non… Enfin, un peu quand même. Parce que c'était juste avant qu'elle soit tuée.

— Elle ne pouvait pas savoir ce qui allait arriver, c'est tout. Elle a acheté des ciseaux de cuisine. Chez Kisamiya.

— Je connais ce magasin.

— N'en parlons plus. D'après M. Takura, il est venu chez vous après avoir quitté l'appartement de la victime, puis il est repassé à son bureau, à Hamachō. Il a donné le dossier de votre grand-mère à une collègue et il est rentré chez lui.

— Et cela pose problème ?

— Il a croisé quelqu'un qu'il connaissait avant d'arriver chez lui. D'après ce que dit cette personne, M. Takura a dû quitter son bureau vers dix-huit heures quarante. Mais d'après sa collègue, il en est parti à dix-huit heures dix. Autrement dit, il y a un trou d'une demi-heure dans son emploi du temps. Ce qui lui laisserait le temps de passer par l'appartement de la victime à Kodenmachō avant de rentrer chez lui. Nous l'avons interrogé longuement à ce sujet, mais il affirme avoir quitté le bureau à dix-huit heures quarante. Pour lui, sa collègue se trompe sur l'heure.

— Vous croyez qu'il ne dit pas la vérité ?

— Nous avons trouvé d'autres personnes qui l'ont vu revenir à son bureau juste après dix-huit heures. La police ne peut pas ne pas s'intéresser à ce décalage. Mais M. Takura et sa collègue sont d'accord sur une chose, à savoir qu'il n'est resté qu'une dizaine de minutes au bureau. Voilà pourquoi nous voulons savoir à quelle heure il est venu chez vous. Son bureau n'est qu'à une dizaine de minutes de marche de votre magasin. Comme il affirme y être allé directement, nous saurions s'il dit vrai si nous connaissions l'heure à laquelle il est parti de chez vous.

Nao se concentra sur ce qu'elle venait d'apprendre.

— C'est pour cette raison que cela vous préoccupe à ce point ?

— Oui. Comme ta grand-mère et toi n'avez pas pu nous le dire exactement, nous sommes allés chez tous les commerçants pour vérifier si quelqu'un l'avait vu. Sans succès, malheureusement. Nous avons même demandé aux gens de ce café, mais cela ne nous a pas avancés.

— Mais alors, que va-t-il se passer ?

— Eh bien… commença Kaga en s'appuyant au dossier de sa chaise, les yeux tournés vers la rue. Puisque nous n'avons pas d'autre suspect pour l'instant, mes collègues de la préfecture de police vont se concentrer sur Takura, j'imagine.

— Pourtant je ne le crois pas capable de tuer.

— Peut-être. C'est ce que pensent la majorité des gens lorsque quelqu'un qu'ils connaissent est arrêté pour meurtre.

Ce commentaire du policier irrita Nao.

— Mais il n'a pas de mobile, enfin !

— Hum…

— Vous voulez dire quoi avec ce “hum” ?

— Généralement, on ne découvre le mobile que lorsque la personne mise en cause le mentionne. Les collègues de la préfecture de police vont peut-être réussir à le découvrir.

— J'ai l'impression que vous vous en remettez entièrement aux autres.

— Tu trouves ?

— Oui, parce que vous parlez de tout ça comme si cela ne vous concernait pas.

Kaga tendit la main vers son verre d'eau. Il avait déjà fini son café glacé.

— L'enquête a été confiée à la préfecture de police. Notre devoir est d'aider nos collègues, de les guider dans le quartier, autrement dit, d'obéir à leurs ordres.

Elle lui jeta un regard noir, le visage fermé.

— Je suis déçue. Moi qui vous trouvais inhabituel pour un policier. Mais vous vous contentez de ne rien faire.

— Ce n'est pas vrai. Le fait est que je viens d'être muté ici, et que je ne connais pas du tout le coin. Et je commence par observer. Le quartier me plaît, d'ailleurs. Je reviens de chez un horloger qui m'a montré une horloge inhabituelle, une colonne à trois faces, avec trois cadrans, qui avancent toujours exactement de la même façon. Je me demande comment elle fonctionne.

— Quoi ? Mais vous faites vraiment l'école buissonnière, vous ! répliqua Nao.

Elle finit sa boisson et posa sur la table le prix de sa consommation, parce qu'elle n'avait pas envie qu'il l'invite.

— Aujourd'hui aussi, il fait chaud, reprit Kaga en regardant dehors. Tu vois cet employé en bras de chemise qui vient de Ningyōchō ?

— Oui, et alors ? dit-elle d'un ton brusque car elle n'avait plus envie d'être polie.

— Et il y en a un autre. Aussi en bras de chemise. Ils ont l'air de souffrir.

— C'est normal, il fait tellement chaud.

— Pourtant ça s'est un peu rafraîchi. D'ailleurs voilà quelqu'un qui n'est pas en manches courtes.

Nao suivit son regard et vit un homme bien bâti en costume.

— Je ne comprends pas ce que vous essayez de dire, déclara-t-elle d'un ton involontairement irrité.

— Regarde bien. Beaucoup des hommes qui vont de Ningyōchō à Hamachō ont enlevé leur veston. Mais ceux qui marchent en sens inverse, de gauche à droite, le portent.

Elle se pencha en avant et se concentra sur ce qu'elle voyait. Plusieurs hommes passèrent devant le café, en venant de la droite. Kaga ne mentait pas. Ceux qui avaient enlevé leur veston marchaient pour la plupart dans ce sens.

— C'est pourtant vrai, murmura-t-elle.

— Intéressant, non ?

— Vous avez une explication ? C'est le hasard ?

— Ça ne peut pas être le hasard. On ne peut que penser qu'il y a une raison.

— Et vous savez laquelle ?

— Oui, je crois, répondit Kaga en souriant.

— Pourquoi souriez-vous ? Vous sous-entendez quoi ?

— Rien du tout. Si je te le dis, tu trouveras que ce n'est pas grand-chose. Pour commencer, il y a beaucoup d'employés de sociétés qui passent dans cette rue, et la plupart ont leurs bureaux à Hamachō. Cela nous mène à la première question. Comme il est cinq heures et demie, qui sont ces employés qui marchent maintenant de la droite vers la gauche, c'est-à-dire qui viennent de Ningyōchō ?

— Eh bien, étant donné l'heure… commença Nao en regardant l'un d'entre eux, qui venait de passer devant le café en bras de chemise. Je pense qu'ils retournent à leur bureau.

— C'est la bonne réponse. Par conséquent, ils n'y étaient pas jusqu'à présent. Ce sont des gens qui travaillent à l'extérieur. Des commerciaux, sans doute. Au contraire, ceux qui vont de la gauche vers la droite ont passé la journée au bureau, dans des locaux climatisés. Ils transpirent donc moins que ceux qui étaient dehors, et ils ont sans doute presque un peu froid. Voilà pourquoi ils portent leur veston. D'autant plus que la chaleur a nettement diminué par rapport à tout à l'heure. Regarde maintenant les gens qui viennent d'Hamachō. Ils sont plus vieux, voire carrément vieux. Ils n'ont plus besoin de travailler à l'extérieur, et occupent sans doute des fonctions supérieures dans leur entreprise. C'est pour ça qu'ils peuvent quitter le bureau à cinq heures et demie.

Nao observait la tenue des passants en écoutant les explications de Kaga. Il y avait bien sûr quelques exceptions, mais ce qu'il disait lui semblait pertinent.

— Ça alors ! Je n'avais jamais réfléchi à ça. Alors que j'ai toujours vécu ici et vu ce qui se passait dans la rue !

— On n'a pas besoin de le savoir pour vivre.

Elle hocha la tête, puis braqua soudain sur Kaga un regard surpris.

— Et cela a quelque chose à voir avec le meurtre ?

Kaga tendit la main vers la note posée sur la table.

— Tu te souviens que je t'ai posé une question sur la manière dont M. Takura était habillé ?

Nao cligna des yeux.

— Ce jour-là, il portait son veston…

— Pourtant il fait partie de ceux qui passent leur journée à l'extérieur. Et il affirme aussi être venu directement chez vous après être passé au domicile de la victime dans le quartier de Kodenmachō. Depuis chez elle jusque chez vous, ce n'est pas tout près. Mais il portait quand même son veston.

— Je vous suis… Mais peut-être le portait-il bien qu'il ait chaud.

— Bien sûr, cela peut s'imaginer. Mais c'est peut-être là que se trouve la clé du mystère de cet écart d'une trentaine de minutes.

Il se leva, et alla payer.

— Attendez, je ne comprends pas !

— J'aimerais pouvoir t'en dire plus mais je ne peux pas. Parce que l'énigme n'est pas encore résolue. Bon, à la prochaine, lança-t-il en sortant du café.

4

Pendant le dîner, Nao raconta à son père et à sa grand-mère sa conversation avec Kaga. Elle eut du mal à faire comprendre à celle-ci le blanc d'une trentaine de minutes mais y réussit en inscrivant sur une feuille de papier la chronologie de ce qu'avait fait Takura.

— Trente minutes, ça ne me paraît pas si grave, commenta Satoko, quand elle finit par saisir de quoi il retournait.

— Pourtant la police y attache une grande importance car ça suffirait pour commettre le crime.

— Je trouve ça bizarre. Mieux vaudrait commencer par se demander si M. Takura en est capable, non ? Et ce n'est pas du tout son genre. Il tient ses promesses et se met toujours à la place des gens à qui il a affaire. Des hommes comme lui, il n'y en a plus beaucoup de nos jours. Quand je suis sortie de l'hôpital, il est venu tout de suite…

Nao agita la main pour l'interrompre.

— Tout le monde sait que c'est quelqu'un de bien, tu n'as pas besoin de nous l'expliquer. On ferait mieux de réfléchir à comment nous pouvons l'aider à ne plus être soupçonné.

— Moi, je crois que le mieux, c'est d'expliquer aux policiers que c'est quelqu'un de bien. Ils le soupçonnent parce qu'ils ne le connaissent pas.

— Je ne vais pas y arriver, murmura Nao en regardant son père, qui réfléchissait, l'air grave. À quoi tu penses, papa ?

— Hein ? Non, je me demandais juste s'il avait vraiment dit ça.

— Dit quoi ?

— Eh bien, qu'il était venu nous voir en revenant de Kodenmachō et qu'il était ensuite passé à son bureau avant de rentrer chez lui.

— C'est ce que m'a raconté M. Kaga.

— Hum… vraiment… lâcha Fumitaka, plongé dans ses pensées.

— Qu'est-ce qu'il y a ?

— Rien, rien…

— Il est bel homme, ce Kaga, remarqua Satoko en préparant du thé. Je le verrais bien dans un film de samouraïs. Et puis, il est intelligent.

— Oui, ça c'est sûr. Il m'a expliqué quelque chose de très intéressant, dit Nao avant de parler à sa grand-mère de la théorie du policier sur les passants de leur rue.

— Ben dis donc… Je n'y avais jamais pensé, s'exclama Satoko.

— M. Kaga se demandait avant tout pourquoi M. Takura portait son veston ce jour-là. Et il disait que ça pouvait être lié à ce trou d'une demi-heure dans son emploi du temps.

— Et comment ?

— Il ne le savait pas encore.

— Hum. Il a vraiment de drôles d'idées, celui-là. Mais c'est peut-être un très bon policier, dit Satoko.

— Peut-être, mais… commença Nao en tendant la main vers son gobelet de thé. Il ne m'a pas donné l'impression d'être vraiment investi dans son travail. Et puis je me demande si c'était vraiment une bonne chose de donner autant de détails sur l'enquête à une fille comme moi.

— Il l'a probablement fait parce que tu lui as posé des questions.

— Peut-être, mais normalement, un policier ne répond pas. Ce n'est pas vrai, papa ?

— Hein ? Euh… oui, sans doute. Bon, je vais prendre mon bain, ajouta son père en se levant.

Nao jeta un coup d'œil à son père. Sa distraction l'étonnait.

5

En fin d'après-midi, comme à son habitude, Fumitaka sortit pour relever le store. Il faisait un peu moins chaud que plus tôt dans la journée. Mais le soleil était chaque jour plus vif. Il va falloir que je modifie un peu la vitrine pour l'été, se dit-il. Tous les biscuits salés à base de riz gluant ne s'harmonisent pas avec la bière.

Il comprit que quelqu'un était debout derrière lui en voyant une ombre projetée sur le sol. Il se retourna et reconnut immédiatement la personne à qui il avait pensé.

— Aujourd'hui aussi, il fait chaud, dit Kaga.

— C'est vrai. Ma fille n'est pas encore rentrée, vous savez.

Le policier fit un signe de la main.

— Ce n'est pas grave, c'est à vous que je voulais parler aujourd'hui. Vous auriez une minute ?

— Euh… commença Fumitaka.

Il regarda son interlocuteur qui le fixait, puis baissa la tête.

— Oui, reprit-il. Entrez, je vous en prie.

Il poussa la porte en verre.

— Et votre mère aujourd'hui…

— Ma mère ? Elle est là bien sûr. Vous voulez que je l'appelle ?

— Non, ce n'est pas la peine. D'ailleurs, je préférerais qu'on se parle dehors.

La présence de ce policier dont il aurait pu être le père l'oppressait d'une manière qu'il aurait été bien en peine de décrire. Kaga devait être venu dans le cadre de son enquête.

Fumitaka soupira et hocha la tête. Il retourna dans sa boutique, suivi de Kaga.

— Maman, tu es réveillée ?

— Qu'est-ce que tu veux ? répondit-elle depuis l'arrière-boutique.

— Je sors un peu. Tu veux bien t'occuper du magasin ?

— Tu vas encore jouer au pachinko ? Tu exagères !

Elle sortit de l'arrière-boutique et vit que son fils n'était pas seul.

— Oh, bonjour monsieur le beau policier. Vous êtes venu nous dire que M. Takura ne fait plus partie des suspects ?

— Non, l'enquête n'est pas terminée, vous savez...

— Je compte sur vous, en tout cas. C'est quelqu'un de bien, ce monsieur. Il est incapable de tuer qui que ce soit, je m'en porte garante.

— C'est noté. J'ai appris que vous venez de sortir de l'hôpital, comment allez-vous ?

— Très bien, je vous remercie. Beaucoup mieux depuis que je suis rentrée chez moi. Au point que je me dis que j'aurais mieux fait de ne pas rester si longtemps à l'hôpital.

Elle s'interrompit et regarda son fils.

— Tu vas discuter avec M. Kaga ? Je compte sur toi pour lui expliquer quel genre de personne est M. Takura.

— Ça va, maman, je n'ai pas besoin de tes conseils. Eh bien, allons-y, continua-t-il en se tournant vers le policier.

— Prenez bien soin de vous, lança Kaga à Satoko.

Les deux hommes quittèrent le magasin.

— Heureusement qu'elle s'est bien remise, continua Kaga.

— Pour parler, elle est toujours en forme.

Ils entrèrent dans le café de l'autre côté de la rue. Fumitaka se souvint que Nao y était allée avec le policier la veille. Ils commandèrent tous deux un café glacé. Fumitaka sortit son paquet de cigarettes et Kaga posa un cendrier devant lui.

— J'ai bavardé avec votre fille ici hier.

— Je suis au courant.

— Elle vous en a parlé ? Tant mieux, je serai bref, alors.

— Au risque de paraître indiscret, j'ai l'impression que vous êtes très observateur. Je n'avais jamais réfléchi à la manière dont sont habillés les gens qui passent dans la rue.

— Mon métier fait que je m'intéresse aux détails. D'où mon interrogation sur M. Takura. Pourquoi portait-il son veston s'il venait de rendre visite à une cliente ?

On leur apporta leurs consommations, et Fumitaka alluma une cigarette.

— Vous savez pourquoi maintenant ?

— Oui, à peu près.

— Ah bon…

— Vous n'avez pas l'air surpris. Ça vous est égal ?

— Non, je ne dirais pas ça.

— Je comprends que vous n'ayez pas envie d'en parler. Parce que vous connaissez déjà la réponse.

Fumitaka reposa le verre qu'il venait de soulever.

— Que voulez-vous dire ?

— Pourquoi M. Takura portait-il son veston quand il est venu chez vous ? La réponse est simple. Il n'est pas venu chez vous à la fin de sa tournée, mais directement de son bureau, après avoir terminé ce qu'il avait à faire là-bas. Voilà pourquoi il ne transpirait pas et ne souffrait pas de la chaleur.

Fumitaka baissa les yeux. Kaga continua à parler.

— Il a quitté Kodenmachō à cinq heures et demie, et il est arrivé à son bureau à six heures. Il a demandé à sa collègue de s'occuper du dossier de votre mère, et il est reparti, son veston sur le dos. Il s'est rendu chez vous, et il est ensuite rentré chez lui en passant par Hamachō. Cette hypothèse correspond exactement aux témoignages que nous avons recueillis. Le trou d'une trentaine de minutes disparaît. Enfin, si l'on considère qu'il a consacré ce temps à venir chez vous et à parler avec votre mère et votre fille. Mais cela crée une seule incohérence. Pour finaliser le dossier de votre mère, il avait besoin de son certificat médical. Impossible donc de le faire avant de passer chez vous. Et il y a une autre question. Si c'est vraiment ce qu'il a fait, pourquoi ne nous l'a-t-il pas dit ?

Fumitaka releva la tête et scruta le visage du policier.

— Vous… avez tout compris, n'est-ce pas ?

Le visage de Kaga se détendit.

— Je suis allé à l'hôpital où votre mère avait été hospitalisée, et j'ai parlé à son médecin. Je ne lui ai naturellement pas posé de questions sur sa maladie.

Son interlocuteur soupira, but une gorgée de café et hocha imperceptiblement la tête.

— Le commissariat de Nihonbashi a récupéré un enquêteur avisé…

— Le médecin de votre mère a reconnu avoir dressé deux certificats médicaux. Avec un contenu différent, l'un mentionnant le nom de sa vraie maladie, l'autre d'une fausse maladie. Pourquoi a-t-il agi ainsi ? D'après ce qu'il m'a déclaré, parce que vous le lui avez demandé.

— Vous dites vrai. Je me suis permis de faire ça. Je ne voyais pas d'autre solution. Ma mère est obstinée, et elle n'a pas voulu que je m'occupe des démarches liées à son hospitalisation. Mais elle avait besoin de ce certificat médical. Or elle ne devait le voir en aucun cas. J'étais vraiment embêté.

— Vous avez donc parlé au médecin, et lorsque votre mère est venue chercher le certificat, on lui a donné celui qui ne mentionnait pas le nom de sa vraie maladie, c'est bien ça ?

Fumitaka acquiesça.

— Il m'a d'abord dit que le règlement de l'hôpital lui interdisait d'agir ainsi. Mais ce médecin est quelqu'un de très humain et il a accepté de faire une exception pour moi. À condition que ce certificat ne soit jamais montré à quiconque. Et moi, je suis parti chercher le vrai après la visite de ma mère à l'hôpital.

— Et vous l'avez donné à M. Takura…

— Oui, le même jour, un peu avant six heures. Je suis allé le rejoindre près de son bureau. Et d'après ce que je sais, il s'est immédiatement occupé du dossier de ma mère.

— Mais M. Takura devait encore récupérer le faux certificat auprès d'elle. C'est pour ça qu'il est passé au magasin après avoir quitté son bureau.

Fumitaka se gratta la tête, l'air contrarié.

— J'ai mis M. Takura en mauvaise posture. Il a un alibi, mais il ne peut pas le révéler à la police. Moi, je ne lui en voudrais pas s'il vous avouait toute l'histoire !

— Il n'a pas dit un mot de ce faux certificat.

— Pour tout vous dire, c'est lui qui en a eu l'idée. Et quand je lui ai donné le vrai certificat, il m'a dit qu'il ne parlerait de cette histoire à personne, parce que c'est comme ça qu'on fait quand on est de Tokyo, et qu'il préférerait mourir plutôt que de me trahir.

— Et ce ne sont pas que des mots, d'après ce que je sais.

— Quel idiot ! Il aurait mieux fait de tout vous raconter.

— Vous n'êtes peut-être pas bien placé pour penser ça. Vous me l'avez caché aussi.

Fumitaka serra les lèvres. Il n'avait aucun argument à lui opposer. Puis il poussa un soupir.

— Apparemment, elle a un cancer des voies biliaires.

— Un cancer… lâcha Kaga, le visage grave.

— Le médecin m'a dit qu'elle n'était pas assez en forme pour être opérée. On l'a laissée rentrer à la maison pour qu'elle se repose, mais rien ne dit qu'elle se remettra, continua Fumitaka, le souffle court. Tout peut aller vite, elle n'a peut-être plus que six mois à vivre.

— Je comprends que vous ayez agi ainsi.

Fumitaka rit.

— Ça ne me dérange pas que vous le sachiez, mais je ne voudrais pas que quelqu'un d'autre soit au courant. Surtout pas ma mère ou ma fille.

Kaga hocha la tête.

— Naturellement.

— Ma fille est très attachée à elle. Comme elle a perdu sa mère très tôt, elle n'a que sa grand-mère. Je préférerais attendre qu'elle ait fini ses études pour lui en parler…

Il s'interrompit pour regarder Kaga.

— Mais cela n'est plus possible, j'imagine, reprit-il. Il va falloir dire la vérité sur ce faux certificat pour établir la véracité de l'alibi de M. Takura, non ?

Kaga secoua lentement la tête.

— J'ai consulté mon chef, et il s'est arrangé pour que le commissaire explique la situation aux collègues de la préfecture. Mais nous aurons besoin de votre témoignage.

— Ça va de soi. Je suis prêt à le donner.

— Je suis désolé pour le dérangement.

— Mais non, répondit Fumitaka. La victime est une femme qui vit seule, n'est-ce pas ?

— Oui.

— Elle n'a pas de famille ?

Kaga baissa les yeux et un sourire perplexe apparut sur son visage. Fumitaka eut l'impression qu'il hésitait.

— Pardon. Vous ne me pouvez rien dire sur l'enquête, n'est-ce pas ?

— Nous n'avons rien à cacher. Elle venait de se séparer de son mari, et de commencer une nouvelle vie seule. Elle avait un fils mais le voyait très peu.

— Ah bon…

— Personne ne sait pourquoi elle est venue s'installer dans cette partie de Tokyo. Une nouvelle venue mystérieuse dans le vieux Tokyo.

Fumitaka ouvrit plus grands les yeux.

— À cet égard, elle est un peu comme vous.

— Absolument.

Ils rirent tous les deux.

— Ah, voilà votre fille, dit Kaga en regardant la rue.

Nao était en train de mettre de l'ordre dans l'éventaire. La porte en verre du magasin s'ouvrit, et Satoko vint la rejoindre. Elles se mirent à parler. Nao fit la moue.

— Si Nao sait que je vous ai rencontré, elle va me poser des tas de questions.

— Vous n'avez qu'à lui dire que M. Takura ne fait plus partie des suspects. Ça devrait suffire, non ?

Son interlocuteur se leva.

— Monsieur Kaga, vous allez rester au commissariat de Nihonbashi ?

— Oui, je pense.

— Je suis content de l'apprendre. J'espère que vous reviendrez acheter des biscuits chez nous.

— Vous pouvez compter sur moi.

Fumitaka posa sur la table le montant de sa consommation et quitta le café. De jeunes employés en bras de chemise passèrent sur le trottoir. Ils avaient l'air pressé.

L'APPRENTI
DU RESTAURANT TRADITIONNEL

1

Chaque jour, à seize heures, vêtu d'une blouse blanche, Shūhei devait répandre, sur le trottoir devant le restaurant, de l'eau qu'il puisait dans un seau en bois à l'aide d'une grande louche. La première fois que Yoriko, la patronne, lui avait ordonné de le faire, il avait proposé d'utiliser un tuyau d'arrosage, étant donné qu'il y avait un robinet tout près. Elle s'était renfrognée.

— Tu es bête ! On n'arrose pas le trottoir comme on laverait une voiture. L'idée, c'est de faire qu'il y ait moins de poussière. Et tu crois que ça plairait aux clients de devoir enjamber des flaques pour entrer dans le restaurant ? Ils viennent dans ce quartier pour trouver l'ambiance du vieux Tokyo et ils sont contents de voir notre apprenti arroser le trottoir comme autrefois. Si tu le faisais en jean, un tuyau à la main, ça ne ressemblerait à rien.

— Mais ils n'arrivent qu'après dix-huit heures. Comment pourraient-ils me voir ? répliqua Shūhei.

Sa patronne le gifla.

— Tu me fatigues avec tes raisonnements. Un ergoteur ne fera jamais un bon cuisinier !

L'apprenti pensa qu'elle exagérait mais n'en dit rien. Yoriko n'était pas toujours commode, mais il admirait ses qualités de gestionnaire.

Le seau était quasiment vide lorsque Taiji, le mari de Yoriko et le patron du Matsuya, fit son apparition.

Il était habillé d'une chemise hawaïenne et d'un pantalon blanc, avec une chaîne en or autour du cou et des lunettes de soleil sur le nez. Il se croit élégant, mais il ressemble plus à un voyou d'un film de série B qu'à un dandy, se dit Shūhei.

— J'espère que tu n'as pas oublié de faire ma commission, lança Taiji en jetant des regards furtifs autour d'eux.

— Non, je n'ai pas oublié.

— Tu l'as mise où ?

— Je l'ai cachée.

— Bien. Va me la chercher.

Shūhei posa le seau, s'engagea dans la ruelle le long du restaurant, et prit un sac plastique blanc dans le panier de son vélo qu'il garait là. Il l'apporta à Taiji dont les yeux étaient tournés vers sa montre. Son impatience était perceptible. Il devait craindre de voir sa femme arriver.

— Voilà, dit l'apprenti en lui tendant le sac.

— Merci, merci, dit son patron en jetant un coup d'œil satisfait à l'intérieur. Tu as bien commandé ce que je t'ai demandé ?

— Oui. Sept fourrées aux haricots rouges, trois nature.

— C'est bien ça. Garde la monnaie.

— Merci, répondit l'apprenti, qui inclina la tête en pensant : Tout ça pour 50 yens !

— Et j'espère que tu n'as pas oublié ce que je te dis toujours. Ça reste entre nous, d'accord ?

— Bien sûr.

— Pas un mot à personne, hein ? Dans le cas contraire, tu auras des ennuis.

— Je sais, répondit Shūhei, qui le trouvait lourd.

— Je compte sur toi, hein ?

Taiji s'éloigna enfin. L'apprenti soupira tout bas en le suivant des yeux.

Les clients arrivaient à partir de dix-huit heures. Shūhei faisait le service. Il leur apportait les assiettes préparées en cuisine, après avoir écouté les explications des cuisiniers sur le contenu des plats, la manière de les manger, et leurs ingrédients. Mais il était souvent incapable de répondre aux questions qu'on lui posait et retournait s'informer en cuisine. La plupart du temps, ses collègues lui reprochaient d'avoir oublié ce qu'ils venaient de lui dire.

Yoriko, toujours en kimono, allait saluer les habitués. Shūhei avait appris qu'elle respectait scrupuleusement les règles précises qui dictaient leur style suivant les saisons. Celui qu'elle portait ce soir-là était mauve, d'un tissu qui donnait l'illusion de la transparence.

Quand elle parlait aux clients, la patronne n'avait pas du tout la même expression qu'avec lui. Dans ces moments-là, il la trouvait belle, et elle lui paraissait plus jeune. Il avait du mal à croire qu'elle avait presque l'âge de sa mère.

Mais ce beau sourire était réservé aux clients. À peine s'éloignait-elle d'eux que son regard se faisait à nouveau sévère.

— Le verre du client assis à côté de la fenêtre est vide. Tu ne l'as pas vu ?

— Oh ! Désolé.

Chaque fois qu'elle lui faisait une remarque, il devait courir.

Le restaurant se vidait autour de vingt-deux heures. Les clients ne manquaient pas de lui dire qu'ils s'étaient régalés, et il en était content, bien qu'il n'ait pas cuisiné. C'était ce qu'il préférait dans son travail.

Ensuite, son rôle était de débarrasser, de faire la vaisselle et de nettoyer la cuisine. Comme il était entré en apprentissage au printemps, il n'était pas encore admis en cuisine. Katsuya, qui l'avait précédé de deux ans, venait juste d'avoir le droit d'y travailler. Shūhei savait qu'il allait devoir attendre longtemps.

Âgé de dix-sept ans seulement, il avait interrompu ses études l'année précédente parce que le lycée ne lui convenait pas. Cela sonnait bien, mais en réalité, il avait abandonné car il n'arrivait pas à suivre. Ses parents n'avaient pas voulu qu'il arrête après le collège comme il le souhaitait, mais il n'était pas capable de continuer.

Il n'avait jamais envisagé de passer du lycée à l'université, puis de se faire embaucher par une bonne société. Parce qu'il ne s'imaginait pas occuper un emploi plus tard. Entrer au lycée n'avait rien changé à cela.

Lorsque ses parents lui avaient demandé ce qu'il comptait faire, il leur avait immédiatement répondu : "Cuisinier." Pour une raison simple. Depuis toujours, il admirait le chef du restaurant de sushis qui se trouvait près de chez lui.

Grâce aux relations de son père, il avait été embauché comme apprenti au Matsuya. Comprenant qu'avec l'économie japonaise en berne, trouver du travail après l'université n'était plus aussi facile qu'autrefois, ses parents s'étaient résignés à ce choix de leur fils.

Shūhei venait de finir de ranger et de nettoyer la cuisine lorsque Taiji y entra, vêtu des mêmes vêtements que tout à l'heure. Aurait-il passé la soirée dehors ?

— C'était comment ce soir ? demanda-t-il en prenant un des verres fraîchement lavés pour le remplir de saké.

— Comme toujours. M. Okabe était là.

— Ah… Il se prend pour un gastronome alors qu'il n'y connaît rien, dit le patron en vidant son verre d'une traite.

Ses joues étaient déjà rouges. Il avait dû boire dehors.

Il posa son verre vide et quitta la cuisine. Shūhei le lava, mécontent de ce surcroît de travail.

2

Le Matsuya offrait une formule à prix raisonnable pour le déjeuner, dont profitaient les employés des bureaux du quartier.

Shūhei faisait son travail en salle lorsque Katsuya, l'apprenti qui servait en cuisine, le surprit en lui annonçant que la patronne l'attendait dans le salon "Hinoki no ma", qui n'était pas ouvert pour le déjeuner.

Il l'y trouva en compagnie de trois hommes, deux en costume, et le troisième vêtu d'une chemise à carreaux sur un tee-shirt.

— Shūhei, ces messieurs sont des policiers. Ils souhaitent te poser quelques questions, expliqua Yoriko.

— Désolé de vous déranger en plein travail, dit l'un des hommes en costume en la regardant. Nous ne le garderons pas longtemps.

— Prenez votre temps, répondit-elle d'un ton aimable, le regard légèrement inquiet.

Shūhei, qui ne voyait pas ce que la police pouvait lui vouloir, était mal à l'aise.

Les trois policiers sortirent du salon particulier et se dirigèrent d'abord vers l'extérieur. Ils ne s'arrêtèrent qu'une fois arrivés dans l'avenue Ningyōchō-dōri. Bordée de petits restaurants, elle était à sens unique, mais avait plusieurs voies.

— Il fait chaud, hein ? Tu n'as pas soif ? demanda celui qui n'était pas en costume en lui présentant un sac plastique qui contenait plusieurs canettes de café glacé.

— Non merci.

— Mais si, sers-toi donc. Si tu ne bois pas, nous non plus on n'osera pas !

— Dans ce cas…

Shūhei jeta un nouveau coup d'œil dans le sac et en prit une. Les trois hommes en firent autant.

— On sert de la bière pression au Matsuya ?

La question venait à nouveau de celui qui n'était pas en costume. L'apprenti fit non de la tête.

— Non, nous ne servons que de la bière en bouteille. Et une bière artisanale qui vient d'un brasseur de la région d'Hida.

— Hum… Elle doit être délicieuse. Vas-y, bois !

— Merci, répondit Shūhei en ouvrant sa canette.

Il faisait très chaud pour un mois de juin et la fraîcheur du café était bienvenue.

Le plus vieux des deux hommes en complet-veston but une gorgée du sien, et se tourna vers lui.

— Alors comme ça, tu as acheté des gaufres ?

Shūhei faillit avaler de travers. Il cligna des yeux et le regarda.

— Pardon ? dit-il.

— Il y a trois jours, tu as acheté des gaufres dans le magasin qui se trouve un peu plus loin, reprit l'homme en le fixant droit dans les yeux.

Le cœur du jeune garçon battait à grands coups. Il se dit qu'il ne pouvait pas mentir, étant donné la manière dont la question lui avait été posée, et hocha la tête.

— Oui, j'en ai acheté.

— À quelle heure ?

— Ça devait être un peu avant quatre heures.

— D'accord. Et tu en as acheté combien ?
— Dix. Sept fourrées aux haricots rouges, et trois nature.
— Dans une boîte ?
— Non, dans un emballage en plastique transparent.
— C'était pour quelqu'un ?
— Non, dit-il en secouant la tête.

Il pensa à sa promesse à Taiji et se passa la langue sur les lèvres.

— C'était pour moi.
— Dix pour toi ? demanda l'autre policier en costume.
— J'en ai mangé quelques-unes dans la journée, et le reste le soir.

Le plus vieux se mit à rire.

— C'est beau, l'appétit de la jeunesse.
— Tu les as vraiment mangées toutes ? demanda l'autre policier en costume.
— Oui.
— Et tu as fait quoi de l'emballage ?
— Je l'ai jeté.
— Où ça ?
— Euh… dit Shūhei, à court de réponse. Je ne me souviens plus. Dans une des poubelles, je crois.
— Tu es logé chez ton patron, n'est-ce pas ? Alors, dans la poubelle de ta chambre ?
— Ça se peut… Euh, non, je crois que c'était dans une autre poubelle.
— Tu peux essayer de t'en souvenir ? Ça nous aiderait que tu le retrouves.
— L'emballage ?
— Oui, répondit le policier sans le quitter des yeux.

Shūhei baissa les siens, embarrassé. Il aurait été plus simple de dire qu'il avait fait cette course pour Taiji, mais cela l'exposerait à ses reproches et risquait même de provoquer son licenciement.

La seconde suivante, quelque chose lui revint à l'esprit et il releva la tête.

— Cette poubelle a été ramassée ce matin.

Au tour des policiers d'être embarrassés.

— Ce matin ? Avec les autres poubelles ? demanda le plus petit.

— Oui. C'était le jour des poubelles jaunes.

Il ne mentait pas. Les sortir faisait partie de ses attributions. Déconcerté par les questions des policiers, il l'avait oublié.

Les deux qui étaient en costume semblaient ennuyés. Celui en chemise contemplait pour sa part les alentours, comme si toute l'affaire ne le concernait pas. Ses yeux croisèrent ceux de Shūhei, et il sourit.

— Bois donc ton café !

— Ah… oui.

Il but ce qui restait car il avait la bouche sèche.

— OK. Désolé de t'avoir dérangé en plein travail, fit le plus petit.

— Merci de ta collaboration, dit celui en chemise en lui tendant le sac plastique. Donne-moi ta canette, je la jetterai pour toi.

Le jeune garçon lui obéit et le remercia.

Lorsqu'il revint dans le restaurant, Yoriko l'attendait dans l'entrée. Elle se tourna vers lui, l'air inquiet.

— Alors ? Que voulaient-ils savoir ?

Pris au dépourvu, il ne sut que répondre. Remarquant son hésitation, elle lança :

— C'était à propos des gaufres, non ?

Stupéfait, Shūhei acquiesça. Les policiers lui en avaient apparemment parlé.

— Tu en as acheté il y a trois jours, non ? Et ils t'ont interrogé là-dessus, n'est-ce pas ?

— Oui.

— Et tu leur as dit quoi ?

Il le lui raconta. Il n'avait pas le choix.

Contrairement à ce qu'il craignait, elle ne lui fit pas de remontrances pour avoir quitté le restaurant en pleine journée.

— C'est tout ce qu'ils t'ont demandé ?

— Oui.

— Bon. Eh bien, remets-toi au travail.

— Oui, bien sûr. Mais je ne comprends pas pourquoi ils m'ont posé toutes ces questions…

Yoriko hésita une seconde avant de lui répondre :

— Ils enquêtent sur un meurtre qui a eu lieu à Kodenmachō il y a trois jours.

— À Kodenmachō ? Mais pourquoi me poser des questions à moi ?

— Parce qu'on a trouvé des gaufres dans l'appartement de la victime. Les policiers m'ont dit qu'ils cherchaient à savoir qui les avait achetées.

— Ah bon…

À nouveau, il avait la bouche sèche, et soudain très chaud. Pas question cependant de montrer son embarras.

— Mais comment ont-ils pu savoir que j'avais fait cette course ? murmura-t-il, la voix cassée.

— Je ne sais pas, ils ne me l'ont pas dit. Mais tu n'as rien à voir avec cette histoire, non ?

Shūhei secoua vigoureusement la tête.

— Bien sûr que non ! Je n'étais même pas au courant.

— Dans ce cas, tu n'as pas de souci à te faire. Allez, remets-toi vite au travail ! Les clients t'attendent !

— Excusez-moi, dit-il avant de repartir vers la cuisine.

Il profita de la pause après le repas de midi pour consulter discrètement le journal. Dans l'édition du soir de celui de l'avant-veille, il trouva un article sur le fait divers. La victime, une femme de quarante-cinq ans qui vivait seule dans un appartement de Kodenmachō, aurait été étranglée. L'état des lieux faisait penser que le crime avait été commis relativement tôt dans la soirée, par quelqu'un qu'elle connaissait.

Il ne trouva rien sur les gaufres. La police n'en a peut-être pas parlé, se dit-il en sentant la sueur couler sous ses aisselles. Il revit le visage des policiers.

Shūhei savait que son patron avait une maîtresse. Ses collègues y avaient fait allusion, en précisant qu'elle vivait dans un immeuble du même quartier que la victime. Des gens avaient vu Taiji y entrer.

Ce n'était pas la première fois qu'il avait acheté des gaufres pour son patron. Quand il les lui remettait, le patron partait toujours dans la direction opposée à la gare. En continuant par là pendant une dizaine de minutes, on arrivait précisément à Kodenmachō.

Shūhei se disait que les gaufres étaient destinées à la maîtresse de son patron. Et il y avait eu ce crime.

Ce pouvait n'être qu'un hasard, mais les coïncidences lui paraissaient trop nombreuses. La visite des policiers l'inquiétait aussi. Impossible qu'il ait été le seul à avoir acheté des gaufres ce jour-là.

La victime était-elle la maîtresse de Taiji ? Dans ce cas, son assassin serait… L'appréhension l'envahit. Il ne pouvait en parler à personne. Ni à Yoriko, ni à ses collègues. Peut-être à Taiji ? Non, ce n'était pas possible non plus. Le patron le gronderait d'avoir osé le soupçonner.

Inquiet, il n'arriva pas à se concentrer sur son travail et commit tellement d'erreurs ce soir-là que ses collègues et ses patrons le couvrirent de reproches.

3

Le lendemain soir, le policier en chemise revint au Matsuya en tant que client. Il portait une veste sombre. Après l'avoir conduit à sa table, Shūhei vérifia son nom sur la liste des réservations. Il s'appelait Kaga.

— On dirait que tu as vu un fantôme, lui dit l'homme. À tes yeux, les policiers mal payés comme moi n'ont pas leur place ici ?

— Bien sûr que non !

— Bon, je voudrais d'abord goûter à cette bière artisanale d'Hida, dit Kaga sans consulter le menu.

Il se souvenait de ce que Shūhei lui avait dit la veille.

Le soir, le Matsuya ne servait pas de formule. Lorsque le jeune homme lui apporta sa bière, Kaga demanda à voir la carte.

— Je crois que je vais prendre le menu spécial saké de la patronne.

— Très bien.

— Dis donc, lança Kaga alors que Shūhei s'apprêtait à quitter sa table. Tu aimes le sucré ?

L'apprenti faillit lui répondre que ce n'était pas le cas. Il se reprit juste à temps, en se rappelant qu'il avait affirmé avoir mangé les gaufres tout seul.

— Euh… oui, plutôt.

— Ah bon… Pourtant tu as choisi le sans sucre.

— Le sans sucre ?

— Quand tu as pris une canette.

Shūhei sursauta. C'était exact. Parce que c'était son habitude.

— Le café, je le préfère sans sucre.

— Ah bon, lâcha Kaga en reposant son verre de bière vide sur la table. Apporte-moi mon saké, s'il te plaît. Et vite.

L'apprenti s'éloigna, perplexe. Qu'est-ce qu'il me veut, ce policier ? Pourquoi m'a-t-il posé cette question sur le café ? Il en eut des sueurs froides.

Kaga n'était pas venu ici seulement pour dîner. Il ne croyait pas que le jeune homme avait mangé toutes les gaufres. Et il voulait lui poser encore plus de questions.

Personne ne pouvait l'aider. Il devait quand même le servir.

— Ce saké est du Rokushū, du département d'Akita, dit-il en remplissant la coupe de Kaga. C'est un *kassei junmai*, mousseux parce qu'une seconde fermentation se produit dans la bouteille.

— On dirait du champagne. C'est la même méthode ?

— Eh bien… oui, je crois. On ajoute de la levure à un saké *junmai* déjà fermenté.

— Dans le cas du champagne, on met aussi un petit peu de sucre. C'est la même chose pour ce saké ?

— Un instant s'il vous plaît. Je vais vérifier.

— Non, ce n'est pas la peine. Je peux attendre. Mais tu es au courant pour le meurtre de Kodenmachō ?

Surpris par cette question inattendue, Shūhei écarquilla les yeux. Kaga le remarqua et rit.

— Et tu le sais d'où ?

— Mais pourquoi…

— J'imagine que la patronne t'a dit que l'on avait retrouvé des gaufres chez la victime. Elle venait apparemment d'en manger quand elle a été tuée. On en a retrouvé dans son estomac, pas encore digérées, et il en restait dans le récipient en plastique sur sa table. Mais nous ne savons pas qui les a achetées.

— Et ce n'était pas elle ?

— Il se trouve que non. En fait, un assureur est passé chez elle avant qu'elle ne soit tuée. Et elle lui a proposé des gaufres en ajoutant qu'on les lui avait données. Ce qui veut dire qu'elle ne les avait pas achetées elle-même.

— Ah… dit le jeune homme, interloqué.

— Comme le papier qui enveloppait le récipient était encore là, nous avons tout de suite su d'où elles venaient. Mais cela ne nous a pas avancés. Des dizaines de personnes achètent des gaufres chaque jour. Celles de la victime avaient cependant une caractéristique : certaines étaient fourrées aux haricots rouges, d'autres nature. Un tel assortiment est généralement vendu dans une boîte cadeau, mais il n'y en avait pas chez la victime. Nous avons donc demandé au personnel du magasin de gaufres s'il y avait eu des clients qui en avaient acheté ce jour-là. La réponse était qu'il y en avait eu plusieurs. La seule personne dont ils se souvenaient, c'était toi, l'apprenti du Matsuya, expliqua Kaga en le pointant du doigt. Tu vas souvent en acheter, apparemment !

— Hum… fit Shūhei, comprenant enfin la raison de la visite des policiers.

Il en avait indéniablement acheté plusieurs fois pour Taiji.

Katsuya sortit de la cuisine pour voir pourquoi son jeune collègue s'attardait auprès de ce client.

— Excusez-moi, je ne peux pas rester, dit l'apprenti avant de s'éloigner de Kaga.

— Qu'est-ce que tu fabriques ? demanda Katsuya.

— Le client s'est mis à me parler et…

— Dans ces cas-là, il faut trouver une excuse. Tu ne dois pas te laisser monopoliser par un client.

— Je suis désolé, répondit Shūhei en pensant qu'il aurait préféré ne pas se retrouver dans cette situation.

Il revint ensuite plusieurs fois à la table du policier, mais celui-ci, peut-être parce qu'il était absorbé dans la dégustation de son menu, ne lui posa pas d'autres questions.

L'apprenti n'en fut que plus préoccupé. Il tenta d'imaginer la véritable raison de sa visite. Il n'était certainement pas simplement venu faire un bon repas.

— Ce pâté est à base de moutarde épinard et de fumet de bonite séchée, saupoudré de poutargue, expliqua Shūhei en plaçant une assiette devant Kaga.

— Plutôt inhabituel, commenta Kaga en prenant ses baguettes.

Au moment où l'apprenti s'apprêtait à repartir, il lança :

— On a trouvé les empreintes digitales de trois personnes.

Shūhei sursauta. Kaga prit une bouchée du plat sans le quitter des yeux.

— Intéressant ce pâté ! On perçoit nettement le goût de la moutarde épinard. Cela n'a rien d'étonnant, bien sûr.

— Les empreintes digitales de trois personnes…

Au lieu de lui répondre, Kaga porta sa coupe de saké à ses lèvres.

— Oui. Sur le récipient en plastique. Celles de la victime, celles de l'employée du magasin de gaufres et probablement celles de la personne qui les avait apportées à la victime. Et qui pourrait être l'assassin.

Ce mot fit frémir Shūhei. Il sentit son visage se tendre, malgré ses efforts pour ne rien montrer.

— Ce n'est pas moi qui les ai achetées, bredouilla-t-il.

— Non bien sûr, puisque tu as mangé les tiennes tout seul, n'est-ce pas ?

L'apprenti manifesta son approbation d'un vigoureux hochement de tête.

— Tu es jeune, et je peux comprendre que tu aies envie d'un goûter vers quatre heures. Mais la patronne m'a dit qu'à cette heure-là, tu répands de l'eau devant le magasin. Tu les avais mises où, tes gaufres ? Tu ne voulais probablement pas que tes collègues les trouvent, et ton tablier n'a pas de poches, non ?

— Euh… en fait… dans le panier de ma bicyclette.

— De ta bicyclette ?

— Je la gare dans la ruelle le long du restaurant, et je les ai mises dans le panier. Je suis allé les prendre une fois que j'avais fini de répandre l'eau.

Kaga regarda dans le vague, sans doute parce qu'il était en train de visualiser Shūhei le faire. Puis un sourire apparut sur son visage.

— Je vois. Ce n'est pas facile de prendre son goûter en douce.

— Je peux partir ?

— Bien sûr. Je ne crois pas t'avoir demandé de rester, d'ailleurs lâcha Kaga, les baguettes en l'air. Laisse-moi juste t'annoncer une bonne nouvelle. Les empreintes digitales de la troisième personne ne correspondaient pas aux tiennes.

À nouveau, le jeune homme ouvrit grands les yeux.

— Mes empreintes digitales… mais quand…

— Nous avons nos méthodes… dit Kaga, amusé.

Soudain, l'apprenti comprit. Il fronça les sourcils.

— La canette de café…

C'était la raison pour laquelle Kaga l'avait poussé à en prendre une. Savoir s'il aimait le sucre ou non n'était pas son véritable objectif.

— Vous me dégoûtez, souffla-t-il sans réfléchir.

— Je suis flic, c'est tout, dit-il en vidant sa coupe.

Shūhei continua à le servir en évitant de croiser son regard, mais le policier ne lui adressa plus la parole.

Après le départ de Kaga, Yoriko l'intercepta au moment où il emportait des assiettes dans la cuisine.

— J'ai vu que le policier du commissariat de Nihonbashi t'a posé beaucoup de questions.

— Ah… il vient de ce commissariat ?

— D'après ce que je sais, il y est arrivé récemment. Mais de quoi t'a-t-il parlé ?

L'apprenti hésita, mais décida de se montrer franc avec elle, sans pour autant lui dire qu'il avait remis les gaufres à Taiji.

— Ah… je comprends mieux. Il est venu dîner ici pour ça, alors.

— Que dois-je faire, à votre avis ?

— N'y pense plus. Ils n'ont pas trouvé tes empreintes digitales, non ? Tu n'as pas de souci à te faire. Désolée de t'avoir interrompu dans ton travail. Continue, s'il te plaît.

Elle lui tourna le dos.

4

Shūhei était en train de faire la vaisselle dans la cuisine lorsque Taiji y entra. Ce soir, il n'avait pas le visage empourpré.

— Shūhei, laisse ton travail. Je veux que tu viennes avec moi.

— Où ça ?

— Qu'est-ce que ça peut faire ? Tu comprendras quand on y sera. Allez, va vite te préparer à sortir.

— Mais je n'ai pas encore fini de ranger.

— Je suis le patron ici, non ? Obéis-moi sans faire d'histoire. Grouille-toi ! Je t'attends dehors.

— Euh… oui, dit l'apprenti avant de s'essuyer les mains et de quitter la cuisine.

C'était pour lui une première, et il se demandait avec inquiétude où il serait conduit.

— Dis donc, t'aurais pu t'habiller un peu mieux ! lança Taiji, l'air mécontent.

— Je suis désolé, mais je ne savais pas… répondit l'apprenti à propos de son jean et de son tee-shirt. Vous voulez que j'aille me changer ?

— Non, ce n'est pas la peine. Allez, on y va.

Une fois sur l'avenue, Taiji héla un taxi et lui donna une adresse à Ginza. Shūhei se raidit en l'entendant.

— Pas la peine d'avoir peur quand je dis qu'on va à Ginza, fit son patron d'un ton amusé. Puisque tu veux devenir chef cuisinier, il faut que tu connaisses un peu le monde des adultes.

— Oui, m'sieu.

— Ne t'en fais pas, je ne te demanderai pas de payer, ajouta Taiji en s'esclaffant.

Le taxi s'arrêta dans une rue encombrée. Sur le trottoir, des hommes en costume parlaient avec des femmes, manifestement des entraîneuses. Cela ressemblait un peu au quartier de Ningyōchō, mais en beaucoup plus grand, et le jeune garçon était stupéfait.

— Allez, ne reste pas planté là, suis-moi, fit Taiji.

L'apprenti lui obéit et les deux hommes se rendirent dans un night-club situé au cinquième étage d'un immeuble. Il y avait beaucoup de monde dans le vaste établissement très éclairé, où des jeunes femmes se mouvaient au milieu des clients. Shūhei avait l'impression d'avoir changé d'univers.

Un homme vêtu de sombre les conduisit jusqu'à une table, où une femme vint les rejoindre. Ses cheveux relevés accentuaient la petitesse de son visage.

Taiji lui présenta Shūhei, à qui il apprit qu'elle s'appelait Asami.

— Tu n'as que dix-sept ans ? Et tu veux devenir cuisinier ? C'est stylé… Mais tu ne peux pas boire d'alcool alors, dit-elle alors qu'elle s'apprêtait à lui servir un whisky.

— Il peut boire une bière, non ? Un apprenti cuisinier qui ne boit pas du tout ne peut pas faire un bon cuisinier.

Le jeune homme était tendu. Il ne savait absolument pas comment se conduire dans un tel endroit. Ni ce qu'il devait dire.

Asami, demandée ailleurs, quitta leur table, et Taiji fit signe à son apprenti de s'approcher.

— J'ai quelque chose à te dire.

Shūhei s'exécuta et son patron lui dit tout bas :

— Asami, c'est ma copine. Les gaufres que tu as achetées, c'était pour elle.

— Ah… lâcha le jeune garçon en lui lançant un regard ébahi.

— La patronne m'a dit qu'un enquêteur du commissariat de Nihonbashi t'avait posé des questions à ce sujet. Mais ne t'en fais pas, ces gaufres n'ont rien à voir avec le meurtre.

— Je ne me faisais pas de souci…

— Pas la peine de me mentir. Tu te demandais si la femme qui a été tuée n'était pas ma copine, non ? Sûr que c'est un drôle de hasard, d'autant plus qu'Asami habite dans le même immeuble qu'elle.

— Ah bon !

— Oui, et ça ne me plaît pas du tout. Mais ça n'a rien à voir avec moi. Ne te fais pas de mouron.

Shūhei hocha la tête. Il ne pouvait pas imaginer que son patron mente.

— D'accord, mais je me demande pourquoi ce policier est venu me trouver.

— Je ne peux pas te le dire non plus. Un policier doit sans doute interroger beaucoup de gens.

Asami revint.

— J'aimerais bien savoir quels secrets vous vous racontez !

— Les hommes ne peuvent pas tout dire aux femmes, enfin ! Mais dis-moi, mon fils va bien ?

Le jeune garçon faillit tomber de sa chaise. Asami le remarqua et se mit à rire.

— Il est en pleine forme, et son papa lui manque.

— Je vois. Embrasse-le bien pour moi.

Shūhei ne comprenait pas si les adultes plaisantaient.

On lui apporta un verre plein de bière, et il en but une gorgée.

Ce n'était pas la première fois qu'il y goûtait, mais elle lui parut amère dans ce club de Ginza. Un goût pour adultes, se dit-il.

5

Assise sur le siège au bout du bar, Yoriko soupira profondément, soulagée. La semaine s'était terminée sans encombre, et elle n'avait pas à porter de kimono aujourd'hui.

— La même chose que d'habitude, dit-elle au serveur.

Elle venait dans ce bar au sous-sol d'un hôtel tous les samedis soir, toujours seule. Il y a de nombreux établissements plaisants dans le quartier de Ningyōchō, mais elle préférait ne pas rencontrer de gens qu'elle connaissait le samedi soir.

Le serveur lui apporta son Pink Gin dans un petit verre. Elle aimait l'amertume de l'Angostura.

À peine venait-elle de prendre son verre qu'elle sentit une présence près d'elle.

— Une femme qui dirige un restaurant de tradition comme vous aime les boissons fortes.

Elle reconnut cette voix, non qu'elle l'ait souvent entendue, mais parce qu'elle avait une sonorité particulière.

Elle se retourna et constata qu'elle ne s'était pas trompée.

— Me permettez-vous de vous importuner quelques instants ? demanda Kaga en souriant.

— Je vous en prie.

— Une Guinness, s'il vous plaît, commanda le policier qui portait ce soir-là une veste noire.

— Puisque vous buvez de l'alcool, j'imagine que vous ne travaillez pas, fit Yoriko.

— Non, bien évidemment. J'ai résolu une partie de l'énigme, et j'avais envie de fêter ça.

— Ah bon ? Tout seul ou avec vos collègues ?

Kaga fit un petit geste de dénégation.

— C'est une trop petite partie pour la célébrer à plusieurs. J'ai enfin trouvé le chien que je cherchais.

— Un chien ? Lié au meurtre ?

— Je n'en sais rien. La seule chose dont je sois sûr, c'est que cet animal n'est pas le coupable.

Yoriko étudia son visage. Il n'avait pas l'air de plaisanter.

— Le commissaire qui dirige votre commissariat honore le Matsuya de sa présence de temps en temps. Il y est venu accompagné l'autre jour.

— Ah bon… Dans mon ancien commissariat aussi, le chef aimait la bonne chère. Les hauts gradés de la police connaissent mieux les bons restaurants que l'internet, je crois.

Elle rit.

— Et vous savez ce qu'il m'a dit ? "Nous avons recruté un enquêteur plutôt intéressant." Je lui ai demandé en quoi, il m'a répondu qu'il était très vif, mais de caractère un peu difficile, et surtout têtu. Je me trompe, ou il parlait de vous ?

— Je ne saurais vous dire.

Le serveur apporta la consommation de Kaga. Il prit son verre, et trinqua avec elle avant d'y tremper les lèvres.

— Aujourd'hui, vous êtes en robe, et non pas en kimono, mais cela vous va tout aussi bien. Dans l'un comme dans l'autre, vous jouez à merveille le rôle d'une femme élégante.

— Ne vous moquez pas de moi !

— Ce n'est pas mon intention. Je préférerais encore que vous m'accusiez de cynisme.

Elle reposa son verre.

— Que voulez-vous dire par là ?

— Vous avez conservé un côté puéril. Qui vous amène à des ruses enfantines.

— Monsieur Kaga, commença-t-elle en se tournant vers lui. Si vous avez quelque chose à me dire, je vous prie de le faire. Ma famille habite à Tokyo depuis plusieurs générations, et vous savez bien que la patience n'est pas le fort des gens d'ici.

— Désolé. Dans ce cas, je serai bref. Je parle bien sûr du crime de Kodenmachō.

— Vous voulez dire qu'il a un rapport avec le Matsuya ?

— J'y viens. Je vous ai dit l'autre jour que nous avions retrouvé des gaufres sur les lieux du crime. Et que nous ignorions qui les avait achetées. Il y avait trois empreintes digitales différentes sur l'emballage en plastique transparent, celles de la victime, celles de l'employée de la pâtisserie, et celles d'une troisième personne dont nous ne connaissons pas l'identité.

— Shūhei me l'a raconté. Mais il m'a aussi appris qu'il ne s'agissait pas des siennes.

— C'est exact.

— Dans ce cas-là, je ne comprends pas pourquoi vous continuez à vous intéresser à notre restaurant. Le jour du meurtre, beaucoup de gens ont acheté des gaufres, et notre apprenti n'est pas le seul à avoir demandé des gaufres fourrées aux haricots rouges et d'autres, nature. Vous feriez mieux de chercher ailleurs que chez nous, non ?

— Je vais y venir. Mais vous avez raison, Shūhei n'est pas le seul à avoir commandé un panachage, et l'emballage ne portait pas ses empreintes. C'est d'ailleurs pour cela que mes collègues de la préfecture de police ne s'intéressent pas à cet aspect. Ils n'ont pas l'air de penser que la personne qui a acheté les gaufres est suspecte.

— Ah bon ? fit Yoriko, surprise.

— Nous avons remarqué que quelqu'un s'était efforcé d'effacer des empreintes digitales chez la victime, continua Kaga d'un ton amusé, avant de boire une autre gorgée de bière.

— Cela veut dire quoi ?

— Que l'assassin a voulu essuyer les endroits qu'il se souvenait d'avoir touchés. Par conséquent, si c'était lui qui avait apporté les gaufres, il aurait aussi essuyé l'emballage en question. Mais il ne l'a pas fait.

— Je comprends, dit Yoriko en dévisageant le visage basané de Kaga. Mais alors, pourquoi vous intéresser aux gaufres ? Si elles n'ont rien à voir avec le crime, peu vous importe qui les a achetées, non ?

— Nous, les policiers, ne procédons pas de cette manière. Nous cherchons à établir la raison de toute chose, parce que cela nous aide à trouver la vérité. Même les éléments qui n'ont pas un lien direct avec le crime.

Le verre de Yoriko était vide. Elle fit signe au serveur de lui en apporter un autre.

— Shūhei dit qu'il a mangé toutes les gaufres. Je trouve inadmissible qu'il soit allé acheter des gaufres pendant son temps de travail et encore plus qu'il les ait mangées.

— Ne le grondez pas, s'il vous plaît. Il ne les a pas mangées, dit Kaga d'un ton assuré.

— Mais pourquoi ment-il ? Ça ne vous paraît pas bizarre ?

— Vous n'êtes qu'à moitié sincère, n'est-ce pas ? Parce qu'il vous paraît bizarre que les gaufres achetées par votre apprenti se soient retrouvées chez la victime.

Les paroles de Kaga déconcertèrent Yoriko. Il avait vu juste. Mais elle se ressaisit immédiatement.

— Je crois vous avoir déjà demandé de me parler franchement.

Il la regarda dans les yeux, puis baissa lentement la tête.

— Très bien. Dans ce cas, je vais vous faire part de ma conclusion. C'est Shūhei qui a acheté les gaufres qui se trouvaient chez la victime. Pourquoi puis-je l'affirmer ? Parce que l'une d'entre elles était différente des autres. Vous savez de quoi je parle, n'est-ce pas ?

Elle avala sa salive et détourna les yeux. Kaga se mit à rire.

— Nos techniciens étaient surpris. Ils ne comprenaient pas comment c'était possible. J'ai été tout aussi étonné quand j'ai su. Parce que c'est vraiment étonnant de tomber sur une gaufre fourrée au wasabi.

Au même moment, le serveur apporta à Yoriko un autre Pink Gin. Elle tendit la main vers son verre en souriant au policier.

— Ce que vous me racontez est très intéressant. Continuez, s'il vous plaît. Je ne vous interromprai pas.

— Volontiers. Mais permettez-moi d'abord de commander une autre Guinness.

Elle sortit une cigarette et un briquet de son sac. Ce bar était le seul endroit où elle fumait. Elle avait cessé de le faire en public depuis qu'elle était devenue la patronne du restaurant.

— L'une des gaufres qui se trouvaient au domicile de la victime était fourrée au wasabi. Comme une punition à subir dans un jeu télévisé. Et cela avait été fait avec soin, le trou par lequel le wasabi avait été introduit était rebouché avec de la fécule. Il va sans dire que la pâtisserie ne vend pas de gaufres au wasabi. Donc un individu avait introduit du wasabi dans la gaufre après l'avoir achetée. Cet individu pouvait être soit la personne qui avait donné ces gaufres à la victime, soit quelqu'un d'autre. Je disposais de données scientifiques pour le déterminer. L'analyse a montré que cette gaufre au wasabi était plus vieille que les autres. Concrètement, elle avait eu le temps de se dessécher un peu, elle était plus dure. D'après nos techniciens, elle datait probablement de la veille. Autrement dit le coupable, et par coupable j'entends la personne qui avait mis du wasabi dans la gaufre, avait acheté cette gaufre dans le but de la mettre avec les autres gaufres. J'ai donc demandé au personnel de la pâtisserie si, parmi leurs clients, certains avaient acheté des gaufres deux jours de suite. Ce n'était pas le cas. Mais ils m'ont quand même appris quelque chose qui m'a beaucoup intéressé.

Le serveur apporta une seconde Guinness et Kaga en but immédiatement une gorgée. Puis il essuya la mousse autour de sa bouche du revers de la main, sous le regard attentif de Yoriko.

— L'apprenti du Matsuya était venu le jour même, mais la veille, la patronne du restaurant en avait acheté. Tout le monde vous connaît dans le quartier à cause du restaurant.

Yoriko écrasa ce qui restait de sa cigarette dans le cendrier en pensant que ce policier était intelligent. Elle ignorait pourquoi il avait été affecté au commissariat de Nihonbashi, mais il avait dû faire du bon travail ailleurs.

Elle était résignée. Continuer à cacher la vérité ne servirait à rien.

— Je vois. C'est moi qui étais votre objectif, et non Shūhei.

— Mais il fallait aussi que je lui parle. J'avais deviné qu'il achetait ces gaufres non pour lui, mais à la demande de votre époux. Parce qu'il était la seule personne qui avait du temps libre à ce moment-là. Mais je voulais savoir à quel moment l'échange avait pu être fait et Shūhei était la seule personne qui pouvait me l'apprendre.

— Et vous savez maintenant ?

— Oui, je crois, répondit Kaga. Votre apprenti laissait les gaufres dans la corbeille de son vélo jusqu'à ce qu'il les remette à votre mari. Et le vélo était garé tout près de la porte de la cuisine. Remplacer une des gaufres par la vôtre n'était pas compliqué. C'était bien vous, n'est-ce pas ?

— Même si je vous disais le contraire maintenant, vous ne me croiriez pas, n'est-ce pas ?

— Si vous le faisiez, je devrais prélever vos empreintes digitales.

Elle soupira et alluma une deuxième cigarette.

— Vous m'impressionnez, monsieur Kaga. Vous avez raison sur toute la ligne. Mais ce n'est pas un crime, je pense.

— Non, bien sûr, fit-il. Juste un mauvais tour assez mignon. Vous vouliez faire peur à la maîtresse de votre mari ?

Yoriko se mit à rire en soufflant de la fumée.

— Puisque vous avez enquêté, vous savez qu'il en a une.

— Je n'ai eu aucun mal à la trouver. Il m'a suffi de savoir quel bar il fréquentait. Nous sommes entourés de gens indiscrets. Cette femme s'appelle Asami. Elle travaille dans un night-club de Ginza. Elle habite dans le même immeuble que la victime, et qui plus est, au même étage.

— Ce n'est pas une bonne personne. Mais mon idiot de mari aime ce genre de femme. Elle a un bébé, n'est-ce pas ?

— Oui, âgé d'un an à peu près.

— Elle lui a dit qu'il en était le père. Au lieu d'en être triste, il s'en est réjoui. Sitôt qu'il a une minute il va voir ce bébé. Et je crois qu'il donne de l'argent à sa mère. Qu'on puisse être crédule à ce point…

— Comment ça ?

Elle but une gorgée et haussa les épaules.

— Elle ment. L'enfant n'est pas de lui. J'ai fait appel à un détective privé il y a quelque temps. Chaque soir, avant d'aller travailler, elle confie le bébé à un homme qui habite à Ueno. C'est lui, le père.

— Mais pourquoi ne vit-elle pas avec lui ?

— Eh bien, parce que si elle le faisait, mon mari ne lui donnerait plus d'argent. Un jour ou l'autre, il s'en rendra compte, mais j'imagine qu'elle a l'intention de lui soutirer de l'argent autant qu'elle le peut.

— Je vois, fit Kaga. D'où votre idée de l'avertir avec cette gaufre au wasabi.

Elle sourit.

— Monsieur Kaga, désolée, vous vous trompez sur ce point. Mais je peux comprendre votre erreur.

— Je me trompe ?

— Je voulais que mon idiot de mari tombe sur cette gaufre. Il y avait sept gaufres fourrées, et trois nature, n'est-ce pas ? Comme il n'aime pas celles qui sont fourrées, j'ai mis celle au wasabi avec les nature.

— Je comprends.

Elle hocha la tête et fit tomber de la cendre dans le cendrier.

— Je suis sûre qu'il sait que le bébé n'est pas de lui. Il ne peut pas en avoir.

— Vraiment ? s'exclama le policier.

— Nous avons fait des examens médicaux autrefois parce que nous n'arrivions pas à avoir un enfant. Mais il ne le lui a pas dit. J'imagine qu'il ne veut pas abandonner cette femme qui compte sur lui, mais plus encore qu'il a envie de croire qu'il a un enfant caché, même s'il sait que cela ne peut pas lui arriver. Il joue bien son rôle de patron de restaurant, mais la patience n'est pas son fort. Ça ne fait pas longtemps qu'il est avec elle.

Kaga soupira.

— Et vous avez fini par vous énerver ?

— Oui, j'en avais un peu assez qu'il s'imagine que je n'y voyais que du feu. Je me suis dit que le wasabi le refroidirait un peu… Vous avez raison de dire que c'est plutôt puéril.

— Peut-être, mais votre mari n'est pas encore refroidi. Il ignore qu'une des gaufres contenait du wasabi, et il ne sait pas non plus que ces gaufres qu'il a offertes à sa maîtresse ont fini chez la victime du meurtre.

— C'est bien vrai, mais comment se fait-il qu'elles soient arrivées là ? Je ne me l'explique pas.

Kaga esquissa un sourire et se frotta le menton, qu'il n'avait pas rasé.

— Nous avons interrogé cette Asami. Elle a reconnu avoir donné les gaufres à la victime. Même si la seule chose qu'elle nous ait dite sur celui qui les lui avait offertes était qu'il s'agissait d'un de ses clients réguliers.

— Mais pourquoi les a-t-elle ensuite données à sa voisine ?

— Figurez-vous que… commença Kaga sur un ton hésitant. Elle n'aime pas ça.

— Quoi ?

— Elle n'aime pas les gaufres. Ni celles fourrées aux haricots rouges ni les autres. Il se trouve qu'un jour, dans une conversation, elle a dit qu'elle aimait ça, pour aller dans son sens. Depuis, il lui en apporte systématiquement et cela l'ennuie. L'autre jour, elle les a acceptées, il n'est pas entré, et elle a immédiatement sonné chez sa voisine pour les lui offrir. Sans même ouvrir le sac plastique, ce qui explique que ses empreintes digitales ne se trouvaient pas sur l'emballage, ni celles de votre mari ou de Shūhei, d'ailleurs.

— Elle le mène en bateau, lâcha-t-elle d'un ton plaintif en se massant les tempes. Et ne le laisse même pas entrer quand il vient lui apporter un cadeau. Pff… Quand je pense que je vais devoir vivre encore de longues années aux côtés de cet idiot, j'en ai mal à la tête. Il faut que je dise à Shūhei de ne plus accepter d'acheter ces gâteaux.

— Je regrette de l'avoir embêté, lui. J'y suis allé un peu trop fort. Mais il mérite le respect. Il n'a pas trahi sa promesse à votre mari de ne pas dire qu'il achetait les gaufres pour lui.

— Il a de l'avenir, ce petit. La cuisine, ça peut s'apprendre, mais savoir garder un secret, c'est important, quand on est en contact avec les clients.

— Eh bien, je vous propose de boire à cet apprenti qui reprendra peut-être un jour le restaurant.

— Si mon imbécile de mari ne le coule pas avant !

Elle leva la main pour appeler le garçon.

LA JEUNE FEMME
DE LA BOUTIQUE DE VAISSELLE

1

— Je ne comprends pas ce que font ces assiettes à poisson en poterie blanche d'Iga au milieu du Bizen noir. Elle s'est encore trompée. Combien de fois il faudra que je lui explique ? C'est lassant, à la fin, se plaignit Suzué en remettant de l'ordre dans les rayons.

Plongé dans la lecture du journal, Naoya fit semblant de n'avoir rien entendu. Il en avait assez de ces récriminations chaque fois qu'il revenait de son travail.

L'arrivée d'un client aurait été la bienvenue, mais aucun des passants ne s'arrêtait devant la vitrine. Que, par une telle chaleur, ils préfèrent un magasin climatisé était compréhensible. La porte de celui-ci était ouverte. Seul le vieux ventilateur posé sur le sol apportait un peu d'air.

L'autre jour, Maki avait suggéré d'acheter un climatiseur, en ajoutant que c'était parce qu'il n'y en avait pas que les clients se faisaient rares depuis qu'il avait commencé à faire chaud. Naoya et elle s'étaient mariés l'automne dernier, et c'était le premier été qu'elle passait ici.

Les yeux tournés vers son fils, parce qu'elle et sa belle-fille évitaient de se regarder même en se parlant, Suzué avait répliqué que cela ne changerait rien puisque la porte d'entrée du magasin était ouverte.

— Il suffirait de la fermer. Elle est en verre, les clients peuvent voir ce qu'il y a à l'intérieur. Et l'air froid ne s'échappera pas, répliqua Maki en regardant son mari.

Il l'approuva sans réfléchir.

Suzué ne le supporta pas.

— Les clients ont plus de mal à entrer quand la porte est fermée. Et puis nous avons aussi des articles dehors. Tu suggères quoi ? Si on les met tous à l'intérieur, on ne pourra plus ouvrir la porte et les gens croiront qu'on a fait faillite.

— Oui mais même si un client entre, il ne va pas s'attarder si on étouffe ici, lâcha Maki.

— Pas du tout. Tout le monde n'aime pas l'air conditionné. Certains clients me disent qu'ils perçoivent la fraîcheur sitôt qu'ils entendent le tintement des petites clochettes dans le courant d'air.

— Il n'y a que des vieux pour dire ça.

— Les vieux, comme tu dis, sont importants pour un magasin comme celui-ci.

Naoya était coincé. Prendre parti lui était interdit. Il ne pouvait que courber l'échine en attendant que cela passe. Mais les deux finissaient toujours par lui reprocher son silence.

— Vous m'embêtez… finit-il par dire en se grattant le cuir chevelu, avec un sourire factice. Je vais y réfléchir. Pour le moment, je suggère que nous passions à table.

Le repas se déroula dans un silence pénible. C'était fréquent chez les Yanagisawa ces derniers temps.

Naoya pensait souvent qu'il devrait tenter quelque chose, sans savoir quoi. Il s'en était ouvert à un collègue plus âgé. Selon lui, c'était sans espoir. “Intervenir dans le conflit entre ta mère et ta femme ne servira à rien.

Ce n'est pas si simple. La seule chose que tu puisses faire, c'est les écouter. Ne t'en mêle surtout pas. Tu verserais de l'huile sur le feu. Une fois qu'elles arrêtent, donne-leur raison à toutes les deux. Si tu prends parti pour l'une, ça te retombera sur le coin du nez. L'autre te le reprochera. Tais-toi et serre les dents. Sinon, tu peux aussi te sacrifier et les laisser passer leur colère sur toi."

"C'est terrible, ce que tu me dis", avait lâché Naoya d'un ton plaintif. Son collègue lui avait donné une bourrade dans le dos en lui disant que c'était le prix à payer pour avoir épousé une aussi jolie femme. Naoya en avait déduit que son mariage lui valait plus d'envie que de compassion.

Il avait rencontré Maki quand il était allé avec un ami dans la boîte de nuit de Roppongi où elle travaillait.

Ce soir-là, elle portait une mini-robe bleu clair qui allait bien avec sa peau bronzée. Elle n'était pas belle à proprement parler, mais son regard était charmant. Douée pour la conversation, elle était aussi bon public et avait écouté Naoya en ouvrant de grands yeux (bien qu'il fût prêt à admettre que le contenu de ses paroles n'avait rien d'intéressant). Sa gaieté était contagieuse, comme son rire.

Il en était tombé immédiatement amoureux. Le lendemain, et le surlendemain, il était revenu dans ce bar, seul. Il ne gagnait pas particulièrement bien sa vie, mais il habitait avec sa mère, ne payait pas de loyer et dépensait très peu au quotidien. Son compte épargne était bien garni pour quelqu'un de son âge. Et à ses yeux, Maki valait la peine de taper dedans.

L'ami qui l'avait accompagné le premier soir l'avait averti que ce serait une folie pour un petit employé comme lui de fréquenter régulièrement l'établissement, et qu'il ferait mieux de satisfaire ses besoins auprès de professionnelles.

Naoya n'avait fait aucun cas de cette recommandation. Il avait continué à venir dans la boîte de nuit sans en parler à personne.

Maki elle-même avait fini par s'en inquiéter.

— Si tu continues à dépenser autant ici, tu vas finir par te ruiner, non ? Tu paies de ta poche, n'est-ce pas ?

— Ne t'en fais pas pour ça. Ça ne se voit pas, mais j'ai des économies, moi.

— Oui, mais quand même… Si tu continues comme ça, tu n'en auras bientôt plus, non ?

— Peut-être, mais si je ne viens plus, je ne te verrai plus.

Cela lui avait demandé toute son audace. Il avait été récompensé. Maki lui avait répondu qu'ils pouvaient se voir les jours où elle ne travaillait pas.

Il avait d'abord cru qu'elle se moquait de lui, mais ce n'était pas le cas. Le soir même, elle lui avait envoyé un SMS pour lui fixer rendez-vous à Tokyo Disneyland. À la lumière du jour, elle lui avait paru encore plus jeune et plus saine. Mais elle lui avait aussi révélé qu'au travail, elle mentait sur son âge, et qu'elle avait en réalité trois ans de plus que les vingt et un ans qu'elle lui avait annoncés là-bas, en ajoutant que son mensonge était moins destiné à tromper ses clients que son employeur.

Trois ans, cela n'avait guère d'importance à ses yeux. Il était ravi qu'elle ait accepté de le voir en dehors de son travail.

Ils avaient continué à se fréquenter, et peu à peu l'idée de la boîte de nuit lui était devenue insupportable. Il ne voulait la partager avec personne et avait fini par lui avouer qu'il souhaitait qu'elle quitte son travail.

— Le problème, c'est que, moi, je ne sais pas faire autre chose. Je n'ai pas envie d'un emploi de bureau, et je suis trop vieille pour m'y mettre. Et puis ça rapporte moins, je ne pourrais plus payer mon loyer.

Elle vivait seule à Gotanda dans un appartement où il était venu à plusieurs reprises, dont il devinait qu'il coûtait trop cher pour une employée de bureau.

— Eh bien alors... avait-il commencé avant d'entendre sortir de sa bouche des mots qui l'avaient lui-même surpris. On n'a qu'à se marier.

Stupéfaite, elle s'était mise à rire comme si elle était embarrassée avant de se jeter à son cou en pleurant. Elle avait visiblement oublié qu'ils n'étaient pas seuls à cette terrasse d'un café d'Odaiba.

Quelques jours plus tard, Naoya avait présenté Maki à sa mère. Le premier contact n'avait pas été mauvais. Suzué avait tiqué en apprenant qu'elle travaillait dans un bar, mais pas au point de s'opposer à leur mariage. Cela présage bien de la suite, avait-il pensé.

Lorsqu'il avait annoncé à Maki qu'ils vivraient avec sa mère et qu'elle devrait l'aider au magasin, elle n'avait montré aucune réticence. Elle savait que Suzué tenait seule le commerce, et s'était probablement préparée à cette perspective.

Le mariage avait été célébré trois mois plus tard. Les collègues qu'il avait invités à la réception dans un restaurant s'étaient étonnés de voir que toutes les amies de la mariée travaillaient dans le monde de la nuit.

Tout s'était bien passé au début. Maki semblait se plaire au magasin. Cela n'avait pas duré. Tout avait changé à cause d'un chiffon.

C'était arrivé un soir, à la fin de l'année précédente. Lorsque Naoya était revenu de son travail, sa mère était seule au magasin, le visage fermé.

— Et où est Maki ?

— Je n'en sais rien, avait répondu Suzué d'un ton sec.

Devinant qu'il s'était passé quelque chose, il était allé dans leur chambre où il l'avait trouvée en larmes, un chiffon dans les mains.

— Qu'y a-t-il ?

Au lieu de lui répondre, elle le lui avait montré.

— Regarde !

Naoya avait instantanément perçu la gravité de la situation.

Le chiffon avait été fabriqué à partir d'une serviette découpée et recousue sur plusieurs épaisseurs. Le problème était qu'elle était décorée d'une image d'Hello Kitty. Maki, qui adorait ce personnage depuis qu'elle était enfant, collectionnait les objets à son effigie. Jamais l'idée d'en faire un chiffon ne lui serait venue. Il avait compris que c'était sa mère qui avait pris cette initiative.

Il était allé la trouver, le chiffon à la main.

— Pourquoi as-tu fait ça ?

— Ça se comprend, non ? Le grand ménage de fin d'année approche, j'ai besoin de chiffons pour nettoyer la maison, et j'en ai fabriqué.

— D'accord, mais pourquoi as-tu pris cette serviette-ci ?

— Tu fais erreur si tu crois que n'importe quelle serviette peut convenir. Les usagées sont les plus adaptées. Mais pourquoi viens-tu m'embêter avec ça ?

— C'était la serviette préférée de Maki. Tu aurais pu en utiliser une autre.

— Mais je lui ai dit qu'elle n'avait qu'à se servir d'une neuve. On nous en a donné plein récemment. Une serviette neuve, c'est bien plus agréable.

— Ce n'est pas ça le problème. Ce qui compte pour elle, c'est Hello Kitty.

— Tu me casses les oreilles à la fin. Je ne sais pas ce que c'est, cette Kitty dont tu parles. Rien de plus qu'une image de chat, non ? Qu'une adulte fasse une telle histoire à propos d'une serviette avec une image de chat, ça me dépasse.

Suzué n'avait pas conscience d'avoir mal agi, et n'était par conséquent pas disposée à présenter ses excuses. Si, de son côté, Maki avait pu oublier l'affaire, le problème aurait disparu, mais elle s'était entêtée. Tant que sa belle-mère ne lui demanderait pas pardon, elle ne lui adresserait plus la parole, avait-elle annoncé à Naoya. Il en avait informé sa mère qui avait réagi en disant que sa bru n'avait qu'à en faire à sa tête. Le ciel au-dessus des jeunes époux s'était soudain assombri.

2

Maki revint du supermarché, un sac de courses à la main. Elle portait un tee-shirt sur son jean intentionnellement troué aux genoux, ce que sa belle-mère ne pouvait naturellement pas comprendre. Deux semaines plus tôt, les deux femmes s'étaient affrontées à ce sujet.

— Quelle chaleur ! s'exclama Maki en s'éventant d'une main. Sitôt que je suis sortie du supermarché, je dégoulinais !

— Ma pauvre, compatit Naoya en orientant le ventilateur vers elle.

— Il n'y a pas un souffle de vent dehors, ajouta Maki. D'ailleurs les fameuses clochettes ne tintent pas.

— Ah… euh… grommela son mari en pensant qu'elle aurait pu s'abstenir d'ajouter cela, bien qu'il comprenne qu'elle l'ait fait pour le bénéfice de Suzué.

— Bon, moi, je vais m'occuper des factures, dit celle-ci. J'ai perdu du temps à remettre de l'ordre dans les rayons. Et ce soir, il faut que j'aille à cette réunion de l'association des commerçants. Je suis déjà débordée, je n'ai vraiment pas besoin que quelqu'un me donne du travail supplémentaire.

Maki écarquilla les yeux. Sans même la regarder, sa belle-mère se déchaussa et passa dans l'arrière-boutique.

— Comment ça, elle a dû remettre de l'ordre dans les rayons ? demanda Maki.

— Elle a dit quelque chose à propos des assiettes à poisson, comme quoi celles en Iga blanc étaient mélangées à celles en Bizen noir.

Maki grimaça, comme si elle venait de mordre dans quelque chose d'acide.

— Le genre de poterie, machin blanc ou truc noir, c'est important ? Je voulais que ce soit joli à voir, c'est tout.

— Des goûts et des couleurs on ne discute pas, c'est bien connu.

— C'est toi qui m'as dit que je pouvais faire ce que je voulais !

— Oui, mais ça serait mieux si ça ne dérangeait pas ma mère, répondit-il en joignant les mains devant son visage.

Maki serra les lèvres, et le regarda à nouveau.

— Je voulais te reparler du climatiseur. Mieux vaudrait le commander avant que l'été ne commence vraiment, non ?

Naoya baissa la tête, accablé. Nous y revoilà, se dit-il.

— Ben… j'y pense.

— Comment ça, tu y penses ? On crève de chaud ! Si je comprends bien, c'est l'avis de ta mère qui compte pour toi.

— Mais non, pas du tout…

Il était en train de chercher les mots pour l'amadouer quand il entendit une voix masculine dire "bonsoir".

Un client ! Naoya était ravi de la diversion.

— Bonsoir, monsieur, répondit-il.

L'homme qui venait d'entrer portait une chemise bleue sur un tee-shirt noir. Il lui donna la trentaine, un âge inhabituel pour les clients du magasin, qui étaient généralement des femmes plus âgées.

— Vous êtes monsieur Yanagisawa ? demanda-t-il en regardant alternativement Naoya et Maki.

— Oui, pourquoi ?

— J'aimerais parler à Yanagisawa Maki.

— C'est moi.

Un sourire apparut sur le visage de l'inconnu, et il sortit une carte de visite de sa poche.

— J'aurais voulu vous demander votre coopération, dit-il en la lui tendant.

Maki lut ce qui y était écrit et écarquilla les yeux.

— Vous êtes policier ?

Naoya poussa un cri de surprise lorsque Maki la lui montra. L'homme s'appelait Kaga Kyōichirō et venait du commissariat de Nihonbashi.

— Vous connaissez Mme Mitsui Mineko ? demanda le policier.

— Mme Mitsui ? Le nom ne me dit rien, dit Naoya en regardant Maki.

Elle réfléchit un instant avant d'ouvrir la bouche à son tour.

— Se pourrait-il qu'elle habite à Kodenmachō ?

— Exactement, réagit Kaga. Vous la connaissez ?

— Elle vient de temps en temps ici. Il lui est arrivé quelque chose ?

L'expression de Kaga se fit plus grave, et il les dévisagea à nouveau.

— Elle est morte, annonça-t-il. Il y a deux jours.

— Quoi ? s'écria Maki.

— Nous croyons qu'elle a été assassinée. Elle a été étranglée.

— Étranglée, répéta Naoya en regardant son épouse qui en était bouche bée.

— Vous avez dit qu'elle venait ici de temps en temps, mais pourriez-vous être plus précise ? S'agit-il d'une fois par semaine ou bien…

— Non, fit Maki. Je dirais plutôt une fois par mois.

— Et quand est-elle venue ici pour la dernière fois ?

— Eh bien… dit-elle en regardant le petit calendrier posé sur le comptoir. Il y a une semaine, je crois.

— Elle était comme d'habitude ?

— Oui, tout à fait, je n'ai rien remarqué de particulier.

— Vous avez parlé avec elle ?

— Oui, un peu.

— Et de quoi ? Si vous voulez bien me le dire.

— Eh bien… elle était venue acheter des baguettes. Pour un cadeau. Mais nous n'avions pas ce qu'elle voulait et elle est repartie sans rien acheter.

— Elle vous a dit à qui le cadeau était destiné ?

— Non.

— Et ce qu'elle voulait, c'était quoi ? Vous n'en avez toujours pas ?

— Nous avons tout de suite commandé l'article, mais nous ne l'avons pas encore reçu. Mais je peux vous le montrer sur le catalogue.

Les yeux de Kaga brillèrent.

— Très volontiers.

Maki le prit, l'ouvrit à une page, et le lui tendit.

— C'était ça.

Naoya y jeta aussi un coup d'œil. Il s'agissait de deux paires de baguettes en laque, destinées à un couple, noires pour le mari, rouges pour la femme, décorées d'un motif de fleurs de cerisier.

— Elles sont jolies, commenta le policier.

— C'est un article qui marche bien. Nous en vendons beaucoup pendant la saison des mariages.

Naoya se dit qu'elle semblait s'être bien faite à son nouveau métier. Suzué n'aurait naturellement pas été d'accord et n'aurait pas manqué de cracher qu'elle n'y entendait rien.

— Je vous remercie, fit Kaga en lui rendant le catalogue.

— Excusez-moi, osa Naoya. Le fait que cette dame soit venue chez nous a un lien avec cette affaire ?

— Pas du tout, le rassura le policier. Nous effectuons des visites de routine dans tous les commerces qu'elle fréquentait. Vous ne voyez rien d'autre, madame ? demanda-t-il en se tournant à nouveau vers Maki.

— Eh bien… dit-elle, perplexe.

Naoya ne comprenait pas l'entêtement du policier.

— Si jamais quelque chose vous revient, je vous serais reconnaissant de bien vouloir m'appeler sur mon portable. Le numéro figure sur la carte de visite. Même ce qui vous paraît un détail, ajouta-t-il en la regardant dans les yeux.

— Je n'y manquerai pas, dit-elle

— Je vous remercie d'avoir pris le temps de répondre à mes questions, conclut Kaga qui quitta le magasin après les avoir salués de la tête.

3

Naoya trouva dans le journal des informations sur le meurtre. La victime s'appelait Mitsui Mineko. Il ne l'avait jamais vue, car il ne tenait la boutique que le samedi et le dimanche.

— Elle était plutôt belle, et paraissait plus jeune que son âge. Je lui aurais donné la trentaine. Ça fait peur de penser qu'elle a été assassinée, dit Maki d'un ton convaincu entre deux bouchées. Elle était très gentille. Un jour, elle m'a offert une glace.

Les deux époux dînaient seuls, car Suzué était partie à sa réunion. Naoya était ravi de l'atmosphère pour une fois détendue et la bière lui paraissait particulièrement savoureuse.

— Mais je ne comprends quand même pas pourquoi ce policier est venu chez nous, dit-il.

— Il l'a expliqué, non ? Il va dans tous les magasins que fréquentait Mme Mitsui.

— Oui, mais comment pouvait-il savoir qu'elle venait ici ? Elle aurait raconté à quelqu'un qu'elle était passée la semaine dernière ? Pourtant, d'après le journal, elle vivait seule.

— Ils ont peut-être trouvé un reçu.

— Mais de quand ? Elle n'avait rien acheté la semaine dernière, non ?

Maki prit une expression pensive, puis elle haussa les épaules.

— Je n'en sais rien, moi ! Mais de toute façon, ça n'a pas d'importance. Cette histoire n'a rien à voir avec nous.

— Tu as raison, approuva Naoya en prenant un morceau de radis.

Il vida son verre, et se souvint de quelque chose qui l'intriguait.

— Il connaissait ton prénom, n'est-ce pas ?

— Quoi ?

— Le policier a demandé si tu étais Yanagisawa Maki, non ? Je ne trompe pas, hein ?

— Tu es sûr ?

— Oui. Ça ne te paraît pas bizarre ? S'il ne faisait qu'aller dans les magasins fréquentés par la victime, il n'aurait pas dû connaître ton prénom. Je trouve ça étrange.

— Qu'est-ce que j'y peux, moi… répondit sa femme en commençant à débarrasser la table.

— Comment pouvait-il le connaître ? La police l'a trouvé chez cette dame Mitsui ?

— Comment veux-tu que je le sache ?

Au moment où Naoya venait de croiser les bras, il entendit sa mère dire : "Bonsoir." Cela lui fit oublier le crime. Maki, qui était déjà dans la cuisine, commençait à faire la vaisselle.

— C'était fatigant d'écouter les discussions de ces bonshommes, déclara sa mère en se massant l'épaule. Ils n'arrêtaient pas de parler d'un truc qui s'appelle un "site web", mais je n'ai pas compris de quoi il s'agissait. Et je crois bien qu'eux-mêmes ne le savaient pas.

— Ma pauvre ! Tu as mangé ?

— Oui, mais pas grand-chose. Je prendrai bien un bol de riz au thé vert, répondit Suzué, qui fronça les sourcils en voyant les légumes posés sur la table. C'est quoi ?

— Des légumes au sel préparés par Maki. Ils sont très bons.

— Je n'en prendrai pas. Elle sait pourtant que j'ai des mauvaises dents, et que je ne peux pas manger de légumes durs. Je croirais presque qu'elle fait exprès…

— Maman…

Ignorant le regard désapprobateur de son fils, Suzué se versa du thé.

Maki revint de la cuisine et remporta en silence l'assiette de légumes qu'elle mit au réfrigérateur. Elle monta ensuite à l'étage en faisant grincer l'escalier. Naoya soupira.

Sa mère tendit le bras vers le journal posé à proximité.

— C'est celui d'avant-hier ! Que fait-il ici ? Elle ne sait vraiment pas ranger…

— Mais non, c'est moi qui suis allé le chercher. Tu as entendu parler de ce meurtre à Kodenmachō ?

— Un meurtre à Kodenmachō ? répéta-t-elle, perplexe.

Naoya lui raconta la visite du policier. Sans préciser qu'il connaissait le prénom de Maki, un détail qu'il préféra ne pas mentionner.

— Maintenant que tu le dis, le patron de Kisamiya en a parlé. Lui aussi a eu la visite d'un policier.

— Le patron de Kisamiya ?

Cette coutellerie qui existait depuis l'époque d'Edo offrait un vaste choix de couteaux et de ciseaux, fabriqués par des artisans reconnus. On pouvait aussi y faire affûter les siens.

— Juste avant de se faire tuer, cette dame y était apparemment passée. Pour y acheter, euh… Ah oui, des ciseaux de cuisine.

— Des ciseaux de cuisine… Et alors ?

— Le patron de Kisamiya a dit que cela avait beaucoup intéressé le policier. Il voulait savoir comment, pourquoi, si cette femme venait souvent, et si elle avait acheté autre chose.

— Hum. Et alors ?

— Il lui a dit que c'était sa première visite. Et qu'il ignorait pourquoi elle avait fait cet achat. Comment nous, les commerçants, pourrions-nous le savoir ?

— Quelles drôles de questions !

— Oui, mais le patron a ajouté qu'aujourd'hui, on trouve partout des ciseaux de cuisine bon marché. Généralement, les gens qui viennent chez lui sont des professionnels ou des passionnés de cuisine, mais il n'avait pas l'impression que c'était le cas de cette cliente.

— Hum.

Naoya réfléchit à ce que pouvait signifier l'achat de cette Mitsui Mineko. Il ne comprenait pas comme cela pouvait être lié au meurtre, mais la seule conclusion à laquelle il parvint était que la police ne voyait pas les choses de la même façon.

— Elle avait quarante-cinq ans, cette dame, ajouta Suzué après avoir bu une gorgée de thé. Elle était encore jeune, la pauvre ! On ne sait jamais quand on va mourir. Donc la seule chose à faire, c'est profiter de la vie.

— Tu le fais, non ? Tu pars en voyage la semaine prochaine, avec tes camarades du groupe de chant traditionnel. À Ise, si je me souviens bien.

— À Ise et à Shima. Je me réjouis surtout d'aller à Shima. On dit que les oreilles de mer pêchées là-bas sont délicieuses.

— Je suis content pour toi, maman.

Ce voyage l'intéresse visiblement plus que le meurtre, se dit-il en se levant. Il préférait ne pas penser aux reproches que lui ferait Maki s'il passait trop de temps à bavarder avec sa mère.

4

Chargé de clientèle dans une grande entreprise de BTP, Naoya s'occupait surtout du service après-vente auprès des particuliers qui avaient acheté une maison. Au retour d'une inspection non loin de chez lui, il décida de passer au magasin familial. De l'extérieur, il vit que Suzué était au téléphone, et Maki absente.

— Si vous aviez une brochure, j'aimerais bien la recevoir. Et sinon, il y a quoi… ? Homard d'Ise ? Hmm… vous offrez aussi de drôles de choses. Et autrement… ? Bœuf de Matsuzaka ? Comment… ? Donc on peut l'acheter sur place, n'est-ce pas ? Très bien. J'ai compris. Je vous remercie.

Bien que Naoya soit maintenant à l'intérieur du magasin, Suzué ne se retourna vers lui qu'après avoir raccroché. Elle sursauta en le voyant.

— Mais que fais-tu ici à cette heure-ci ?

— J'avais à faire dans le quartier. Tu discutais du voyage ?

— Euh… Oui.

— Et…

— Elle est chez le coiffeur. Je ne sais pas avec quelle couleur de cheveux elle va revenir, dit sa mère d'un ton narquois.

Naoya se demanda comment les deux femmes, qui ne s'adressaient pas la parole, communiquaient en son absence. De quelle manière Maki avait-elle informé sa belle-mère de son rendez-vous chez le coiffeur ?

— Bonjour, monsieur, lança Suzué en faisant un sourire aimable à quelqu'un derrière lui.

Il se retourna et vit le policier de la veille, un petit paquet à la main.

— Merci pour hier, dit l'homme.

— Je vous en prie, monsieur Kaga. C'est bien votre nom, n'est-ce pas ?

— Tout à fait. Ça me fait plaisir que vous vous en souveniez.

Remarquant le regard interrogateur de sa mère, il lui apprit que c'était le policier dont il avait parlé.

— C'est vous qui êtes allé chez Kisamiya ? lui demanda-t-elle.

— Vous êtes déjà au courant ? Tant mieux, ça me fait gagner du temps. Vous savez que la victime y a acheté des ciseaux de cuisine ?

— Oui. Et alors ?

Kaga lui sourit.

— Vous en avez chez vous ?

— Pardon ?

La mère et le fils posèrent la question de concert.

— Oui, bien sûr, fit Suzué.

— Vous pourriez me les montrer ?

— Volontiers, mais pourquoi ?

Le policier se gratta la tête, comme si la question l'embarrassait.

— Vous savez, un policier de quartier comme moi a souvent à faire des choses dont il ne comprend pas la raison. Du genre, puisqu'il est question de ciseaux de cuisine, aller voir ceux qu'on trouve ailleurs que dans le magasin où la victime a acheté les siens. Je suis vraiment désolé de vous déranger pour ça.

Sans doute convaincue par son humilité, Suzué alla les chercher.

— Je vous plains, glissa Naoya.

— Merci ! dit Kaga, esquissant un sourire.

Suzué revint, avec les ciseaux de cuisine que son fils connaissait.

— Ils sont tout à fait ordinaires et n'ont rien à voir avec ceux que l'on trouve chez Kisamiya, expliqua-t-elle.

— Ils ont l'air neufs. Vous les avez achetés récemment ?

— Il y a deux ans, je crois. Les ciseaux, ça ne s'abîme pas, vous savez.

— Je vous remercie, dit le policier en les lui rendant. Et votre femme n'est pas là aujourd'hui ?

— Elle est sortie, répondit Naoya, à qui cette question était destinée. Elle est chez le coiffeur.

— Je vois. Ah oui… Je me permets de vous offrir cela. Ce sont des *senbei*, ils ont déjà deux jours mais… dit-il en tendant le sac en papier à Suzué.

— Je connais ce magasin de la rue Amazake Yokochō. Autrefois, j'en mangeais souvent, mais aujourd'hui, avec mes dents… expliqua-t-elle avant de regarder son fils. Mais je vous remercie, mon fils et sa femme les mangeront avec plaisir.

— Je vous en prie. Les dents, il faut y faire attention. Désolé de vous avoir dérangés.

Kaga quitta le magasin. Naoya le suivit dehors.

— Excusez-moi, mais j'ai une question à vous poser. Vous auriez une minute ?

— Une question à me poser ?

— Oui, à propos de quelque chose que vous avez dit hier.

— Ah… fit le policier en se frottant le menton. Dans ce cas, allons donc boire quelque chose de frais ensemble.

Les deux hommes s'assirent à une table au premier étage d'un café en self-service d'où l'on voyait la rue.

Naoya entra immédiatement dans le vif du sujet et lui demanda comment il connaissait le prénom de sa femme. Kaga frappa légèrement la table, comme s'il réalisait qu'il avait commis une erreur, sans pour autant avoir l'air contrarié.

— Vous avez raison, j'ai mentionné son prénom. Je n'imaginais pas que vous le remarqueriez, j'aurais dû faire plus attention. Votre perspicacité m'impressionne.

— Vous n'imaginiez pas que je le remarquerais ? Mais que voulez-vous dire ? demanda Naoya en se penchant vers lui. Maki a quelque chose à voir avec cette affaire ? Et votre souhait de voir nos ciseaux de cuisine est bizarre, quand j'y pense. Je vous serais reconnaissant de me parler franchement.

Kaga leva la main, comme pour interrompre le flot de paroles de son interlocuteur.

— Ce n'est rien de grave, rassurez-vous. Je vais tout vous dire. Au départ, c'est lié aux ciseaux de cuisine qui se trouvaient dans l'appartement de la victime.

— Toujours ces ciseaux de cuisine…

— Oui, des ciseaux de cuisine neufs, encore emballés dans le papier de la coutellerie. Mais ce qui a fait naître nos doutes, c'est que la victime en avait déjà une paire, qui n'était d'ailleurs pas très vieille. Pourquoi alors en avoir acheté ? Nous avons tout d'abord cru qu'elle comptait les offrir, mais l'étiquette du prix n'avait pas été enlevée. En général, quand il s'agit d'un cadeau…

— Vous avez raison, fit Naoya.

— Et nous avons trouvé quelque chose d'intéressant quand nous avons regardé les mails envoyés depuis l'ordinateur de la victime. Elle en avait écrit un juste avant d'être assassinée, qui disait ceci : "Je les ai achetés. Ils coûtaient 6 300 yens. Je vous les apporte bientôt." Au début, nous n'avons pas compris qu'il s'agissait des ciseaux. Parce que nous ne pensions pas qu'ils coûtaient si cher. Mais quand nous sommes allés à la coutellerie, nous avons compris que c'était le cas. Ensuite, nous avons regardé à qui le mail était adressé. Et…

— C'était à Yanagisawa Maki ?

— Exactement, fit Kaga. Comme nous avons aussi retrouvé un reçu de votre magasin dans les affaires de la victime, nous nous sommes dit qu'il devait s'agir de la patronne ou de sa fille. Mais il faut que vous sachiez que votre femme n'a pas reçu ce mail, parce qu'elle a configuré son téléphone de manière à ne pas recevoir de mails. Ce devait être la première fois que la victime lui en écrivait un. Elles ne se connaissaient sans doute pas depuis longtemps.

— Maki aurait donc demandé à cette femme de lui acheter des ciseaux de cuisine ?

— C'est ce que je me suis dit, et je suis venu chez vous hier pour le vérifier. Mais votre femme n'en a pas parlé. Cela m'a intrigué.

— Mais pourquoi ne lui avez-vous pas posé la question ?

— La police n'a pas l'habitude de montrer son jeu. Si quelqu'un cache quelque chose et que nous le savons, nous préférons l'observer. Et réfléchir à la raison pour laquelle cette personne nous le cache. Pour comprendre si c'est lié à sa situation familiale…

Ces mots firent réagir Naoya.

Kaga le remarqua.

— Vous vouliez dire quelque chose ?

— Non, rien, répondit Naoya en finissant son café glacé.

— Mais nous ignorons pourquoi votre femme a demandé à Mme Mitsui de faire cet achat pour elle. Vous n'habitez pas loin de la coutellerie, elle pouvait y aller quand elle voulait. Et nous nous demandions aussi pourquoi elle avait besoin de ciseaux de cuisine. La paire que j'ai vue chez vous est en bon état, et c'est pour cette raison que j'aurais vraiment voulu lui poser la question. Mais vous savez peut-être quelque chose.

— Je comprends mieux.

— Et vous pouvez m'en dire plus ?

Le regard inquisiteur de Kaga arracha un soupir à Naoya.

— J'ai une idée là-dessus, mais cela me gêne de vous en parler. Mais si je ne le fais pas, vous risquez de soupçonner ma femme…

— Dites-moi juste ce que vous jugez utile.

— Très bien. Ça ne va pas vous donner une bonne image de ma famille. Il se trouve que l'harmonie ne règne pas chez nous.

Il expliqua en quelques mots à Kaga, qui paraissait curieux, les mauvaises relations entre sa femme et sa mère. En réalité, il était content de pouvoir s'en ouvrir à quelqu'un.

— Qu'une belle-mère ne s'entende pas avec sa belle-fille n'a rien d'extraordinaire. Mais quel rapport ?

— Je vais peut-être vous l'apprendre, mais les femmes sont des êtres complexes. Ma mère et ma femme font toutes les deux la cuisine, mais elles n'aiment ni l'une ni l'autre se servir de quelque chose que l'autre utilise. Et nous avons plusieurs ustensiles de cuisine en double, un pour ma femme, un pour ma mère.

— Je vois, fit Kaga d'un ton convaincu. Votre femme aurait voulu avoir ses propres ciseaux de cuisine.

— Oui, je crois. Mais pour éviter que nous le sachions, elle a dû demander à cette dame. Et puis les gens de la coutellerie nous connaissent, et si Maki avait fait cet achat, ma mère l'aurait probablement appris.

— Tout s'explique. Je vous remercie de votre confiance. Je suis quand même étonné d'apprendre qu'elles s'entendent aussi mal.

— Hélas... grimaça Naoya. Enfin, ma mère part en voyage la semaine prochaine, et je me réjouis du calme qui va régner à cette occasion.

— En voyage ? Où donc ?

— Dans la région d'Ise. Elle n'arrête pas de parler des oreilles de mer qu'elle va manger là-bas, et Maki boude parce qu'elle ne va nulle part.

— Des oreilles de mer... lâcha Kaga, les yeux dans le vague.

5

Deux jours après, lorsqu'il revint du travail, Naoya comprit que les deux femmes s'étaient querellées. Le visage fermé, Suzué regardait la télévision dans la pièce à vivre, et Maki s'était réfugiée dans la chambre conjugale pour pleurer.

— Que s'est-il passé ? lui demanda-t-il.

— Je n'ai rien fait de mal, moi. J'ai juste voulu ranger, hoqueta Maki. Et elle s'est mise en colère simplement parce que j'ai touché à une lettre.

Quand elle avait ouvert le nécessaire à couture dont elle avait besoin, elle était tombée sur une missive adressée à sa belle-mère. Elle l'avait prise en main, et Suzué lui avait reproché de toucher une enveloppe dont elle n'était pas la destinataire.

— Tu ne l'as pas ouverte, n'est-ce pas ?

— Bien sûr que non. Pourquoi j'aurais fait ça ?

Naoya redescendit dans la pièce à vivre, le cœur lourd. Suzué continuait à bouder.

— Écoute, maman, je trouve bizarre que tu te mettes en colère juste parce qu'on touche à une lettre qui t'est adressée.

Elle lui jeta un regard noir.

— Tu vas un peu vite en besogne, non ? D'accord, nous formons une famille, mais chacun a droit à sa vie privée, non ?

— Mais elle n'a pas regardé ce qu'il y avait à l'intérieur de l'enveloppe, n'est-ce pas ?

— Là n'est pas le problème. Ce que je dis, c'est qu'elle ne doit pas toucher aux lettres qui me sont adressées.

— Mais ce n'est pas non plus ce qu'elle a fait, enfin ! Elle m'a dit qu'elle avait été surprise de trouver une lettre dans le nécessaire à couture.

— C'est exactement ce qui m'énerve. De la couture, elle n'en fait jamais !

— Elle voulait recoudre un de mes boutons de chemise !

— Pff… Comme si elle en était capable.

— Tu sais, elle fait des efforts et elle a beaucoup progressé à cet égard. Tu as eu tort de mettre une lettre là.

Il regarda sur la table et vit une enveloppe grise.

— C'est la lettre en question ? demanda-t-il en tendant la main pour la prendre.

Sa mère l'en empêcha.

— Ce n'est pas parce que tu es mon fils que ça te donne le droit de la lire. La vie privée, ça existe !

— Écoute, si ça te gêne tant qu'on la voie, tu devrais mieux la cacher.

— Je te remercie de tes conseils. Le problème n'est pas là, je l'ai déjà dit. En tout cas, moi, je n'ai rien fait de mal, conclut-elle.

Elle se leva, quitta la pièce à vivre et alla dans sa chambre dont elle referma vivement la cloison coulissante.

Naoya soupira. Il avait faim, mais à qui le dire ? Il se gratta la tête en pensant qu'il allait devoir se contenter d'un bol de riz arrosé de thé vert.

6

La veille du départ de sa mère, Naoya, qui avait quitté son bureau un peu plus tôt que d'ordinaire, était tout près de chez lui lorsqu'il entendit quelqu'un l'appeler. Il se retourna et vit Kaga.

— Quelle chance ! Je m'apprêtais justement à vous rendre visite.

— Il y a du nouveau ?

— Rien d'important, mais je voulais quand même vous en parler. Vous pourriez m'accompagner quelque part ?

— Maintenant ?

— Je ne vais pas vous emmener loin. Et ça ne prendra pas longtemps.

Kaga se mit en route sans attendre l'aval de Naoya.

Il s'arrêta devant la coutellerie Kisamiya. La porte en verre du magasin n'était pas ouverte, mais il y avait encore de la lumière. Le patron, un homme aux cheveux blancs, était debout derrière le comptoir. Il sourit en voyant Kaga pousser la porte.

— Bonsoir monsieur le policier ! Cette fois-ci, vous êtes venu avec le jeune Yanagisawa.

— Bonsoir, lança Naoya au patron, qu'il connaissait depuis toujours.

Kisamiya était une petite boutique, avec un comptoir en L où étaient exposés les articles allant de simples coupe-ongles aux grands couteaux de cuisine. Ils étincelaient comme des pierres précieuses.

Les objets de coutellerie ancienne qui se trouvaient sur les présentoirs en verre accrochés au mur n'étaient pas à vendre.

— Vous pourriez nous montrer l'article en question ?

Le patron sourit en entendant Kaga et sortit une paire de ciseaux. Longs d'une dizaine de centimètres, ils avaient un bout arrondi.

— C'est quoi ? demanda Naoya.

— Les ciseaux que voulait votre femme. Mais Mme Mitsui s'est méprise et lui a acheté des ciseaux de cuisine.

— Comment ça ? dit Naoya en fronçant les sourcils.

— Et comment s'appellent ces ciseaux, déjà ? demanda Kaga au patron sans lui répondre.

Le vieil homme croisa les bras.

— Ils n'ont pas vraiment de nom, mais nous les appelons ciseaux de table.

— Ciseaux de table ? répéta Naoya, perplexe.

— Votre femme a dit à Mme Mitsui qu'elle voulait des ciseaux de table, mais elle a cru qu'il s'agissait de ciseaux de cuisine.

— Une erreur fréquente, commenta le patron de la coutellerie en souriant.

— Mais à quoi servent ceux-ci ? demanda Naoya.

— Eh bien, on s'en sert à table, lorsqu'on a quelque chose de dur dans l'assiette. Comme du poulpe, ou de la seiche.

— Ou de l'oreille de mer, ajouta Kaga.

Naoya poussa un cri de surprise, et Kaga hocha la tête en souriant.

— Je crois que vous avez compris. Votre mère a de mauvaises dents, n'est-ce pas ? Mais elle se réjouit de manger de l'oreille de mer pendant son voyage. Et votre femme comptait lui offrir ces ciseaux de table.

— Mais…

— Une femme est venue acheter des ciseaux de table. J'avais demandé au patron de me prévenir la prochaine fois que quelqu'un le ferait, et j'ai accouru. Grâce à lui, j'ai pu parler à cette dame. Comme je m'y attendais, c'était une amie de votre épouse, et elle était venue les acheter pour elle. Parce que votre mère part demain, et il y avait urgence. J'imagine que cette amie a eu le temps de les lui remettre.

— Maki… pour ma mère…

— Les femmes sont des êtres complexes, monsieur Yanagisawa. Elles ont l'air de ne pas se souffrir, alors qu'en réalité c'est le contraire. Ce n'est pas la première fois que je vois ça. Le contraire peut aussi être vrai. La logique féminine est la plus difficile à comprendre pour le policier que je suis.

— Et vous m'avez fait venir ici pour me l'apprendre ?

— Pardonnez-moi de m'occuper de ce qui ne me regarde pas.

— Pas du tout, répondit Naoya en hochant la tête. Je suis heureux de connaître la vérité. Et soulagé. Mais comment vais-je pouvoir en parler à Maki…

— Je ne pense pas que vous ayez à le faire. Parlons plutôt des oreilles de mer. Votre mère se réjouit à l'idée de manger des steaks d'oreille de mer, une spécialité d'Ise. Mais contrairement aux oreilles de mer en sashimi, ils sont très tendres. Et on peut les apprécier même si on a de mauvaises dents.

— Vous me l'apprenez.

— Mais ça, mieux vaut n'en rien dire à votre femme, fit Kaga en posant l'index sur ses lèvres.

Le magasin était fermé lorsque Naoya arriva chez lui. Debout dans la cuisine, Maki assaisonnait un ragoût de légumes. Assise à la table, Suzué calculait le chiffre d'affaires de la journée. Elle fut la seule à répondre au "bonsoir" qu'il lança depuis l'entrée. Maki ne se retourna pas. Se seraient-elles à nouveau querellées ? L'ambiance risquait de ne pas être propice au cadeau que la jeune femme voulait offrir à sa belle-mère, se dit-il.

Il se dirigea vers l'escalier pour aller se changer et vit un sac de voyage dans le couloir, probablement celui de Suzué. Il décida d'y jeter un coup d'œil. Maki lui avait peut-être déjà remis l'objet. Il aperçut une trousse de toilette et des affaires de rechange dans un sac plastique. Mais point de ciseaux de table.

Au moment où il refermait le sac, il remarqua une enveloppe qui dépassait d'une poche intérieure, celle que Suzué avait cachée. Intrigué, il la sortit. Elle venait d'une boutique de souvenirs d'Ise et il ne put s'empêcher de sourire en voyant la brochure qu'elle contenait.

Elle était intitulée "Souvenirs d'Ise Hello Kitty" et on y voyait une poupée Hello Kitty grimée en homard, une autre en bœuf de Matsuzaka.

Le policier a raison, pensa Naoya. Peut-être n'avait-il pas besoin de se faire du souci quant au moment où Maki pourrait donner les ciseaux de table à Suzué. Elles avaient déjà trouvé un moyen de combler la distance entre elles.

LE CHIEN DE L'HORLOGER

1

Malgré la climatisation, la sueur ruisselait sous ses aisselles, comme toujours lorsqu'il se concentrait sur un travail minutieux. Yoneoka Akifumi apportait pour cette raison des tee-shirts de rechange à son travail. Il décida d'en passer un nouveau dès qu'il aurait fini ce qu'il était en train de faire.

La porte du magasin s'ouvrit juste après qu'il eut remis toutes les vis minuscules en place. Un client qui arrive au bon moment, se dit-il. À quelques secondes près, il se serait déconcentré et les vis auraient probablement volé alentour.

L'homme qui venait d'entrer, une serviette à la main, portait une chemise à manches courtes sur un tee-shirt. Plutôt grand, musclé, le visage carré, il devait avoir la trentaine. Il adressa un sourire à Akifumi qui ne put s'empêcher de penser que s'il ne l'avait pas fait, il aurait eu l'air menaçant.

— Bonjour, monsieur !

L'homme fit un geste de dénégation et mit la main dans la poche arrière de son jean.

— Désolé, mais je ne suis pas ici pour acheter une montre, dit-il en lui tendant sa carte de visite.

Akifumi tressaillit en lisant : “Kaga Kyōichirō, commissariat de Nihonbashi”.

ırrivé quelque chose ? demanda-t-il.

… mais… répondit le policier qui semblait ne
ɔir lui en dire plus. Vous connaissez M. Terada
ıi, j'imagine ?

Oui, bien sûr. C'est le patron de ce magasin.

enseigne indiquait d'ailleurs “Horlogerie Terada”.

— C'est ce que j'ai cru comprendre. Il est sorti ?

— Non, il est dans l'atelier. Vous voulez que j'aille le chercher ?

— Oui, merci, répondit Kaga en souriant de toutes ses dents.

Lorsqu'Akifumi entra dans le petit atelier attenant au magasin, derrière lequel se trouvait la pièce à vivre des Terada, Gen'ichi, qui était en train de réparer une horloge, croisait les bras, perplexe.

— Patron !

— C'est l'engrenage.

— Pardon ?

— Il lui manque des dents. Deux, expliqua-t-il, le doigt levé.

Akifumi baissa les yeux vers le mouvement et hocha la tête. Le patron disait vrai.

— Alors ça ne devrait pas être très compliqué.

Son patron le regarda, les yeux écarquillés.

— Comment ça ?

— L'engrenage n'est pas trop petit, et il suffit de souder deux dents. Je peux m'en occuper.

— Tu es bête ou quoi ? lâcha Gen'ichi tout bas. Le problème n'est pas de savoir comment remettre ces dents, mais de comprendre pourquoi elles ne sont plus là.

— C'est l'usure, non ? L'horloge est ancienne.

— Si tu es capable de saisir ça, pourquoi penses-tu que c'est simple ? Il manque deux dents. Si on les rajoute, rien ne dit que d'autres ne tomberont pas. Tu penses peut-être que si ça arrive, il suffira d'en rajouter de nouvelles ?

— Vous voulez dire qu'il faut changer l'engrenage ?

— Au minimum ! répondit Gen'ichi, qui tourna à nouveau son attention vers le mouvement.

Akifumi comprenait à présent la perplexité de son patron. Comme il s'agissait d'un objet ancien, se procurer des pièces était impossible, et le nouvel engrenage devrait être fabriqué sur mesure.

Le client qui l'avait apportée avait expliqué qu'il ne voulait pas que la réparation coûte cher. Or ce serait le cas s'il fallait un nouvel engrenage. L'attitude de son patron indiquait que le mouvement avait d'autres problèmes.

Il va encore se fâcher avec un client, pensa-t-il avec lassitude.

— Ah oui, il y a un policier dans le magasin. Il aimerait vous parler, annonça-t-il en lui tendant la carte de visite de Kaga.

— Un policier ? Mais pourquoi ?

— Euh…

— J'espère que ce vaurien n'a pas de nouveau fait des siennes ! lâcha Gen'ichi en se levant.

Lorsque les deux hommes revinrent de l'atelier, Kaga examinait la pendule sur laquelle Akifumi travaillait.

Gen'ichi se présenta.

— Désolé de vous déranger en plein travail. J'aurais voulu vous poser quelques questions.

— À quel sujet ?

— Connaissez-vous une certaine Mitsui Mineko ?

— Mme Mitsui ? Elle est cliente chez nous ?

Akifumi pensa que ce nom ne lui disait rien. Kaga hocha la tête.

— Je crois que vous la connaissez. C'est elle, dit Kaga en montrant une photo à l'horloger qui mit ses lunettes pour la regarder.

— Je suis sûr de l'avoir déjà vue… Mais où ? murmura-t-il.

— Le 10 juin vers dix-huit heures, êtes-vous allé quelque part ?

— Le 10 juin ? répéta Gen'ichi en regardant le calendrier. Il y a deux jours, c'est ça ?

— À cette heure-là, patron, vous promeniez Donkichi, non ?

— Quoi ? Tu as raison. Je promenais mon chien. Comme je le fais toujours vers dix-sept heures trente.

Le visage de Kaga s'illumina.

— Et vous n'avez pas rencontré quelqu'un ?

— Quelqu'un ? demanda Gen'ichi, l'air ébahi, tout en jetant un nouveau coup d'œil à la photo. Mais si ! Cette dame.

— Vous vous en souvenez maintenant ?

— Oui. Je la croise de temps en temps quand je promène mon chien. Et je crois bien qu'elle m'a dit qu'elle s'appelait Mitsui.

— Mitsui Mineko. Cela s'écrit avec ces caractères, lui expliqua Kaga en les lui montrant sur un papier. Vous la connaissez, par conséquent.

— Oui. Enfin, nous n'avons jamais échangé que des banalités, répondit Gen'ichi en lui rendant la photo.

— Et vous l'avez rencontrée où pour la première fois ?

— Eh bien… commença l'horloger avant de s'interrompre et de scruter le policier. Je peux vous demander de quoi il s'agit ? Le fait que je connaisse cette dame pose problème ?

— Non, pas du tout. Ce n'est qu'une simple vérification. Pourriez-vous me dire où vous l'avez rencontrée le 10 ?

— Ça ne me dérange pas. Je n'ai rien à cacher. Au parc.

— Et quel parc exactement ?

— Celui d'Hamachō. J'y passe quand je promène mon chien. Vous savez, c'est celui qui se trouve juste un peu après le théâtre Meijiza.

Kaga ne le laissa pas continuer.

— Je sais où il est. Mme Mitsui était seule à ce moment-là ?

— Oui. Je crois que je l'ai toujours vue seule.

— Et de quoi avez-vous parlé ? interrogea Kaga en sortant un calepin.

— De rien de spécial. Nous nous sommes salués, et avons échangé quelques mots.

— Vous savez où elle comptait aller ensuite ? Elle vous l'a dit ?

— Euh non… répondit Gen'ichi en croisant les bras. Elle ne m'a rien dit. J'ai eu l'impression qu'elle se promenait, c'est tout.

— Comment était-elle habillée ? Elle avait un sac ? Gros ? Petit ?

— Je ne me rappelle pas comment elle était habillée. Je ne crois pas qu'elle portait de sac, mais je n'en mettrais pas ma main au feu, fit l'horloger, l'air songeur.

Akifumi avait très envie de dire quelque chose. Son patron n'était pas du genre à se souvenir de la manière dont une femme était habillée. Il l'avait entendu déclarer que la patronne était partie faire des courses alors que, moins d'une heure auparavant, il l'avait vu dire au revoir à sa femme qui portait un tailleur car elle se rendait à une réunion d'anciens de son lycée.

— Et elle avait l'air comment, Mme Mitsui ? reprit Kaga sans se décourager.

— L'air comment ?

— Tout ce que vous pourrez me dire sera utile. Vous n'avez rien remarqué de spécial ?

— Non, pas vraiment, sinon qu'elle avait l'air contente.

— L'air contente ? répéta le policier en paraissant pour la première fois dubitatif.

— Non, ce n'est pas tout à fait juste de dire ça. Elle avait plutôt l'air de se réjouir de quelque chose. Je veux dire, comme si elle était heureuse de se promener.

— Je vois, fit Kaga qui hocha la tête avant de ranger son calepin. Je suis désolé de vous avoir dérangé en plein travail.

— Vous n'avez plus de questions ?

— Non. Mais... continua Kaga en regardant la pendule en réparation. Elle est inhabituelle, cette pendule, avec ses trois cadrans.

— Oui, vous avez raison. Elle est plutôt inhabituelle. Elle avait la forme d'un tétraèdre, et chacune de ses faces avait un cadran.

— Ils indiquent tous la même heure ?

— Oui. Leurs aiguilles progressent en même temps.

— En même temps ?

— Si l'un retarde, les autres le font aussi. Et ils s'arrêtent en même temps.

— C'est incroyable, fit Kaga, qui regarda alternativement le patron et son employé. Je vous remercie de votre aide.

Il sortit du magasin.

— C'est qui, ce flic ? Il est bizarre, lâcha Gen'ichi en roulant des yeux.

2

Shimako revint peu de temps après son départ, chargée de sacs. Grande et un peu forte, elle paraissait solide. Akifumi surnommait en cachette les époux Terada “le couple de géants”.

Elle disparut dans la maison après avoir annoncé qu’elle allait servir du thé pour accompagner les gâteaux aux haricots rouges qu’elle avait rapportés.

Quelques minutes plus tard, quand tout était prêt, Akifumi passa dans l’atelier sur la petite table duquel étaient posés trois grands verres remplis de thé de céréales glacé et des gâteaux aux haricots rouges. Il était quinze heures, l’heure du thé à l’horlogerie Terada, comme le savait Akifumi depuis qu’il avait commencé à y travailler.

— Maintenant que tu le dis, je crois qu’il y a un article sur le crime de Kodenmachō dans le journal, dit Shimako, qui avait appris la visite du policier.

— Comment ça ? Tu l’as lu ? demanda son mari.

— Non, mais des clientes du supermarché en parlaient.

— Hum… J’étais sûr que tu ne l’avais pas lu.

— Comment ça ? Je lis le journal, moi !

Akifumi décida d’ignorer l’expression boudeuse des époux Terada et consulta le journal. Il ne mit pas longtemps à trouver l’article. Une femme avait été assassinée dans le quartier de Kodenmachō. Âgée de quarante-cinq ans, elle vivait seule et s'appelait Mitsui Mineko. Cela lui arracha un cri de surprise.

Il montra l'article à son patron, qui fronça les sourcils.

— Ça alors… Elle a été tuée… Quelle histoire !

— Elle était comment, cette femme ? demanda Shimako.

— Je ne sais pas grand-chose d'elle. Je la croisais souvent, et à force, on a fini par se saluer.

— Elle avait quarante-cinq ans et vivait seule. Je me demande pourquoi elle n'était pas mariée à cet âge-là.

— Je crois qu'elle avait des enfants.

— Ah bon ? Elle était veuve ?

— Hum… Je t'ai dit que je ne savais presque rien d'elle.

— Elle travaillait ?

— Tu m'énerves, à la fin ! Je ne sais presque rien d'elle, moi !

— Je ne te posais pas la question, je pensais tout haut, c'est tout !

— Penser tout haut, c'est une drôle d'habitude.

— La pauvre, quand même. J'ai presque le même âge qu'elle, continua Shimako.

— Tu as plus de cinquante ans, toi ! Ce n'est pas du tout pareil !

— Quarante-cinq, c'est cinquante moins cinq, donc presque pareil. Je me demande quel âge ont ses enfants. Sans doute un peu moins que Kanaé.

La mention de la fille des Terada conduisit Akifumi à se hâter de finir son gâteau.

— Et alors… gronda son patron, d'un ton encore plus désagréable.

— Alors, rien ! Je me demandais juste quel âge avait son ou ses enfants.

— Ça n'a rien à voir avec elle. Ne parle pas de celle qui a décidé de partir d'ici.

— Comment ça ? Je ne dois même pas mentionner son nom ?

— Tais-toi. Je t'ai dit que je ne veux plus en entendre parler.

Comme Akifumi s'y attendait, l'ambiance avait tourné vinaigre. Il engouffra la dernière bouchée de son gâteau et vida son verre.

Le lendemain, peu après dix-neuf heures, Kaga réapparut. Gen'ichi venait de revenir de sa promenade avec son chien. La boutique était fermée, et Akifumi s'apprêtait à partir.

— Vous m'avez bien dit que c'est dans le parc d'Hamachō que vous avez rencontré Mitsui Mineko, n'est-ce pas ?

Le visage du policier était un peu moins avenant que la veille.

— C'est exact.

— Je vous demande de faire un effort. Tout le monde peut se tromper. Réfléchissez bien à l'heure. Vous vous trouviez au parc d'Hamachō ?

— Vous insistez lourdement ! Je ne me trompe pas.

— Si vous le dites… fit Kaga d'un ton dubitatif.

— Ce que je voudrais vous demander, moi, c'est comment vous savez que j'ai rencontré Mme Mitsui. Ça, ça me préoccupe.

— Ah… je ne vous l'ai pas dit ? Nous avons trouvé sur l'ordinateur de Mme Mitsui un mail qu'elle avait commencé. Dans lequel elle dit qu'elle a rencontré l'horloger de la rue Kobuna.

— Un mail…

— Vous aviez bien dit qu'elle était seule quand vous l'avez croisée, n'est-ce pas ? Réfléchissez bien.

— Elle était seule. Et si elle était avec quelqu'un, moi, je n'ai pas vu cette personne.

— Je vois. Et c'était dans le parc d'Hamachō ? redemanda Kaga en le regardant droit dans les yeux.

— Oui, c'est bien ça, fit Gen'ichi sans baisser les yeux.

— Quelle heure était-il quand vous être revenu de votre promenade ?

— Autour de dix-neuf heures.

— Très bien, dit Kaga avant de partir.

— Quel étrange policier, grommela Gen'ichi avant d'aller dans l'arrière-boutique.

3

La porte du magasin s'ouvrit. Akifumi fut surpris de voir à nouveau Kaga, le policier. C'était sa troisième visite en autant de jours, mais la première fois qu'il portait une veste. Elle était de couleur sombre.

— Encore vous !

— Désolé. Il y a un point que je n'arrive pas à m'expliquer.

— Le patron est sorti, il ne reviendra que ce soir.

Gen'ichi lui avait dit qu'il allait à un service bouddhiste pour commémorer l'anniversaire d'une connaissance décédée.

— Ah bon. C'est embêtant, répondit Kaga qui n'avait pas l'air plus contrarié que cela. Il est presque dix-sept heures trente. Bientôt l'heure de la promenade du chien, non ? Mme Terada s'en chargera aujourd'hui ?

— Non, elle est partie faire des courses et c'est moi qui m'en occuperai.

— Vous ? Mais alors, le magasin ?

— Je le fermerai. Nous avons très peu de clients en fin de journée, et nous fermons généralement vers dix-huit heures pour nous concentrer sur les réparations. Aujourd'hui, ça sera une demi-heure plus tôt.

— Je vois. Dans ce cas, j'ai une faveur à vous demander. Puis-je vous accompagner pendant cette promenade ?

— Ça ne me dérange pas du tout, mais vous savez, je suivrai le parcours habituel, et c'est tout.

— J'aimerais justement le connaître. Merci, dit Kaga en inclinant la tête.

Akifumi bredouilla quelque chose en guise de réponse.

À dix-sept heures trente, il tira le rideau du magasin et sortit par la porte arrière en compagnie du chien. Kaga l'attendait.

— Ah, c'est un shiba. Il a quel âge ?

— Euh… huit ans, je crois.

Le chien jeta un coup d'œil à Kaga, qui ne parut pas l'intéresser outre mesure car il tourna ensuite la tête de l'autre côté. Gen'ichi se plaignait souvent de lui en disant qu'il n'était pas affectueux. Mais son maître lui était très attaché.

Le chien se mit en marche et Akifumi, qui le tenait en laisse, le suivit. Donkichi connaissait visiblement la route à suivre.

— Donkichi, c'est amusant comme nom. C'est son maître qui lui a donné ?

— Non, sa fille. Au départ, c'était elle qui voulait un chien.

— Sa fille ? Les Terada ont une fille ?

Akifumi pensa qu'il aurait mieux fait de se taire. Mais Kaga était policier. Il devait tout savoir sur les Terada, et le lui cacher n'aurait servi à rien.

— Elle s'est mariée il y a quelques mois et n'habite plus ici, mais du côté de Ryōgoku.

— Je vois. Et c'est elle qui a baptisé le chien ?

— Elle l'avait appelé Donky. Son père trouvait que ça ne sonnait pas assez japonais, il s'est mis à l'appeler Donkichi, et c'est devenu le nom du chien. Donkichi lui convient mieux, je trouve.

L'animal en question avançait, reniflant tout ce qui passait à portée de sa truffe et s'arrêtant parfois, comme s'il venait de s'en souvenir, pour lever la patte. Il devait avoir chaud, car il tirait la langue.

Il tourna à gauche après être passé devant l'école de Nihonbashi. Les deux hommes traversèrent avec lui l'avenue Ningyōchō-dōri et prirent ensuite la rue Amazake Yokochō. C'était le trajet habituel, qui menait au parc d'Hamachō.

Mais le chien s'arrêta après avoir traversé l'avenue. Il regardait à droite et à gauche, semblant hésiter sur la suite.

— Qu'est-ce qu'il lui arrive ? murmura Akifumi.

— Ce n'est pas le bon chemin ?

— Mais si.

Il tira la laisse et fit repartir Donkichi vers la rue Amazake Yokochō. Le chien obéit de bonne grâce, mais quelques dizaines de mètres plus loin, il recommença le même manège.

Bientôt ils arrivèrent à une rue plus large, dont la partie centrale, plantée de pelouse et d'arbustes, était réservée aux piétons. Une statue du Benkei de la pièce de kabuki intitulée *Kanjinchō* y était érigée. Akifumi empêcha le chien de lever la patte contre son socle.

— Cette pendule à trois cadrans est intéressante, dit soudain Kaga. Vous aviez bien dit que si un des cadrans retarde ou s'arrête, les autres le font aussi. S'il y a trois cadrans, il doit aussi y avoir trois mouvements. Mais dans ce cas, comment se fait-il qu'ils fonctionnent tous les trois exactement de la même façon ?

Akifumi rit.

— C'est étrange, n'est-ce pas ? Moi aussi, au début, je ne comprenais pas. Quand je l'ai ouverte, j'ai été surpris. Et je me suis dit que les gens d'autrefois avaient de l'idée.

— Pourriez-vous m'expliquer comment ça fonctionne ?

— Hum… comment vous l'expliquer…

Ils voyaient à présent le théâtre Meijiza. Le parc d'Hamachō était proche.

— L'horlogerie Terada existe depuis combien de temps ?

— C'est le père du patron qui l'a fondée. À l'origine, elle se trouvait un peu plus vers Kayabachō, mais comme elle a brûlé dans un incendie, il a rouvert à l'emplacement actuel.

— C'est une maison plutôt ancienne.

Akifumi sourit, l'air embarrassé.

— Le patron n'aime pas que l'on dise ça. Selon lui, nous n'avons rien de spécial : nous nous contentons de vendre des montres et des horloges fabriquées ailleurs, et ce qui nous rapporte le plus, ce sont les réparations.

— Oui, ça correspond à ce que j'ai entendu dire. Et vous seriez inégalé pour ce qui est de réparer les mécanismes anciens.

— Le patron est très fort. Il peut tout réparer. Il est grand et massif, mais ses doigts sont d'une habileté surprenante. Jamais je n'arriverai à son niveau.

— Qu'est-ce qui vous a amené à ce métier ?

— Rien de spécial, vous savez. Enfant déjà, j'étais déjà passionné par les montres et les horloges. Les montres mécaniques ou les horloges à balancier, pas celles à quartz ou les électroniques. La première fois que j'ai vu l'intérieur d'une vieille montre, j'ai été frappé par son raffinement. Et je me suis dit que c'était ce que je voulais faire.

— C'est merveilleux, dit Kaga avec conviction. M. Terada doit être heureux de savoir qu'il a quelqu'un pour prendre la relève.

— Je suis encore loin d'en être capable. Aujourd'hui, il reste peu d'horlogers qui savent réparer les montres mécaniques, et je vais continuer à apprendre. Même si mon avenir n'est pas garanti, parce que de moins en moins de gens s'intéressent à ce type de montre.

— Je suis sûr qu'il en restera toujours, dit Kaga avec conviction.

Ils passèrent devant le théâtre et entrèrent dans le parc. Après avoir traversé une place pavée ronde, ils arrivèrent à la pelouse. D'autres gens qui promenaient leur chien étaient en grande discussion. Leurs chiens étaient tous de race.

— Vous savez, les propriétaires de chiens se retrouvent ici tous les soirs, dit Akifumi tout bas à Kaga.

— Je vois ça. Un rendez-vous pour parler race canine entre amateurs.

Il avait dû se renseigner, car il ne paraissait pas surpris. Une vieille dame aux cheveux blancs qui avait un caniche les salua. Akifumi lui répondit. C'est plaisant, pensa le policier.

Elle leva ensuite les yeux vers lui, et écarquilla les yeux.

— Merci pour hier, fit Kaga en inclinant la tête.

— Et vous avez fini par en trouver, alors ?

— Non, pas encore. Ce n'est pas facile.

— Ah bon... Je ne vous envie pas, vous les policiers.

Elle s'éloigna et Akifumi se tourna vers Kaga.

— De quoi parlait-elle ?

— De cette femme, répondit le policier en lui montrant la photo de Mitsui Mineko. Je ne trouve personne qui l'ait vue.

— Comment ça ?

— M. Terada m'a dit avant-hier qu'il avait rencontré Mme Mitsui dans ce parc le 10 juin vers dix-huit heures. Vous l'avez d'ailleurs entendu.

— Oui.

— Hier, je suis venu ici pour voir si d'autres gens lui avaient parlé, ou l'avaient vue. Mais je n'ai trouvé personne. Par contre, tout le monde se souvenait de votre patron et son chien. Donkichi a de nombreux fans, vous savez.

— Probablement parce qu'il a un drôle de nom.

— Je me trouvais ici quand M. Terada et Donkichi sont arrivés, et j'ai dû me cacher. Je suis venu chez vous immédiatement après.

— Je comprends mieux.

Ce que Kaga venait de lui apprendre expliquait son insistance.

— Je vous avoue que ça me tourmente légèrement. Personne, à part votre patron, n'a vu Mme Mitsui ici ce jour-là, et j'aimerais savoir pourquoi.

— Mme Mitsui avait un chien ?

— Non.

— Alors il se peut qu'elle et mon patron se soient croisés ailleurs dans le parc. Loin des chiens et de leurs maîtres.

— Si c'est le cas, j'ai une autre question, dit Kaga en sortant un papier plié en quatre de sa poche, qu'il déplia et montra à Akifumi.

> *Je viens de rentrer. Comme toujours, j'ai caressé le chiot de la place, et aujourd'hui aussi, j'ai croisé l'horloger de la rue Kobuna. Nous avons ri tous les deux en nous disant que nous étions ponctuels.*

Le message avait l'apparence d'un mail.

— Le mail parle d'un chiot, n'est-ce pas ? Un chiot qui ne doit pas être un chiot abandonné. Ce qui signifie que Mme Mitsui a rencontré quelqu'un qui avait un chiot avant de croiser votre patron.

— Je comprends, dit Akifumi en regardant le groupe de propriétaires de chiens. Il se peut que la personne qui possède un chiot soit venue ici le 10, mais pas hier et avant-hier, non ?

— C'est ce que j'ai supposé, mais je n'ai pas non plus réussi à la trouver. Les autres maîtres de chiens ne voyaient pas qui cela pouvait être. La vieille dame qui nous a salués tout à l'heure m'a pourtant dit qu'elle connaissait probablement, au moins de vue, tous les chiens qui se promènent ici.

Akifumi n'avait pas de mal à le croire. Il promenait rarement Donkichi, mais il percevait toujours le regard des autres propriétaires de chiens.

— Je ne vous envie pas de devoir faire des vérifications aussi poussées.

— Un travail facile, ça n'existe pas. Et puis il m'arrive de m'occuper de choses amusantes.

— Vraiment ?

— Par exemple, commença Kaga, le regard malicieux, trouver pourquoi quelqu'un a mis du wasabi dans une gaufre.

— Du wasabi ?

— Ce soir, je vais dans un certain restaurant afin de résoudre cette énigme. C'est pour ça que j'ai mis une veste.

— Je vois, dit Akifumi sans comprendre de quoi il retournait.

Après avoir fait le tour du parc, ils prirent le chemin du retour.

— Le vaurien, c'est qui ? lança Kaga à brûle-pourpoint.

— Pardon ?

— Avant-hier, quand je suis venu à l'horlogerie, M. Terada a parlé d'un vaurien quand il était dans l'arrière-boutique, non ? Il dit quelque chose comme : "J'espère que ce vaurien n'a pas de nouveau fait des siennes !"

— Ah… fit son interlocuteur, qui venait de s'en souvenir. Vous l'avez entendu ?

— Il a parlé fort ! De qui s'agit-il ?

Akifumi envisagea une seconde de le lui cacher, mais il y renonça. Mentir à un policier causerait probablement plus de problèmes que de lui dire la vérité.

— Du mari de sa fille.

— De son gendre ?

— Si vous disiez ça devant lui, le patron se fâcherait, grinça Akifumi. Elle s'est mariée sans le consentement de ses parents.

— Vraiment ?

— Ne dites pas que c'est moi qui vous l'ai appris.

— Vous pouvez compter sur mon silence, répondit Kaga.

Ses yeux brillaient de curiosité.

4

Kanaé, la fille unique des époux Terada, avait fini le lycée en avril. Mais elle n'était pas revenue chez ses parents après la cérémonie de remise des diplômes. Dans le mail qu'elle avait envoyé à sa mère, elle avait écrit :

Je veux vivre avec l'homme que j'aime. Pardon.

Fou de rage, son père s'était précipité chez les Sawamura, une famille du voisinage, dont le fils aîné, Hideyuki, était l'ami de leur fille.

Il avait deux ans de plus que Kanaé et avait fréquenté la même école élémentaire et le même collège qu'elle. Ils s'étaient retrouvés au lycée, et étaient bientôt tombés amoureux.

Mais Gen'ichi n'appréciait pas Hideyuki, avant tout parce qu'il avait abandonné ses études à l'université et n'avait pas de travail fixe. De plus, il était fou de moto et avait causé, quand il était encore lycéen, un accident dans lequel quelqu'un avait été blessé. Persuadé que le jeune homme faisait partie d'un gang de motards, Gen'ichi lui avait annoncé qu'il était prêt à accepter qu'elle sorte avec n'importe qui mais pas avec ce garçon.

Les jeunes filles de notre époque ne sont plus prêtes à obéir à ce genre d'injonctions et elle avait continué à le voir en cachette. Le jeune couple s'était apparemment promis de vivre ensemble une fois qu'elle aurait fini le lycée.

Gen'ichi s'était rué chez les Sawamura, mais Seizō, le père du jeune homme, ne s'en était pas laissé conter. "Il n'y a rien d'anormal à ce que deux jeunes qui s'aiment veulent vivre ensemble", avait-il répondu à Gen'ichi qui, dans sa rage, avait fait mine de le frapper. Bien mal lui en avait pris, car Seizō, troisième dan en judo, l'avait fait tomber en lui faisant un *ō-soto-kari*.

Dans le mail qu'elle avait envoyé à son père, qui avait battu en retraite, Kanaé lui demandait d'arrêter de se ridiculiser en public. De rage, il avait jeté son téléphone par terre avant de le piétiner. Et il avait hurlé à sa femme et à son employé de ne plus jamais lui parler de Kanaé. Ce n'était plus sa fille.

Kaga écouta le récit d'Akifumi avec une expression amusée. Il avait même ri tout haut en entendant la manière dont l'adversaire de Gen'ichi l'avait projeté au sol.

— Maintenant, vous comprenez pourquoi Kanaé est taboue.

— Oui, bien sûr. Mais il sait qu'elle habite à Ryōgoku.

— Les Sawamura l'ont dit à Mme Terada.

— Donc ils pourraient aller la chercher s'ils le voulaient.

— Certes, mais le patron dit qu'il n'a aucune envie de le faire. Selon lui, si Kanaé veut redevenir sa fille, elle doit revenir chez eux et se prosterner devant lui. À condition bien sûr qu'elle se soit séparée de ce garçon.

— Je vois. Votre patron est plutôt du genre obstiné.

— Il l'est, et pas qu'un peu ! Ça se voit dans son travail, il n'est prêt à aucun compromis, et c'est probablement la raison pour laquelle il est si bon.

Akifumi, qui tenait le chien en laisse, et Kaga étaient maintenant sur le chemin de retour. Au moment où ils attendaient que le feu du carrefour de l'avenue Ning-yōchō-dōri passe au vert, Kaga tourna les yeux vers la gauche, l'air concentré.

Une fois arrivés à proximité de l'horlogerie, ils aperçurent un taxi arrêté près du croisement. Une femme était assise à l'arrière. Akifumi la regarda et poussa un cri.

— C'est la patronne !

— Quoi ? lâcha Kaga.

Le taxi démarra peu après pour s'arrêter quelques dizaines de mètres plus loin.

Shimako dut avoir du mal à trouver la monnaie, car elle n'en descendit qu'une fois les deux hommes arrivés devant le magasin.

— Madame… lança Akifumi.

— Bonsoir ! Merci d'avoir sorti Donkichi.

Remarquant Kaga qui l'accompagnait, elle lui adressa un sourire contraint.

— C'est le policier dont je vous ai parlé, expliqua son employé. Il m'a accompagné car il voulait faire le trajet de la promenade du chien.

— Ah bon…

Elle eut l'air de se demander à quoi cela pouvait lui servir mais s'abstint de commentaires.

— Vous êtes allée faire des courses à Ginza ? demanda Kaga en regardant les paquets qu'elle tenait à la main, sur lesquels figurait le logo d'un grand magasin.

— Exactement. Pour les cadeaux de l'été.

— Seule ?

— Oui, pourquoi ?

— Aucune raison particulière. Quand vous allez à Ginza, vous revenez toujours en taxi ?

— Non, pas toujours. D'habitude, je prends le métro, mais aujourd'hui, je suis un peu fatiguée, répondit-elle avant de tourner les yeux vers Akifumi. N'en parle pas au patron, sinon il me reprochera d'être dépensière.

— Bien entendu, fit celui-ci.

— Eh bien, je vais vous quitter, annonça Kaga. Il est déjà six heures et demie. Je vous remercie de m'avoir permis de vous accompagner, cela m'a été très utile.

Une fois que Kaga avait disparu, Shimako posa une question à Akifumi :

— Il t'a précisé ce qu'il avait trouvé utile ?

— Non. Nous n'avons pas parlé de grand-chose.

Il alla attacher le chien à sa niche à l'arrière du magasin. Quand il revint dans la maison par la porte de la cuisine, Shimako était au téléphone.

— Non ? Vraiment ?... Il exagère, je ne sais plus où me mettre, moi... tu crois ? Tu penses que personne ne lui en veut ? J'espère que tu as raison... Je suis vraiment désolée... En tout cas, merci de m'avoir mise au courant... Oui, à bientôt.

Elle raccrocha et soupira.

— À ce qu'il paraît, il s'est énervé, dit-elle à Akifumi.

— Énervé ? Le patron ? Pendant le service anniversaire ?

Shimako pinça les lèvres.

— Apparemment quelqu'un a dit quelque chose comme "pourquoi ne pas les laisser faire ce qu'ils veulent tous les deux", et il s'est mis en colère contre cette personne.

— Je n'ai aucun mal à l'imaginer.

— Il lui a jeté un verre de bière à la figure, et ils en sont venus aux mains. À son âge, quand même... conclut-elle en soupirant à nouveau.

Akifumi lui adressa un sourire compatissant et se prépara à partir. S'il ne se dépêchait pas, il risquait d'être encore là au retour de son patron. Mieux valait ne pas se trouver à proximité quand il était d'humeur massacrante.

5

Le lendemain matin, Gen'ichi était renfrogné. Akifumi s'y attendait.

— Et tu en es où pour cette montre ? Le client doit venir la chercher aujourd'hui, non ? lui demanda-t-il en sortant du tiroir des objets en attente de réparation.

— Nous attendons la pièce. J'ai contacté le client pour le prier de patienter une semaine de plus.

— Vraiment ? Je n'étais pas au courant.

Akifumi était certain de le lui avoir dit, mais il savait aussi que lui tenir tête dans un moment pareil ne servirait à rien.

— Toutes mes excuses, dit-il en baissant la tête.

— Quand même, c'est n'importe quoi... grogna Gen'ichi en retournant dans l'arrière-boutique.

Akifumi entendit un bruit de choc.

— Aïe ! Ça fait mal ! Quel est l'imbécile qui a mis un carton là ? Je me le suis pris en plein genou !

Akifumi se retint de lui rappeler qu'il l'avait lui-même posé à cet endroit.

Lorsque l'heure de fermeture du magasin approcha, l'humeur de Gen'ichi était un peu moins mauvaise.

— Bon, je vais promener Donkichi. Je compte sur toi pour le reste, lança-t-il avant de bâiller largement.

— Bien sûr. Bonne promenade !

Une dizaine de minutes après son départ, la porte du magasin s'ouvrit. Akifumi fronça les sourcils. C'était Kaga, vêtu de la même veste sombre que la veille.

— Vous avez encore des questions ?

Kaga fit non de la main.

— Non. Aujourd'hui, je suis venu parce que j'aimerais discuter.

— Ah bon. Mais le patron est parti promener Donkichi.

— Oui, je l'ai vu sortir. Mais la patronne est là ?

— Oui. Vous voulez que j'aille la chercher ?

— S'il vous plaît, répondit le policier en souriant.

Shimako était en train de préparer le dîner. Elle revint avec Akifumi, l'air intrigué.

— Je suis désolé de vous déranger encore une fois. Mais rassurez-vous, je ne reviendrai plus.

— De quoi s'agit-il ? demanda-t-elle.

Kaga tourna les yeux vers Akifumi.

— Vous n'avez pas parlé à M. ou à Mme Terada de ce que je vous ai dit hier ?

— Non. Le patron a été de mauvaise humeur toute la journée.

— Ah bon. De toute façon, à mon avis, mieux vaut ne rien lui dire.

— Mais de quoi avez-vous parlé hier ? s'enquit Shimako en regardant les deux hommes alternativement.

Kaga le lui expliqua. Elle parut perplexe.

— Je reconnais que c'est bizarre. Vous en déduisez que mon mari ment ?

— J'en ai bien l'impression.

Il s'interrompit et regarda Akifumi.

— M. Terada affirme être sorti ce jour-là vers dix-sept heures trente et n'être revenu que vers dix-neuf heures. Il aurait donc passé une heure et demie dehors.

— Ah ! s'écria Akifumi.

Lorsque les deux hommes en avaient discuté hier, cela n'avait pas éveillé ses soupçons. Mais à bien y penser, c'était bizarre.

— La promenade d'hier prend au maximum une heure, en marchant vraiment lentement. Qu'elle nécessite une demi-heure de plus est impossible. Je ne peux pas ne pas en tenir compte.

— Vous voulez dire que le patron n'a pas suivi le même trajet ?

— Cela semble vraisemblable. Il a dû faire un détour. Et c'est sans doute à ce moment-là qu'il a croisé Mme Mitsui. Mais il ne veut pas dire où il était, et il a menti en disant que c'était dans le parc d'Hamachō. Du moins, c'est ce que je crois.

— Je me demande où il a pu aller, dit Shimako en regardant Akifumi.

— Hmm… fit celui-ci.

— En fait, moi, je l'ai compris. Et je devine la raison pour laquelle il ne veut pas en parler. Cela n'a bien sûr aucun rapport avec le crime. Et à mon avis, il ferait mieux de le dire. Mais son silence m'empêche de confirmer mon hypothèse et par là d'en faire part à mes supérieurs. Cela me gêne un peu, et je suis revenu pour ça. J'ai envisagé d'en parler directement à votre mari, mais j'avais peur qu'il ne me dise pas la vérité. Je ne voulais pas non plus le suivre et le harceler. Je le trouve d'ailleurs plutôt sympathique, et je n'ai pas envie de le priver d'un plaisir.

Akifumi et Shimako échangèrent un regard. Ils ne comprenaient pas où Kaga voulait en venir avec ce discours emberlificoté.

— Pourriez-vous vous exprimer plus clairement ? Quel est ce détour qu'a fait mon mari ?

— Avant cela, j'ai une question à vous poser. À propos de votre fille. Elle est mariée, et vit à Ryōgoku, n'est-ce pas ?

— Ma fille ? lança Shimako, qui paraissait inquiète.

L'embarras d'Akifumi était visible. Il ne s'attendait pas à ce que le nom de Kanaé soit mentionné.

— Elle est enceinte, n'est-ce pas ?

L'employé de l'horlogerie poussa un cri de surprise. Mais la réaction de Shimako l'étonna plus encore.

— Comment le savez-vous ?

Kaga esquissa un sourire.

— C'est bien le cas ?

— Elle est enceinte ?

La question d'Akifumi était aussi adressée à Shimako.

— Oui, mais il ne faut pas le dire au patron !

— Vous allez la voir, madame ?

— De temps en temps. Moi, je ne suis pas opposée à ce qu'elle et Hide soient ensemble. Il est en CDD, mais chez un bon employeur. Je ne vois pas où est le problème, mais mon obstiné de mari…

Elle se reprit, comme si elle venait de se souvenir de la présence du policier, et mit sa main devant la bouche.

— Je n'aurais pas dû parler de lui comme ça devant vous.

— Ce n'est pas grave, répliqua Kaga. Vous l'avez rencontrée hier, n'est-ce pas ? Si je ne me trompe pas, vous êtes allée faire des courses avec elle.

Shimako écarquilla les yeux.

— Comment le savez-vous ?

— Hier soir, je suis allé à Ginza après vous avoir quittés, et j'ai posé des questions au rayon layette d'un grand magasin. Comme je m'y attendais, j'ai trouvé une employée qui se souvenait de deux femmes dont la description correspondait à votre fille et vous. Mon hypothèse était confirmée. Elle est enceinte, n'est-ce pas ?

— J'ai dit quelque chose qui vous a fait comprendre que j'étais avec elle ?

— Non, c'est en vous voyant dans le taxi que je m'en suis rendu compte.

— Dans le taxi ?

— Oui. Vous étiez assise à l'arrière, du côté droit*. Normalement, quand on est seul dans un taxi, on s'assied à gauche. J'en ai déduit que vous n'aviez pas été seule et que vous aviez d'abord raccompagné l'autre personne chez elle. Mais vous vouliez le cacher. Comme votre employé m'avait déjà expliqué votre situation familiale, j'ai tout de suite deviné avec qui vous étiez.

Akifumi lança un regard admiratif à Kaga. Il le trouvait très intelligent.

— Je comprends mieux. Mais je suis étonnée que vous ayez compris que nous étions allées au rayon layette de ce grand magasin.

— C'était facile. Parce que je supposais déjà que votre fille était enceinte.

— Quoi ! s'écria Akifumi. Je venais juste de vous parler de Kanaé. Comment avez-vous pu deviner qu'elle attendait un enfant ?

— Je n'en étais pas sûr à cent pour cent. Je m'en doutais, c'est tout.

Le jeune homme croisa les bras.

— Je n'y comprends rien. Je travaille ici, mais je le découvre. Il faut que vous m'expliquiez votre raisonnement, monsieur le policier. Vous êtes doué de seconde vue ?

— Non, pas du tout. C'est Donkichi qui me l'a appris.

— Le chien ?

* Au Japon, les voitures roulent à gauche, et non à droite. *(Toutes les notes sont de la traductrice.)*

— Pendant la promenade hier, il a hésité une seule fois quant à la direction. Vous vous en souvenez ?

— Maintenant que vous le dites, c'est vrai qu'à un endroit…

— Au carrefour avec l'avenue Ningyōchō-dōri. Vous avez tiré la laisse pour aller vers le parc d'Hamachō, et il vous a suivi, mais je me suis demandé ce qui l'avait fait hésiter.

— Et c'était quoi ?

— J'y ai réfléchi. Je me suis demandé si votre patron tournait à gauche ou à droite à ce croisement. En allant à gauche, on arrive au carrefour de Ningyōchō, et on revient ici. Par contre, en allant à droite, on arrive où ?

— Ah… fit Shimako. Au sanctuaire de Suitengū.

— Précisément. Dans son mail, Mme Mitsui écrivait qu'elle avait rencontré l'horloger de la rue Kobuna après avoir comme toujours caressé le chiot de la place. Au début je croyais que, par "place", elle désignait le parc, mais je me suis demandé ensuite si elle ne faisait pas référence à l'espace à l'intérieur du sanctuaire. D'autant plus que dans ce sanctuaire il y a un chiot.

Kaga sortit son téléphone et fit apparaître une photo sur l'écran pour la montrer à Akifumi qui eut l'air ébahi.

On y voyait la statue d'un chiot qui jouait à côté de sa mère.

— Ce chiot est considéré comme un porte-bonheur. Sa statue fait partie d'un ensemble représentant les douze animaux du zodiaque chinois, chacun sur son socle rond. Toucher celle qui correspond à l'animal de son année de naissance est censé porter bonheur, mais c'est le chiot qui a le plus de succès. Sa tête est caressée si souvent qu'elle brille.

— Je suis au courant. Je l'ai moi-même caressée, fit Shimako, presque en souriant.

— Je me suis dit que Mme Mitsui parlait de ce chiot-là. Mais cela a fait naître un doute en moi. Pourquoi votre mari irait-il à un tel endroit ? Au sanctuaire Suitengū, on prie pour une naissance sans problème ou pour la fertilité. Il n'y avait qu'une seule réponse possible.

— Je comprends maintenant. Vous m'impressionnez, lâcha la patronne de l'horlogerie.

Après un court silence, elle regarda à nouveau Kaga.

— Mais cela signifie que mon mari sait que Kanaé attend un enfant…

— Oui. Il se fait du souci pour elle, et il a dû se renseigner. C'est comme ça qu'il l'a appris.

— Autrement dit, il accepte qu'elle vive avec Hide ? Il pourrait quand même le dire au lieu d'aller au Suitengū en cachette.

— Ça, madame, ça n'est pas possible, lança Akifumi.

Elle fronça les sourcils avant d'esquisser un sourire.

— Tu as raison. Il n'en est pas capable.

— Il doit se dire qu'une fois que le bébé sera né, Kanaé et son mari viendront vous le présenter. Et qu'à ce moment-là, il leur annoncera qu'il leur pardonne.

— Tu as raison, Aki. Il ne veut surtout pas perdre la face.

— Je n'ai pas de conseils à vous donner, mais je voudrais quand même vous demander de faire comme si vous n'étiez au courant de rien. Je vous le redis, je ne voudrais pas éventer le petit secret de votre mari, dit Kaga.

Shimako le dévisagea.

— Vous êtes plein d'humanité, vous !

— Mais pas du tout, répliqua le policier avec un sourire gêné.

— Très bien. Je n'en parlerai pas. Toi non plus, Akifumi, n'est-ce pas ?

— Bien sûr.

Kaga consulta sa montre.

— C'est tout ce que j'avais à vous dire. Votre mari ne va pas tarder et je vais vous laisser. Je vous remercie de votre collaboration.

— Merci d'être venu, dit Shimako en courbant la tête.

Akifumi l'imita. Ils raccompagnèrent le policier tous les deux, puis elle soupira.

— Des policiers, il y en a de toutes sortes, fit-elle.

— C'est bien vrai !

— Bon, il faut que je prépare le dîner.

Quand elle passa à côté de lui, il eut l'impression que ses yeux étaient humides. Cela le toucha. Quelques minutes plus tard, il entendit :

— Comment ça, le repas n'est pas encore prêt ? Qu'est-ce que tu fabriques ?

Gen'ichi était revenu. D'après le ton de sa voix, il n'avait pas remarqué les larmes dans les yeux de sa femme.

— Si tu es à ce point affamé, prends donc une tranche de pain. Moi aussi, j'ai des choses à faire, se rebella Shimako.

— Quoi, par exemple ? Bavarder au téléphone avec tes copines ? Je meurs de faim, moi. Dépêche-toi !

— Ça va, j'ai compris !

Akifumi se retourna vers sa table de travail en souriant. La pendule à trois cadrans y était posée. Il avait presque fini.

Le policier avait dit qu'il aimerait comprendre le secret du mécanisme permettant aux trois cadrans de fonctionner de concert. Ce n'était pas compliqué. Le mécanisme d'une pendule classique se trouve derrière son cadran, mais dans le cas de celle-ci, il était au fond. Autrement dit, l'axe qui bougeait grâce au ressort occupait la place centrale. Un engrenage transmettait le mouvement aux trois cadrans.

Il l'expliquerait à Kaga la prochaine fois qu'il le verrait. En lui disant que le mécanisme était comme la famille Terada : même si les trois faces étaient chacune orientée dans une direction différente, elles étaient toutes reliées à un seul axe.

L'EMPLOYÉE DE LA PÂTISSERIE

1

— Une compote de figues et trois tartes aux cerises, cela fait 1 725 yens, dit Miyuki en posant sur le comptoir le carton les contenant.

La cliente, une femme d'une trentaine d'années, avait déjà posé deux billets de mille yens sur le petit plateau. Miyuki les prit et lui rendit la monnaie accompagnée du ticket.

— Je vous remercie, ajouta-t-elle.

Après le départ de la cliente, elle consulta son téléphone posé à côté de la caisse enregistreuse. Il était dix-huit heures quarante-cinq. La pâtisserie Quatro fermerait dans un quart d'heure.

La porte du magasin s'ouvrit pendant que la vendeuse commençait à ranger les quelques gâteaux qui restaient. Elle se redressa et dit : “Bonjour” avant de voir qui venait d'entrer. Puis elle sourit, reconnaissant une cliente fidèle.

Celle-ci lui rendit son sourire en la couvant des yeux. Elle avait confié à Miyuki qu'elle avait la quarantaine, mais paraissait plus jeune.

— Bonsoir. Je n'arrive pas trop tard ?

— Mais non, pas du tout, répondit Miyuki.

— En fait, une voisine de l'immeuble m'a donné des gaufres, et je ne pensais pas venir, mais j'étais dans le quartier et je n'ai pas pu résister, expliqua-t-elle en examinant les gâteaux qui restaient.

Chacun de ses gestes paraissait vif, peut-être parce qu'elle avait les cheveux coupés court.

— Les gaufres, c'est bien, mais moi, je préfère déguster un gâteau occidental pour me récompenser d'avoir bien travaillé. Ça me donne du cœur à l'ouvrage.

— Je peux vous demander ce que vous faites comme travail ?

— Devinez plutôt !

— Hmm…

Sous le regard malicieux de la cliente, Miyuki inclina la tête, perplexe.

— Je fais un travail que l'on peut faire chez soi.

— Eh bien… fit la vendeuse qui ne voyait pas du tout ce que cela pouvait être.

— Zut, j'avais envie de quelque chose de frais et je pensais à ce dessert que vous avez, à base de fruit de la passion et de gelée d'amande, mais je n'en vois pas.

— Désolée, nous n'en avons plus.

— Par cette chaleur, tout le monde a envie de quelque chose de frais. Je vais prendre…

Au même moment, la sonnerie de son portable se fit entendre. Elle fronça les sourcils, le sortit de son sac et répondit après avoir jeté un regard étonné sur le numéro.

— Allô… Ah, c'est toi. Pourquoi m'appelles-tu d'une cabine ?… Ah, tu n'as pas de chance. Euh… un instant s'il te plaît.

Elle se tourna vers Miyuki, l'air confus.

— Toutes mes excuses. Je ne vais rien prendre aujourd'hui. Mais je reviendrai demain.

— Très bien, à demain alors.

La cliente sortit du magasin en continuant sa conversation téléphonique.

Miyuki soupira. Au même moment, Nakanishi Reiko arriva du salon de thé attenant à la pâtisserie.

— Il est tard, Miyuki. Je m'occuperai du reste.

— Mais non, je vais finir.

— Ne te force pas. Tu dois être fatiguée.

— Pas du tout. Je me sens bien en ce moment.

— Tant mieux, fit Nakanishi Reiko en souriant. La dernière cliente n'a rien acheté, n'est-ce pas ?

— Elle voulait quelque chose que nous n'avions plus.

— C'est vrai qu'elle est venue plus tard aujourd'hui. D'habitude, elle passe à dix-huit heures, n'est-ce pas ? Bon, tu n'as qu'à rentrer une fois que tu auras rangé ce qui reste dans la vitrine.

— Très bien.

Elle se pencha, se remit au travail et sourit en voyant qu'il restait un chou à la crème. Ken'ichi n'aimait pas le sucré, mais il faisait une exception pour ces gâteaux-là. Les employés de Quatro avaient le droit de remporter les invendus, à la condition expresse de les consommer en famille. Quelqu'un qui les mangerait sans les payer ne reviendrait pas en acheter.

La cliente de tout à l'heure les aime aussi, pensa-t-elle. Comme l'avait dit Reiko, elle arrivait d'ordinaire vers dix-huit heures, choisissait un gâteau à sa convenance et le savourait ensuite sur place, accompagné d'un thé qu'elle buvait en prenant son temps. Étrangement, chaque fois que Miyuki regardait dans sa direction, leurs yeux se croisaient et la cliente lui souriait.

La vendeuse savait très peu de choses d'elle. Depuis environ deux mois, elle venait deux ou trois fois par semaine. Nakanishi Reiko pensait que les gâteaux de Quatro lui plaisaient beaucoup.

Quel travail pouvait-elle faire chez elle ?

Elle essaierait de le savoir lors de sa prochaine visite.

2

Il continua à visser le boulon malgré la sueur qui lui coulait dans les yeux. Son tee-shirt était déjà trempé. Kiyose Kōki s'essuya à l'aide de la serviette qu'il avait autour du cou et reprit son travail. Les comédiens ne pourraient commencer à répéter qu'une fois le montage du décor terminé. Les autres membres de la compagnie s'affairaient aussi, préparant les accessoires ou retouchant les costumes. La compagnie était petite, chacun devait tout faire.

Au moment où Kōki tendait la main pour prendre un autre boulon, le téléphone qui était dans la poche arrière de son jean sonna. Il le sortit pour voir qui l'appelait et fit la grimace en consultant l'écran. Il ne répondrait pas. Il n'avait aucune envie de lui parler.

Il pensa cependant que son correspondant devait avoir une bonne raison de l'appeler et décida de décrocher.

— Allô, fit-il avec mauvaise grâce.

— C'est moi.

— Je sais, j'ai vu. Tu veux quoi ? Je suis en plein travail.

— La police va sans doute te contacter. Je voulais juste te prévenir.

— La police ? Je n'ai rien fait, moi !

— Ce n'est pas à ton sujet, mais à propos de Mineko.

Il ne comprit pas immédiatement de qui il s'agissait. Cela faisait longtemps qu'il n'en avait pas entendu parler. Naohiro, son père, ne la mentionnait jamais.

— Il est arrivé quelque chose à maman ?

Naohiro ne répondit pas tout de suite.

— Papa ?

— Elle est morte.

— Quoi ?

— Un policier est venu chez moi ce matin. On l'a trouvée morte chez elle.

Kōki déglutit, stupéfait. Le visage de sa mère lui apparut. Souriant. Quand il pensait à elle, elle était toujours jeune et souriante.

— Tu es encore là ?

— Comment ça, maman est morte ? C'est un accident ?

— Non. D'après la police, elle a été tuée.

Le cœur de Kōki bondit. Il avait soudain très chaud.

— Par qui ?

— Ils ne savent pas encore. L'enquête vient juste de commencer. C'est pour ça qu'ils sont venus me voir.

— Elle a été tuée où ?

— Chez elle.

— Et c'est où ?

— À Nihonbashi.

— À Nihonbashi ?

— Plus précisément dans le quartier de Kodenmachō, m'ont dit les policiers. Elle louait un studio.

Pas loin de chez moi, se dit Kōki. Il habitait à Asakusabashi, à un peu plus d'un kilomètre du studio de sa mère.

Pourquoi s'était-elle installée là ? Le doute grandit en lui. La nouvelle de son assassinat était tellement ahurissante que rien ne lui semblait réel.

— Tu sais quelque chose, toi ?

— Pourquoi me demandes-tu ça ?

— Juste pour savoir si tu as une idée de qui ça peut être, demanda son père.

— Aucune. Je n'ai aucun contact avec elle.

Son père soupira.

— C'est bien ce que je pensais.

— Et qu'est-ce qu'il faut que je fasse ?

— Je ne t'ai pas appelé pour te donner des conseils, mais juste pour te prévenir que la police va sans doute t'appeler. Je leur ai donné ton numéro.

— D'accord.

— Bon, c'est tout ce que j'avais à te dire.

— Papa !

— Qu'est-ce qu'il y a ?

— Et l'enterrement, ça sera quand ?

À nouveau, Naohiro marqua un silence.

— Ce n'est pas à moi d'y penser, reprit-il.

— Si tu le dis…

— Je n'ai pas l'intention de m'en mêler. Mais je ferai ce qu'il faut si sa famille à elle me le demande.

Bien qu'il soit bouleversé et incapable de réfléchir, Kōki comprit que son père avait l'intention de participer financièrement si nécessaire.

— Kōki, qu'est-ce qui t'arrive ?

La question de Shinozuka, le directeur de la troupe, le fit sortir de ses pensées.

— Je viens d'apprendre que ma mère a été assassinée.

Shinozuka écarquilla les yeux.

— Quoi ?

— Elle a été tuée dans le studio qu'elle louait, lâcha-t-il avant de s'accroupir.

Environ une heure plus tard, il reçut un appel de la police. Il s'était remis au travail. Les autres membres de la compagnie lui avaient dit qu'il pouvait partir, mais il avait tenu à rester. D'une part, parce qu'il ne voulait pas que la pièce prenne du retard à cause de lui, d'autre part, parce qu'il ne voyait pas non plus ce qu'il pourrait faire de plus chez lui. Mieux valait rester ici à travailler, sans avoir à réfléchir.

Le policier qui l'appela se présenta comme Uesugi, de la préfecture de police. Il souhaitait le voir au plus vite et lui donna rendez-vous dans un établissement à proximité du théâtre, appartenant à une chaîne de restaurants.

Deux hommes en complet-veston l'y attendaient. Ils étaient tous les deux membres de la direction de la police judiciaire.

Après avoir exprimé ses condoléances à Kōki, Uesugi, le plus âgé des deux, lui demanda quand il avait vu sa mère pour la dernière fois.

— Je crois que c'était en décembre, il y aura bientôt deux ans.

— Il y a deux ans ? Tu ne la voyais pas plus souvent que ça ? lâcha Uesugi, visiblement surpris.

— Mon père ne vous a rien dit sur moi ?

— Si. Que tu as interrompu tes études à l'université, et que tu as quitté le domicile familial.

— Ça fera deux ans en décembre.

— Tu n'étais même pas en contact téléphonique avec elle ? insista l'enquêteur en lui adressant un regard soupçonneux.

Kōki le lui rendit en se demandant pourquoi les hommes dans la force de l'âge tutoyaient systématiquement les gens de son âge.

— J'ai quitté la maison contre la volonté de mes parents.

— Ta mère ne t'appelait jamais ?

— J'ai changé de numéro quand je suis parti de chez mon père, et je ne l'ai pas donné à mes parents.

— Mais ton père l'avait.

— Il a fait appel à un détective privé pour le trouver. Celui-ci a apparemment contacté toutes les petites troupes de théâtre et j'ai reçu la visite de quelqu'un que je ne connaissais pas il y a environ six mois. Il m'a dit qu'il fallait que j'appelle mon père car il avait quelque chose d'important à me communiquer. Je lui ai téléphoné.

— Et c'était quoi, ce qu'il voulait te faire savoir ?

Kōki soupira en dévisageant le policier.

— Que mes parents allaient divorcer. J'étais un peu surpris, mais de nos jours, le divorce chez des gens de leur âge n'a rien d'extraordinaire. J'ai pensé qu'ils étaient libres de faire ce qu'ils voulaient. J'étais mal placé pour dire que ça me dérangeait. Et je comprends qu'en tant que parents, ils voulaient que je le sache.

— Ton père t'a expliqué pourquoi ils divorçaient ?

— Pas en détail. Je sais qu'il ne passait pas beaucoup de temps à la maison, que ma mère se sentait enfermée chez elle. Moi, je pense que c'était probablement une bonne chose pour tous les deux.

— Hum… Elle se sentait enfermée à la maison…

Kōki regarda droit dans les yeux le policier.

— Pourquoi me posez-vous toutes ces questions ? Leur divorce a un lien avec ce qui s'est passé ?

Le policier se hâta de faire un geste de dénégation.

— L'enquête vient juste de commencer, nous l'ignorons. Tu savais où habitait ta mère ?

— Non, je l'ai appris quand mon père m'a appelé aujourd'hui. Ça m'a surpris que ce soit si près de chez moi.

— Oui, et on se demande si c'est juste le hasard. Nous avons établi que Mme Mitsui s'était installée dans ce studio il y a deux mois. Se pourrait-il qu'elle ait su où tu habitais et qu'elle ait voulu vivre à proximité ?

— Non. Je ne crois pas que mon père lui ait donné mon adresse.

— Il nous a dit qu'il ne l'avait pas fait.

— Dans ce cas-là, ça ne peut être qu'un hasard.

— Ça me paraît difficile à croire, dit Uesugi avec une expression dubitative.

Le policier le questionna ensuite sur les amis et les goûts de Mineko. Kōki répondit du mieux qu'il put, tout en doutant que cela puisse faire avancer l'enquête. Les policiers n'en semblaient pas non plus convaincus.

Il essaya de leur poser des questions sur les circonstances de la mort de sa mère, mais les enquêteurs restèrent évasifs, se bornant à souligner que l'enquête venait de débuter. Il déduisit néanmoins de leurs réponses qu'il ne s'agissait probablement pas d'un cambriolage qui avait mal tourné.

— J'ai une dernière question, dit Uesugi en levant l'index. Peux-tu nous dire où tu te trouvais hier entre dix-huit et vingt heures ?

Kōki eut du mal à en croire ses oreilles.

— Vous voulez savoir si j'ai un alibi ?

— Nous posons cette question à tous les gens à qui nous parlons. Tu peux ne pas répondre.

Le jeune homme se mordit les lèvres mais finit par rouvrir la bouche.

— J'étais à la salle de répétition. Vous pouvez le vérifier auprès des autres membres de la compagnie.

— Bon, d'accord, fit le policier d'un ton indifférent.

Ce soir-là, Kōki rentra chez lui après vingt heures. En temps normal, il serait resté plus tard avec ses camarades pour finir de monter la scène, mais Shinozuka lui avait enjoint de partir.

Il vit de l'extérieur que la lumière était allumée. Ami était déjà de retour. Elle regardait la télévision lorsqu'il entra et elle se réjouit de le voir arriver si tôt.

Mais son visage s'assombrit lorsque Kōki lui raconta de ce qui était arrivé à sa mère.

— Ça me rappelle quelque chose que le patron a dit hier, fit-elle en fronçant les sourcils.

— Quoi donc ?

— Qu'il avait vu beaucoup de voitures de police en fin d'après-midi. Kodenmachō, ce n'est pas loin de là où je travaille. Mais quand même, comment une chose pareille a-t-elle pu arriver… continua-t-elle en clignant des yeux.

— Je ne sais pas. Les policiers m'ont juste dit qu'elle avait été assassinée.

— Et comment tu vas faire ? Tu iras à l'enterrement, n'est-ce pas ?

— Oui, j'imagine que je serai prévenu. Mais en fait, je n'en suis pas si sûr.

Kōki ignorait comment sa mère avait vécu après son divorce. Depuis qu'il avait quitté la maison pour vivre sa vie, il n'avait plus eu de contact avec elle. Il estimait qu'elle était libre de faire ce qu'elle voulait. Mais il n'avait pas non plus eu le temps de se préoccuper d'elle.

Il eut beaucoup de mal à s'endormir et devina qu'Ami, allongée à ses côtés, n'y parvenait pas non plus. Il finit par ouvrir les yeux et contempler le plafond.

Il avait fait sa connaissance en assistant à une comédie musicale. Leurs sièges étaient voisins. D'un an plus âgée que lui, elle était venue à Tokyo pour devenir designer et suivait des cours en travaillant.

Il était venu vivre avec elle.

Il avait découvert le théâtre un peu par hasard, lorsqu'il était allé voir une pièce de la compagnie à laquelle il appartenait aujourd'hui pendant sa première année à l'université. Il avait immédiatement su qu'il voulait consacrer sa vie à cet art et avait quasiment cessé d'aller en cours pour se concentrer sur sa nouvelle passion. Shinozuka lui avait dit qu'il avait du potentiel.

Au terme de longs atermoiements, il avait fini par abandonner ses études. Son père s'y était naturellement opposé. Sa mère n'avait pas non plus pris son parti.

— Si tu tiens à abandonner tes études, fais-le. Mais sache que je ne t'aiderai plus et que tu devras t'en sortir tout seul, avait déclaré Naohiro.

— Tu ne m'apprends rien, avait réagi Kōki.

Il s'était levé pour aller préparer son sac dans sa chambre.

— Une fois que tu auras trouvé un endroit où vivre, tu me préviendras, hein ? lui avait chuchoté sa mère qui l'avait suivi jusque dans l'entrée de la maison au moment de son départ.

Kōki avait fait non de la tête.

— Non, je n'ai aucune intention de le faire. Et je vais changer de téléphone.

— Mais…

— Mineko !

C'était la voix de son père. Quand il avait sommé sa femme de ne plus se préoccuper de lui, elle avait eu l'air triste. Kōki avait détourné les yeux et s'était éloigné dans la nuit.

Maintenant, elle n'était plus. Elle avait été assassinée. Il avait beau se le répéter, cela ne lui semblait pas plus réel que quelque chose qui se serait passé dans une série télévisée.

3

Le lendemain matin, Kōki sortit en même temps qu'Ami, qui partait pour le café où elle travaillait dans le quartier d'Horidomechō, tout près de Kodenmachō.

Il monta sur la selle de la bicyclette de son amie qui s'assit sur le porte-bagages, une habitude qu'ils avaient prise quand il était employé dans un restaurant situé près de la gare de Tokyo. Il avait démissionné pour se consacrer à la nouvelle pièce de sa compagnie dont la première approchait.

Le trajet jusqu'au carrefour de Kodenmachō dura moins de dix minutes. Kōki descendit du vélo et Ami remonta en selle.

— Ce soir, j'ai cours, dit-elle avant de se mettre à pédaler.

— D'accord, fit Kōki, qui avait compris qu'elle rentrerait tard.

Il continua sur l'avenue Ningyōchō-dōri, bordée de succursales de banques. Elles étaient nombreuses en raison de la proximité du siège de la Banque du Japon.

Il entra dans une supérette presque déserte à cette heure matinale. L'employé, un jeune de son âge, les cheveux teints en brun, était occupé à regarnir les rayons.

— Excusez-moi, lui dit-il. J'ai entendu dire qu'il y avait eu un meurtre avant-hier non loin d'ici. Vous savez où ?

L'employé fit non de la tête, l'air revêche.

— Je ne peux rien vous dire. Je ne travaillais pas à cette heure-là.

— Ah… Tant pis. Merci quand même.

Kōki sortit du magasin, en se reprochant de ne pas avoir pensé à quelque chose d'aussi évident.

Il posa ensuite la même question dans d'autres magasins du quartier, sans plus de succès. Il eut même du mal à trouver quelqu'un qui était au courant du meurtre. Sitôt que les employés comprenaient qu'il n'était pas là pour faire des achats, leur attitude changeait.

Le patron d'une papeterie lui apprit cependant quelque chose d'utile.

— Ah, cette femme qui a été assassinée… Ça s'est passé tout près d'ici, dit l'homme au crâne chauve en pointant un immeuble du doigt. J'ai eu la visite de la police. Ils m'ont demandé si je n'avais pas remarqué quelqu'un de louche. Je crois qu'ils m'ont parlé de vingt et une heures. Je leur ai répondu qu'à cette heure-là, le magasin est fermé et je ne suis plus là.

— Vous ne sauriez pas à quel étage la victime habitait ?

— Non. Vous avez un lien avec elle ?

— Oui, un peu…

— C'est trop triste, cette histoire, fit l'homme, le visage grave.

Une fois dans la rue, Kōki se dirigea vers l'immeuble à la façade crème, qui était plus haut que large et semblait récent.

À nouveau, il se demanda pourquoi sa mère avait choisi cet endroit. Les parents de Mineko habitaient Yokohama et il s'était attendu à ce qu'elle retourne chez eux après son divorce.

Mais à y repenser, ce n'était pas si étrange. Cela faisait longtemps qu'elle avait envie d'être libérée des tâches du ménage, et de travailler.

Sa mère, qui avait étudié l'anglais, lui avait confié qu'elle avait rêvé de devenir traductrice. Elle comptait aller étudier en Grande-Bretagne à la fin de ses études, plan qu'elle n'avait pas pu mener à bien car elle était tombée enceinte. De Kiyose Naohiro, le père de Kōki, alors âgé d'une trentaine d'années, qui dirigeait l'entreprise florissante qu'il avait créée très jeune.

Lorsqu'elle lui avait dit qu'elle attendait un enfant, il lui avait offert le mariage et elle avait accepté. Leurs familles n'y étaient pas opposées. Aujourd'hui encore, une telle situation conduit souvent au mariage.

Mais Kōki croyait que sa mère ne l'avait pas fait de gaieté de cœur.

Un jour, quand il revenait du collège, il avait trouvé sa mère au téléphone avec une amie de l'université. Il n'avait pas oublié ce qu'il avait alors entendu. "J'aimerais bien travailler, moi ! J'ai trente-sept ans, et quand je me dis que je vais passer le reste de ma vie comme femme au foyer, ça me déprime. Je t'envie d'avoir toujours pu travailler. Je n'en serais pas là aujourd'hui si je n'étais pas tombée enceinte. Pour commencer, je ne crois pas que je me serais mariée avec mon mari. Ma grossesse a tout chamboulé. Je reconnais que je n'ai pas osé avorter. En même temps, je suis contente d'avoir un enfant. Mais il n'y a pas que la maternité dans la vie. Je ne veux pas penser que je suis venue au monde uniquement pour me reproduire. Et je n'arrive pas à m'ôter de la tête l'idée que je veux faire plus qu'être épouse et mère."

"Ma grossesse a tout chamboulé." Ces mots avaient blessé Kōki.

Il avait déjà remarqué que son père ne faisait pas de sa famille sa priorité. Mais jusqu'à ce jour-là, il n'avait jamais douté de l'amour de sa mère. Elle lui préparait de bons repas et veillait attentivement sur lui. Il lui arrivait de lui faire des reproches, mais il comprenait que c'était pour son bien.

Son rôle de mère ne la comblait cependant pas complètement. Et cela ne datait pas d'hier. C'était lui, Kōki, qui l'avait empêchée, dès sa conception, de vivre comme elle l'entendait.

À compter de ce jour, il s'était efforcé de ne pas peser sur elle. Il ne voulait pas qu'elle puisse penser qu'il l'empêchait de vivre.

Aujourd'hui, Kōki ne voyait plus tout à fait les choses de la même façon. Il ne pensait pas que sa mère ne l'avait pas aimé. La frustration qu'elle avait exprimée pendant cette conversation téléphonique, qu'il avait entendue quand il était collégien, était peut-être passagère. Mais il avait la conviction que sa mère souhaitait changer de vie. C'était la raison pour laquelle elle n'était pas retournée vivre chez ses parents après son divorce, et qu'elle avait décidé de s'installer au cœur de la capitale.

Il ne comprenait cependant pas le choix de ce quartier. Même s'il était conscient de ne pas tout savoir de sa mère, il ne voyait rien qui explique sa décision de vivre à Nihonbashi.

Trois hommes sortirent de l'immeuble pendant qu'il réfléchissait à tout cela. Il fut étonné de reconnaître son père parmi eux.

Celui-ci s'arrêta en le voyant.

— Qu'est-ce que tu fais là, toi ?

— Je peux te demander la même chose, papa !

— Moi, je collabore avec la police. Je suis allé voir son appartement.

— C'est votre fils ? fit l'un des hommes en costume qui devait être policier. Comment savez-vous que c'est ici ?

— J'ai demandé dans le quartier. J'ai parlé à deux de vos collègues hier, mais ils ne m'ont pas donné son adresse.

— Je vois, répondit le policier, qui tourna les yeux vers Naohiro. Vous ne pensez pas que ce serait bien que votre fils voie l'appartement ?

— Non. Il n'avait pas parlé à sa mère depuis près de deux ans, alors…

— Si vous le dites… Eh bien, monsieur Kiyose, vous nous accompagnez, n'est-ce pas ?

— Oui, bien sûr.

Les policiers repartirent, montrant par leur attitude qu'ils n'avaient pas de temps à perdre avec quelqu'un qui ne pouvait leur apporter aucune information. Naohiro les suivit, mais il s'arrêta et se retourna vers son fils.

— Ta présence ici ne peut que gêner le travail de la police. Qu'est-ce que tu attends pour aller répéter ?

Kōki lui lança un regard mauvais.

— Je n'ai pas besoin de tes conseils !

Son père repartit sans rien répondre, pressant le pas pour rattraper les policiers. Kōki haussa les épaules.

Au même moment, il entendit dire "Excusez-moi, mais…" Il se retourna et vit sortir de l'immeuble un homme qui portait une chemise bleue sur un tee-shirt noir. Il avait le teint mat, les traits bien dessinés.

— J'ai entendu votre conversation. Si je comprends bien, vous êtes le fils de Mme Mitsui ?

— C'est exact, mais qui êtes-vous ?

— Eh bien… répondit l'autre en sortant sa carte de police.

Kōki lut qu'il s'appelait Kaga et travaillait au commissariat de Nihonbashi.

— Vous êtes venu parce que vous vouliez voir le lieu du crime ?

— Oui. Je n'habite pas loin.

— Pas loin ? Et je peux vous demander où ?

— À Asakusabashi.

— Ah bon… Ce n'est pas loin, en effet. Vous êtes venu à pied ?

— Non, à vélo, avec l'amie avec qui j'habite. Elle travaille dans le coin.

— Je vois, dit Kaga en le regardant, pensif. Vous voulez voir l'appartement ?

Kōki cligna des yeux.

— C'est possible ?

— Aujourd'hui, c'est moi qui suis chargé de rester ici, répondit Kaga en sortant une clé de sa poche.

L'appartement de Mineko se trouvait au troisième étage. Le studio d'une vingtaine de mètres carrés était meublé d'un lit simple, d'un bureau, d'étagères, d'un canapé et d'une table. Tout était bien rangé, mais l'espace était restreint. Habituée à une grande maison, Mineko avait eu du mérite de se contenter d'un logement aussi petit, pensa son fils.

— Comment ma mère a-t-elle été tuée ? demanda-t-il depuis l'entrée.

— Une de ses amies l'a découverte. Elles devaient dîner ensemble. Elle a sonné, votre mère n'a pas répondu, et son amie est entrée car la porte n'était pas fermée à clé. Mme Mitsui était allongée à même le sol. Cette dame a d'abord cru qu'elle avait eu un malaise, mais elle a vu des marques autour de son cou et elle a tout de suite appelé la police, expliqua Kaga sans regarder ses notes.

Kōki était étonné qu'à la différence des deux policiers de la veille, celui-ci lui parle franchement.

— Je me demande qui était cette amie, murmura-t-il.

— Elle avait étudié avec votre mère. Elle est traductrice, et Mme Mitsui l'aidait depuis son divorce.

— Ah bon…

Mineko était en passe de réaliser son rêve. Après son divorce, elle n'avait pas mené une vie solitaire, sans perspective. Cette idée lui apporta un léger réconfort.

C'est ici qu'elle avait décidé de se lancer dans la carrière qu'elle avait toujours souhaitée… pensa-t-il en portant un regard neuf sur la pièce. Ses yeux s'arrêtèrent sur des magazines, car il avait vu quelque chose qui n'avait apparemment aucun rapport avec sa mère : une revue traitant de naissance et de petite enfance, dont il connaissait le nom pour l'avoir vu dans une publicité à la télévision.

— Quelque chose vous surprend ? demanda Kaga.

— Oui, un peu. Je ne comprends pas pourquoi elle lisait ce magazine, répondit Kōki en le montrant du doigt. Kaga le prit dans ses mains gantées.

— C'est vrai que c'est étrange.

— Ma mère n'était quand même pas enceinte ?

— Je n'ai rien entendu de pareil, fit Kaga, le visage grave.

Il reposa le magazine sur l'étagère.

— Votre mère a emménagé ici il y a deux mois. Avant cela, elle louait un appartement qui appartenait à une de ses connaissances à Kamata.

— Je l'ignorais.

— Et d'après ce que nous a dit l'amie qui l'a découverte, Mme Mitsui a pris cette décision soudainement. Quand elle lui a demandé pourquoi, votre mère a répondu que c'était sous le coup de l'inspiration.

— De l'inspiration…

— Vous ne voyez rien qui pourrait expliquer ce choix de votre mère ?

— Hum… répondit Kōki, songeur. Moi aussi, ça m'a surpris. Je ne m'attendais pas à ce qu'elle habite si près de chez moi.

— Vous vivez à Asakusabashi, n'est-ce pas ? Vous croyez que cela pourrait avoir un rapport ?

— Les policiers auxquels j'ai parlé hier m'ont posé la même question, mais je ne crois pas qu'elle le savait. Pour moi, c'est un hasard.

— Ah bon…

— Le fait qu'elle se soit installée ici est lié à ce qui lui est arrivé ?

— Pour l'instant, nous ne pouvons rien dire. Mais tous les gens à qui nous avons parlé ne comprenaient pas pourquoi elle avait choisi ce quartier de Tokyo, et c'est troublant.

— Vous avez parlé à ses parents ?

— Pas moi, mais mes collègues. Ils n'ont rien appris de plus à ce sujet.

La réponse de Kaga laissa Kōki perplexe.

— Vous êtes satisfait ? demanda le policier.

Le jeune homme comprit qu'il lui demandait s'il était prêt à quitter les lieux.

— Oui.

Kaga l'accompagna et referma la porte à clé.

— Monsieur…

Le policier le dévisagea.

— Oui ?

— Personne n'aurait pu haïr ma mère. Je suis sûr que c'est ce que disent toujours les familles des victimes mais, dans le cas de ma mère, c'est la vérité.

Kaga esquissa un sourire tout en scrutant son visage.

— Mais vous ne savez rien de la vie de votre mère pendant ces deux dernières années, n'est-ce pas ?

— C'est exact mais…

Kōki s'interrompit, ne sachant quoi ajouter. Le regard du policier se fit plus aimable.

— Nous tiendrons compte de ce que vous venez de dire. Mais sachez qu'aujourd'hui, il arrive que des gens se fassent tuer par d'autres qui ne les haïssent pas. La seule chose que je puisse vous promettre, c'est que nous arrêterons le coupable.

Le jeune homme ne comprit pas ce qui justifiait cette promesse, mais elle lui fit du bien.

— Je compte sur vous, répondit-il en inclinant la tête.

4

Cinq jours s'étaient écoulés depuis le meurtre. Kōki ignorait si l'enquête avait progressé. Ni la police ni son père ne l'avaient contacté.

Le seul appel qu'il avait reçu était de son oncle, le frère aîné de sa mère, qui lui avait appris la veille au soir que la date de la cérémonie avait enfin pu être fixée, car la police avait rendu le corps de Mineko. Mais il semblait n'avoir aucune information sur le reste.

— Nous aussi, nous ignorions comment elle vivait. Elle voulait repartir de zéro, et nous ne voulions pas l'en empêcher, alors…

Kōki entendit dans sa voix une tentative de justifier l'indifférence manifestée par la famille de sa mère après son divorce.

Kaga le surprit en venant le voir pendant une répétition, à un moment où la compagnie était satisfaite de ses progrès.

Les deux hommes s'assirent sur de vieilles chaises dans le couloir.

— C'est formidable, un comédien. Vous arrivez à continuer à travailler même après ce qui est arrivé à votre mère, commenta le policier comme si cela le surprenait.

— Je ne vois pas ce que je pourrais faire d'autre. Enfin, demain, je vais chez mes grands-parents pour la veillée funèbre et l'enterrement, répondit le jeune homme en le dévisageant. Et il y a du nouveau dans l'enquête ?

— Nous en savons plus. Par exemple, ce que votre mère a fait le jour où elle est morte, répondit-il calmement. Mais il y a une chose qui nous semble étrange.

— Laquelle ?

— Juste avant d'être tuée, elle a écrit un mail sur son ordinateur. Qu'elle n'a pas eu le temps de finir, expliqua-t-il en ouvrant son calepin.

> *Comme toujours, j'ai caressé le chiot de la place, et aujourd'hui aussi, j'ai croisé l'horloger de la rue Kobuna. Nous avons ri tous les deux en nous disant que nous étions ponctuels.*

— Et alors ?

— Eh bien, nous avons cherché à comprendre de quoi il s'agissait et nous avons découvert quelque chose de très intéressant. Le chiot dont elle parle n'est pas un vrai chien, mais une statue.

— Une statue ?

— Vous connaissez le sanctuaire de Suitengū ? Vous savez, celui où on prie pour la fertilité ou un accouchement facile.

— J'en ai entendu parler.

— Il y a là-bas une statue qui représente une chienne et son chiot, et on dit que caresser la tête du chiot porte bonheur. D'après ce mail, votre mère y allait souvent.

— Que pouvait-elle y faire…

— Vous vous souvenez de ce magazine sur les bébés chez elle ? Nous pensons qu'il y avait dans sa vie quelqu'un qui attendait un enfant. Quelqu'un dont elle devait être très proche. Sinon, elle ne serait pas allée tous les jours dans ce sanctuaire. Mais nous avons eu beau chercher, nous n'avons trouvé personne dans ses connaissances qui corresponde à cette description. Nous en avons parlé à votre père, mais il ne voyait pas non plus de qui il pouvait s'agir.

— Moi non plus, fit Kōki. Je vous répète que je ne l'avais pas vue depuis deux ans. Et je ne lui avais pas parlé non plus.

— C'est vraiment le cas ?

— Mais si vous posiez la question au destinataire de ce mail, vous en sauriez peut-être plus.

— Nous l'avons fait, bien sûr. Le mail était adressé à l'avocate qui s'était occupée de son divorce. Mais si cette personne savait que Mme Mitsui allait se promener tous les jours, elle ignorait qu'elle se rendait au sanctuaire de Suitengū. Parce que, dans ses mails, votre mère lui parlait toujours d'une "place", comme si elle voulait lui cacher qu'il s'agissait de ce sanctuaire. L'avocate ignorait donc aussi s'il y avait parmi les proches de votre mère quelqu'un qui attendait un enfant.

— Cette histoire est… bizarre.

À quoi pouvait-elle penser ? Comment vivait-elle ? Son fils regretta à nouveau de ne pas s'être intéressé à elle.

— Nous allons continuer à chercher. Merci d'avoir pris le temps de répondre à mes questions, conclut Kaga en inclinant la tête.

Le lendemain, Kōki partit pour la maison de ses grands-parents afin de les aider pendant la veillée funèbre.

L'autopsie n'avait pas laissé de trace visible sur le corps de sa mère, qui portait un foulard blanc autour du cou, sans doute pour cacher les marques de strangulation.

Il n'osait pas regarder la famille de sa mère dans les yeux car il se sentait complice du désintérêt qu'ils lui avaient manifesté depuis qu'elle avait commencé à vivre seule.

Mais personne ne lui montra d'hostilité. Bien au contraire, les présents cherchèrent à le consoler de la perte de sa mère. Ils semblaient cependant en vouloir à son père, l'ex-mari de Mineko.

Comme ils ignoraient tout de sa vie depuis son divorce, aucun d'entre eux n'avait d'idée sur l'identité de son meurtrier.

Kōki leur dévoila qu'il y avait apparemment, parmi les gens que sa mère fréquentait, une femme qui attendait un enfant. Il va sans dire que personne n'en savait rien.

Afin que l'encens qui brûle à côté du corps ne s'éteigne pas, quelqu'un devait passer la nuit sur le lieu de la crémation, et il se porta volontaire. Cet encens ressemblant à celui que l'on utilise pour éloigner les moustiques, il n'eut en réalité rien à faire.

Après le départ de tous les participants à la veillée funèbre, il s'assit sur une chaise et regarda la photo de la défunte, prise pendant un voyage avec des amies. Elle montrait Mineko souriante.

L'émotion s'empara soudain de lui. Ses yeux le piquaient. Étrangement, ce fut devant cette photo qu'il comprit enfin que sa mère n'était plus.

Son portable sonna dans sa poche à ce moment précis. Il respira profondément et répondit. C'était Ami.

— Juste au bon moment. J'allais t'appeler.

Il lui annonça qu'il passait la nuit sur le lieu de la crémation.

— Ah bon… Ne t'épuise pas !

— Ne t'en fais pas pour moi, je vais bien. Et de ton côté, ça va ?

— Oui, mais j'ai eu la visite de ce policier, celui qui s'appelle Kaga, sur mon lieu de travail.

Kōki crispa sa main sur le téléphone.

— Au café ?

— Oui. Et il m'a posé une drôle de question.

— Laquelle ?

— Il voulait savoir si ta mère y était venue.

— Ma mère ?

Kōki ne comprenait pas.

— Il est bizarre, ce Kaga. Ma mère ne savait pas où j'habitais, et elle ne savait pas non plus que nous vivions ensemble.

— Mais il m'a posé beaucoup de questions. Et m'a montré sa photo. Ensuite, il a vérifié que le patron ne la reconnaissait pas non plus.

— Et alors ?

— Le patron a dit qu'il ne l'avait jamais vue, et le policier a fini par repartir. Ça veut dire quoi, tout ça ?

— Je n'en sais rien. Si je le revois, je lui poserai la question. Il n'y a rien eu d'autre ?

— Non.

— Bon. Je reviendrai demain après la cérémonie.

Kōki raccrocha, perplexe. Il reposa le regard sur l'autel funéraire. Le sourire de sa mère lui paraissait un peu énigmatique à présent.

5

Grâce à son oncle, qui avait organisé la cérémonie, tout se déroula comme prévu. Les horaires furent respectés, et l'assistance conforme aux attentes.

Après le départ du cercueil, Kōki se dirigea avec les autres vers le lieu de crémation, où l'attendait quelqu'un dont il n'avait pas anticipé la présence : Kaga. Une cravate noire autour du cou, il jetait des regards alentour.

— Je vous prie de m'excuser de vous importuner ici. Mais j'ai quelque chose à vous dire, et je voulais le faire au plus vite, expliqua-t-il en s'inclinant devant le jeune homme.

Kaga savait sans doute qu'il restait du temps jusqu'à la fin de la crémation. Kōki se dit qu'il devait avoir une bonne raison pour venir jusqu'ici.

Ils sortirent tous les deux du bâtiment et allèrent s'asseoir sur un banc dans le jardin soigné qui l'entourait.

— Nous avons découvert la raison pour laquelle votre mère avait choisi Kodenmachō, annonça le policier. Comme elle n'est plus, il nous est impossible de la confirmer, mais je pense que nous ne nous trompons pas.

— Et quelle était cette raison ?

— Vous connaissez Mme Fujiwara Machiko ? Son nom s'écrit avec ces caractères, dit Kaga en les lui montrant.

— Ça me dit quelque chose…

— Elle est devenue amie avec votre mère à l'université. Elle m'a dit qu'elle était venue chez vous plusieurs fois avant que votre mère ne divorce.

— Ah… Je vois. Ma mère l'appelait toujours par son surnom, Machi.

— C'est elle. Nous avons bien sûr étudié l'ordinateur de votre mère. Elle n'envoyait pas beaucoup de mails à ses amis, parce qu'elle communiquait plutôt par SMS avec eux. Mais lorsque nous avons pris contact avec tous ses correspondants mail, un seul d'entre eux nous a posé problème. Mme Fujiwara. C'était compliqué, parce qu'elle habite en ce moment à Seattle où son mari a été muté. Ce matin, nous avons enfin réussi à lui parler par téléphone. Elle n'était bien sûr pas au courant de ce qui était arrivé à votre mère. Et ne voyait pas non plus qui aurait pu faire cela. Mais elle a précisé qu'elle savait pourquoi votre mère s'était installée à Kodenmachō.

— Et quelle était cette raison ?

— Vous.

— Moi ?

— Mme Fujiwara s'est installée à Seattle en mars mais, peu de temps avant son départ, elle vous a croisé dans le quartier de Nihonbashi où elle se promenait, expliqua Kaga en le regardant. Vous étiez sur un vélo en compagnie d'une jeune fille assise sur le porte-bagages. Vous vous êtes arrêté, elle est descendue, et vous avez continué. Mme Fujiwara a suivi cette jeune fille, car vous alliez trop vite pour elle, et elle l'a vue entrer dans un café qui n'était pas encore ouvert. Mme Fujiwara l'a raconté à votre mère, parce qu'elle savait que Mme Mitsui vous cherchait. Et votre mère s'est installée à Kodenmachō très peu de temps après. Il semble donc logique de supposer qu'elle l'a fait pour être plus près de vous.

Le récit de Kaga mit Kōki dans l'embarras. Il n'avait pas imaginé que sa mère pût le chercher. Mais à la réflexion, cela lui paraissait normal. Après son divorce, sa mère n'avait plus que lui.

— Dans ce cas, pourquoi n'a-t-elle pas cherché à prendre contact avec moi ? Si elle savait où travaillait Ami, elle n'avait qu'à aller la voir !

— Je crois que c'était son intention à l'origine. Mais quand elle l'a vue, elle a apparemment changé d'idée.

— Que voulez-vous dire ?

— Mme Fujiwara est restée en contact par mail avec votre mère même après son départ pour les États-Unis. Et elle s'attendait à ce que son amie lui raconte ses retrouvailles avec vous. Mais peu après, votre mère lui a écrit que, pour l'instant, elle se contenterait de vous suivre de loin. Mme Fujiwara a eu l'impression qu'elle avait une raison précise de lui dire cela, mais elle ne lui a jamais posé de questions.

Kōki se passa la main dans les cheveux.

— Je me demande ce que c'était…

— D'après Mme Fujiwara, Mme Mitsui fréquentait régulièrement le café où travaille Aoyama Ami. Elle a écrit à son amie qu'elle avait peur que la jeune femme finisse par se lasser de la voir.

— C'est pour ça que vous êtes allé trouver Ami sur son lieu de travail, n'est-ce pas ? Elle m'en a parlé hier soir. Ce qui est incompréhensible, c'est qu'Ami ne l'a jamais vue. Ma mère n'y est jamais venue.

— Vous avez raison. Que faut-il alors penser de ce mail qu'elle a envoyé à son amie ? Elle aurait menti ?

— Pourquoi aurait-elle fait ça ? lâcha Kōki, perplexe.

Il n'y comprenait rien. Kaga le regarda et sourit.

— Elle ne mentait pas. Il ne fait aucun doute que Mme Mitsui fréquentait le café où travaille votre amie.

— Mais Ami affirme qu'elle ne l'a jamais vue…

— Pour dire les choses plus précisément, reprit Kaga, elle fréquentait le café où elle croyait que votre amie travaillait.

Kaga sortit de la poche de poitrine de son veston une feuille de papier et la présenta à Kōki, qui n'y comprenait rien. Il la regarda et reconnut un plan rudimentaire sur lequel était dessiné le carrefour de Kodenmachō.

— C'est quoi, ça ?

— Après vous avoir croisé, Mme Fujiwara a expliqué à votre mère où se trouvait le café où travaillait votre amie. Elle lui a dit ceci : quand on marche vers Ningyōchō depuis le carrefour de Kodenmachō, on arrive à un autre carrefour où il y a du côté gauche une succursale de la banque Sankyō. Si on prend la rue à gauche, il y a un café juste après la banque. C'est là que travaille l'amie de Kōki. Que pensez-vous de cette explication ?

— Rien… Elle semble exacte, non ? fit le jeune homme en visualisant les lieux.

— Je suis d'accord avec vous. Du moins, elle l'était, au moment où Mme Fujiwara l'a faite à votre mère.

— Que voulez-vous dire ?

— Mme Fujiwara vous a vu au début du mois de mars. Deux semaines plus tard, votre mère est venue dans le quartier pour la première fois. Elle a suivi les instructions fournies par son amie, et elle s'est dirigée vers Ningyōchō. Mais elle a commis une erreur cruciale. La succursale de la banque Sankyō dont Mme Fujiwara avait parlé se trouve au carrefour d'Horidomechō. Mais deux rues avant, en venant du même carrefour, il y a une banque du même nom. La banque Sankyō Daito. Comme vous le savez sans doute, la banque Sankyō a fusionné avec la banque Daito. Et cela, juste après que Mme Fujiwara vous a aperçu. Vous comprenez, n'est-ce pas ?

À ce moment-là, la banque la plus proche du carrefour s'appelait Daito. Mais quand votre mère y est allée, elle était devenue Banque Sankyō Daito. L'erreur était inévitable. Mme Mitsui a pris la rue à gauche après cette succursale.

— Mais elle a dû s'en rendre compte. À condition qu'il n'y ait pas de café juste à côté…

En voyant l'expression embarrassée de Kaga, il s'interrompit.

— Vous n'allez pas me dire que… reprit-il.

— Si, hélas. Il y en a bien un à côté de cette banque aussi. Il s'agit plus exactement d'une pâtisserie avec un salon de thé adjacent. Que votre mère se soit trompée n'a rien d'étrange.

— Et ma mère y allait souvent ?

— Oui, je m'en suis assuré. La pâtisserie s'appelle Quatro. J'ai montré une photo de votre mère, et la vendeuse m'a dit qu'elle y venait souvent. Ce qui veut dire que Mme Mitsui croyait que cette jeune femme était votre amie.

Kōki secoua la tête.

— Comment a-t-elle pu continuer à y aller pendant plus de deux mois ? Si elle avait posé la question à la vendeuse, elle se serait rendu compte de son erreur.

— Elle ne l'a pas fait, car elle avait décidé de la suivre de loin. Probablement parce qu'elle ne voulait pas choquer cette jeune femme. J'imagine qu'elle pensait lui dire qui elle était une fois que celle-ci se serait habituée à sa présence.

— Mais pourquoi a-t-elle pensé ça ?

— Si vous allez dans cette pâtisserie, vous le comprendrez. Si vous voyez cette vendeuse, j'entends. Mme Mitsui devait être très heureuse d'avoir emménagé à Kodenmachō. Elle la suivait de loin, en se réjouissant de l'avenir.

Kōki ne comprenait rien à ce que Kaga disait. Mais ce dernier se contenta de répéter que tout deviendrait clair pour lui s'il allait dans ce salon de thé.

6

Quinze minutes avant la fermeture du salon de thé, Ken'ichi y entra. Il était en costume.

— J'étais chez un client pas loin d'ici. J'ai appelé le bureau et ils m'ont donné l'autorisation de rentrer directement chez moi. Je me suis dit qu'on pourrait partir ensemble.

— Ah bon. Tu n'as qu'à m'attendre en buvant un café, suggéra Miyuki.

— D'accord, dit-il avant de se diriger vers le salon de thé.

Nakanishi Reiko vint prendre sa commande. Elle connaissait bien sûr Ken'ichi. Il avait toujours été attentionné vis-à-vis de Miyuki, mais ces derniers temps, il l'était plus encore. Probablement à cause de son état.

Miyuki mit la main sur son ventre. Elle entrait dans son cinquième mois et ne cessait de s'arrondir.

Elle tourna les yeux vers son portable posé à côté de la caisse enregistreuse. Une lanière à l'effigie d'un chien y était fixée. C'était un grigri destiné à assurer un accouchement facile, un cadeau de cette femme au regard si doux qui venait presque tous les jours.

"Je l'ai acheté au sanctuaire Suitengū. En espérant que vous aurez un beau bébé", lui avait-elle dit en le lui donnant.

Miyuki ne s'expliquait pas les attentions de cette cliente. Elle n'en connaîtrait peut-être jamais la raison.

Parce que cette femme n'était plus. Le policier venu la veille le lui avait appris.

Il lui avait montré une photo d'elle en lui demandant s'il la connaissait. Miyuki avait été étonnée de la reconnaître. Le policier avait soudain eu l'air accablé. Il lui avait posé des questions sur elle, sur ce dont elles avaient parlé et sur la date de sa dernière visite.

Troublée, Miyuki s'était permis de le questionner à son tour. Qu'était-il arrivé à cette cliente ? Le policier avait hésité une seconde, puis il lui avait répondu. Le mauvais pressentiment de Miyuki était justifié. Cette femme aux yeux si doux était morte. Elle avait été tuée.

La mort de cette cliente anonyme avait attristé la vendeuse. Des larmes lui étaient montées aux yeux. Elle avait ensuite répondu du mieux qu'elle pouvait aux questions de l'enquêteur. Elle n'avait pourtant pas pu lui apprendre grand-chose.

“Je reviendrai”, avait-il dit en partant, l'air triste. Elle ignorait la raison de cette tristesse.

La porte s'ouvrit à nouveau, et un jeune couple entra.

— Bonsoir, leur dit-elle.

Ils avaient l'air aussi tendus l'un que l'autre. La jeune femme baissait les yeux tandis que l'homme la dévisageait.

Leur attitude parut louche à Miyuki. À aucun moment, ils ne regardèrent les gâteaux. Puis ils se tournèrent tous les deux vers elle. Et elle sursauta.

Elle reconnaissait les yeux du client. Pourtant, elle était certaine de ne l'avoir jamais vu. Mais ces yeux, elle les connaissait.

Elle reposa les yeux sur son téléphone. Après avoir jeté un coup d'œil sur la lanière, elle regarda à nouveau le jeune homme.

Il a les yeux de cette cliente, se dit-elle.

L'AMIE DE LA TRADUCTRICE

1

Vêtue d'un tee-shirt et d'un jean, Mitsui Mineko tenait sa tasse de thé d'une main et riait. Ses cheveux ondulés étaient noués en queue de cheval.

Que je suis contente, dit Tamiko. Je croyais que tu étais morte, ajouta-t-elle.

Mineko se contenta de rire sans lui répondre.

Elle entendit une sonnerie. Celle de l'entrée. Elle se retourna dans cette direction. La porte était ouverte, et elle aperçut quelqu'un.

Mineko, pensa-t-elle. Voilà qu'elle partait. Il faut que je la rattrape, se dit Tamiko. Mais son corps refusa de bouger. Ses jambes ne lui obéirent pas quand elle tenta de se lever.

À nouveau, la sonnette retentit. Il faut que j'aille aider Mineko, pensa-t-elle. Elle ne doit pas partir comme ça. Vite, il faut que je l'arrête !

Quelque chose pesait sur ses jambes, l'empêchait de bouger. Elle regarda dans cette direction. Quelqu'un était allongé sur elle. Mineko. Sa tête commença à bouger. Encore un peu, je la verrai.

Une crampe réveilla Tamiko. Elle était assise devant son ordinateur, dont l'écran affichait une page qu'elle était en train d'écrire. Les lettres de la dernière ligne ne voulaient rien dire.

Elle se rendit enfin compte qu'elle s'était assoupie en face de son bureau. Son corps ruisselait de sueur et son cœur battait à grands coups.

À nouveau, la sonnette retentit. Ce n'était pas que dans son rêve. Tamiko se leva et tendit la main vers l'interphone, se cognant contre le mur au passage.

— Oui ?

— Je viens du commissariat de Nihonbashi, répondit immédiatement une voix masculine. J'aimerais vous poser quelques questions.

Il fallut quelques secondes à Tamiko pour comprendre que c'était un policier. Quelqu'un lui avait dit (mais qui ?) que c'était le commissariat chargé de l'affaire.

— Madame Yoshioka ? Madame Yoshioka Tamiko ? demanda-t-il en répétant son nom car elle n'avait rien dit.

— Oui, c'est moi. Entrez, je vous en prie, fit-elle en appuyant sur le bouton qui ouvrait la porte.

Elle revint à son bureau et se rassit. Il restait encore un peu de thé dans la tasse qui y était posée. Elle se souvint d'en avoir bu avant de s'endormir. Elle la souleva. Le thé était froid.

Elle soupira en repensant à son rêve. Elle revit le visage souriant de Mineko, avec l'impression que son amie voulait lui dire quelque chose. Ce n'était probablement que son imagination. Elle aimait les histoires de fantômes, mais n'y croyait pas.

Elle posa les coudes sur le bureau et porta une main à ses tempes. Le mal de tête dont elle souffrait depuis plusieurs jours ne passait pas. Il était dû au manque de sommeil. Depuis le meurtre de son amie, elle dormait mal et somnolait quand elle était assise. Sitôt qu'elle s'allongeait, des images désagréables se formaient dans sa tête et elle ne pouvait s'endormir.

La sonnette de l'entrée retentit. Le policier du commissariat de Nihonbashi devait être devant sa porte. Elle y alla d'un pas lourd. Et découvrit par le judas un homme qui portait une chemise sur un tee-shirt et tenait un sac en papier à la main. Il était différent de l'image qu'elle se faisait d'un policier, sans pour autant lui inspirer de méfiance. Elle l'avait déjà vu. C'était bien un policier, mais elle ne se souvenait pas de son nom. Elle avait probablement sa carte de visite quelque part. Mais où ?

Elle déverrouilla la serrure et ouvrit la porte. Le policier la salua en souriant.

— Désolé de vous déranger.

Elle leva les yeux vers lui.

— De quoi s'agit-il ? Depuis l'autre jour, j'ai parlé à plusieurs de vos collègues qui m'ont posé toutes sortes de questions.

Par "l'autre jour", elle faisait référence au moment où elle avait appelé la police, lorsque cet enquêteur avait été le premier à l'interroger.

Il se frotta la joue avec embarras.

— Je comprends que nos visites vous ennuient. Mais lorsque l'enquête progresse et que nous découvrons quelque chose de neuf, notre devoir est d'en informer les personnes concernées. Je vous prie de bien vouloir coopérer avec nous, de manière à ce que nous puissions élucider cette énigme.

Tamiko soupira.

— Je n'ai pas dit que je ne voulais pas coopérer. Que voulez-vous me demander ?

Elle se souvint de son nom en lui posant cette question. Kaga. Sa manière aimable de parler inspirait confiance.

— Eh bien, plusieurs choses… Ah oui, je vous ai apporté ceci, des gâteaux que j'ai achetés car la vendeuse m'a dit qu'ils avaient du succès, continua-t-il en lui tendant un paquet.

— C'est pour moi ?

— Oui. Une mousse de fruit de la passion avec de la gelée d'amande, je crois. Ou en tout cas, quelque chose de ce genre. J'espère que vous ne détestez pas le sucré.

— Non, pas du tout mais…

— Eh bien, prenez-les, je vous prie. Ils se conservent plusieurs jours au frigo.

— Ah bon. Je vous remercie, dit-elle en prenant le sac.

Il contenait sans doute de la glace carbonique, car elle le trouva froid. Elle arriverait peut-être à manger ça. Depuis le meurtre, elle avait perdu l'appétit et se nourrissait à peine.

— Il y a un café en face de l'immeuble, n'est-ce pas ? dit Kaga. Pourriez-vous m'y rejoindre ? Je ne vous importunerai pas longtemps.

Elle secoua la tête et ouvrit grande la porte.

— Si vous voulez me parler, nous serons aussi bien ici.

— Mais… je ne…

— Je n'ai pas envie de me changer. Et si je sors, il faut aussi que je me maquille.

Elle portait une tenue d'intérieur en éponge, un vêtement habituel pour elle qui travaillait à la maison.

— Et puis je n'ai plus l'âge d'être gênée à l'idée de recevoir un homme chez moi. Entrez, je vous en prie. Et pardonnez le désordre.

Kaga parut hésiter une seconde avant de pénétrer dans l'appartement, un deux-pièces. Il vit un bureau avec un ordinateur, un canapé mais pas de table à manger. Il devina que la chambre se trouvait de l'autre côté de la cloison coulissante.

Tamiko le fit s'asseoir sur la banquette et disparut dans la cuisine, d'où elle revint avec un plateau sur lequel étaient posés deux verres de thé de céréales glacé.

Kaga prit le sien et en but.

— Vous allez mieux ? demanda-t-il ensuite en regardant alternativement le visage de Tamiko et son ordinateur.

— Ce qui est arrivé me semble toujours aussi irréel. Parfois, j'ai l'impression que c'est un mauvais rêve. Mais c'est la réalité. Je sais qu'il faut que je l'accepte, et que je la surmonte, mais c'est difficile.

— Les obsèques de Mme Mitsui ont eu lieu hier. Vous y étiez ?

Elle hocha la tête.

— J'y suis allée. Après avoir beaucoup hésité. J'avais peur de rencontrer sa famille, et plus encore, je ne savais que lui dire à elle. Je n'ai pas réussi à regarder sa photo.

Kaga fronça les sourcils.

— Rien ne justifie que vous vous en vouliez à ce point. Ce qui est arrivé à votre amie n'est pas de votre faute, je vous l'ai déjà dit. C'est celle de la personne qui l'a tuée.

— Pourtant… bredouilla Tamiko en baissant la tête, au bord des larmes.

— Au risque de vous paraître insistant, je voudrais vous demander de confirmer quelques points. À l'origine, vous deviez passer chez elle à dix-neuf heures, n'est-ce pas ? Mais vous l'avez appelée vers dix-huit heures trente pour retarder le rendez-vous à vingt heures, n'est-ce pas ?

Elle inspira profondément. Que la police est pénible, pensa-t-elle. Combien de fois devrait-elle répéter la même chose ?

— C'est exact. Il se trouve que j'ai dû rencontrer quelqu'un à dix-neuf heures, et j'ai appelé Mineko pour décaler notre rendez-vous.

Kaga ouvrit son calepin.

— La personne que vous deviez rencontrer était Kōji Tachibana, un Anglais d'origine japonaise, n'est-ce pas ? Vous l'avez retrouvé dans une bijouterie de Ginza qui s'appelle Cortesia, et vous l'avez quitté à dix-neuf heures trente, c'est bien ça ? Puis vous êtes allée directement chez Mme Mitsui, et vous l'avez trouvée morte. Voyez-vous quelque chose à corriger ?

— Non, rien. Tout est exact.

Elle savait que la police avait vérifié ses dires. Kōji lui avait dit qu'un policier de la préfecture de police l'avait contacté.

"Il ne m'a pas demandé ce dont nous avions parlé. Ce n'est pourtant pas l'envie qui lui manquait", lui avait-il raconté d'un ton amusé quand il l'avait appelée. Elle n'avait rien dit.

"Excuse-moi. Je ne devrais pas parler d'un ton si gai", avait-il continué dans un japonais parfait. Né au Japon, il était encore enfant lorsque son père avait été muté en Grande-Bretagne. Il y était resté et avait acquis la nationalité britannique.

— Quelqu'un savait-il que vous deviez rencontrer Mme Mitsui ce jour-là ?

— J'en avais parlé à M. Tachibana, c'est tout.

Kaga hocha la tête, et fit le tour de la pièce des yeux, et son regard s'arrêta sur le bureau.

— C'est votre téléphone ?

— Oui.

— Je peux le regarder ?

— Si vous voulez.

Elle alla le prendre et le lui apporta.

— Le voici.

— Je vous remercie. Permettez… dit-il en le prenant après avoir mis des gants blancs.

Le téléphone, un modèle vieux de deux ans, était de couleur rouge. Tamiko songeait à le remplacer. La lanière au motif de fleurs de cerisier datait de l'année précédente.

— Je vous remercie, fit-il en lui rendant l'appareil.

— Euh… Mais pourquoi… bredouilla Tamiko.

— Pardonnez mon indiscrétion, mais sauriez-vous si quelqu'un dans l'entourage de Mme Mitsui avait perdu son portable ? Ça peut être un homme ou une femme.

— Quelqu'un qui aurait perdu son portable ? Elle ne m'en a pas parlé.

— Ah bon, glissa Kaga, l'air préoccupé.

— Pourquoi m'avez-vous posé cette question ? Si c'était le cas, cela poserait problème ? tenta-t-elle.

Il ne répondit pas immédiatement car il était en train de réfléchir. Peut-être s'agit-il d'un élément confidentiel de l'enquête, se dit-elle.

— Quelqu'un a appelé d'une cabine, lança-t-il une seconde plus tard.

— Quoi ?

— Quelqu'un a appelé le portable de Mme Mitsui d'une cabine. Vers dix-huit heures quarante-cinq, c'est-à-dire peu de temps avant le meurtre. Nous ignorons naturellement de qui il s'agit, mais nous sommes récemment arrivés à la conclusion que c'était une personne assez proche d'elle. Une personne qui a entendu cette conversation nous a dit que Mme Mitsui la tutoyait. Cela nous conduit à penser que son correspondant avait perdu ou oublié son portable.

Il expliqua cela d'une traite et s'interrompit pour regarder fixement Tamiko.

— Je me demande qui cela peut être. Vous n'auriez pas une idée ?

Tamiko était prise au dépourvu.

— Non, aucune. Mais si j'en avais une, cela changerait quoi ?

Kaga se pencha lentement en avant.

— Pour ma part, j'estime probable que la personne qui a téléphoné soit le meurtrier.

— Pourquoi ça ?

— L'état de l'appartement fait que nous sommes certains que Mme Mitsui a invité son meurtrier à entrer chez elle. Mais il est difficile de penser qu'il soit venu la voir à l'improviste. Il a dû la prévenir avant. Il se trouve qu'elle avait rendez-vous avec vous à dix-neuf heures. Normalement, elle aurait dû répondre à cette personne qu'elle ne pouvait pas la voir pour cette raison. Mais elle ne l'a pas fait, et elle a par conséquent ouvert sa porte au meurtrier. Vraisemblablement parce que vous lui aviez demandé de décaler votre rendez-vous d'une heure, exposa-t-il d'une voix claire.

Puis il la regarda et fit un geste de dénégation.

— Ne vous méprenez pas, je ne vous reproche rien.

— Ne vous en faites pas, je l'avais compris. Je suis tout à fait consciente du fait que ma décision de reporter d'une heure notre rencontre a beaucoup à voir avec ce qui s'est produit, dit-elle en sentant son visage se crisper. Mais je vous en prie, continuez !

Kaga poursuivit après s'être éclairci la voix.

— Le meurtrier a en d'autres termes contacté Mme Mitsui après votre appel. Le seul appel du journal d'appels de son téléphone après le vôtre vient d'une cabine.

— Je comprends, fit Tamiko. Tout est clair à présent. Mais je ne vois pas de qui il peut s'agir.

— Réfléchissez bien. Nous pensons que cette personne devait être très proche de Mme Mitsui. La logique voudrait qu'elle vous en ait parlé, ajouta-t-il d'un ton ferme en scrutant son visage.

Elle ne détourna pas les yeux.

— Comment pouvez-vous affirmer cela ? Il m'arrive de tutoyer des gens dont je ne suis pas très proche, vous savez.

— Nous ne nous basons pas seulement sur le tutoiement, répondit-il. Comme je l'ai indiqué, cet appel a été reçu à dix-huit heures quarante-cinq. Le correspondant a dit à Mme Mitsui qu'il allait passer chez elle. Elle avait rendez-vous avec vous à vingt heures, et elle aurait dû refuser. Mais elle ne l'a pas fait. Pourquoi, à votre avis ?

— Eh bien…

— Une seule chose est envisageable : que ce correspondant se trouve déjà près de chez elle. Vous voyez sans doute où je veux en venir.

Tamiko était surprise. Mais elle comprit son raisonnement.

— Vous voulez dire que ce correspondant savait où habitait Mineko, n'est-ce pas ?

— Précisément, approuva Kaga en hochant la tête. Ni son ex-mari ni son fils ne savaient où elle avait emménagé. Vous aussi ignoriez pourquoi elle avait choisi Kodenmachō.

— La seule chose qu'elle m'ait dite là-dessus était qu'elle avait eu une inspiration.

— Autrement dit, elle n'avait aucune attache dans ce quartier. Comme il est difficile d'imaginer que le meurtrier s'y soit trouvé par hasard, penser qu'il s'agissait de quelqu'un qu'elle connaissait déjà est plus rationnel. Parce qu'il savait où elle habitait et avait décidé de venir chez elle à l'improviste, ce devait être quelqu'un de proche.

Ce que disait le policier était cohérent. L'enquête progresse, pensa Tamiko.

— Je comprends votre point de vue. Et cela explique votre visite aujourd'hui. Mais là, tout de suite, je ne vois rien. Pourriez-vous me donner un peu plus de temps ?

— Bien sûr, prenez le temps d'y réfléchir. Vous avez toujours la carte de visite que je vous ai donnée l'autre jour ?

La voyant hésiter, il en sortit une autre et la posa sur la table.

— Contactez-moi si vous vous souvenez de quelque chose, conclut-il en se levant.

Elle le raccompagna jusqu'à l'entrée. Il mit la main sur la poignée de la porte et se tourna vers elle.

— Je me répète, vous n'avez pas à vous en vouloir. Au contraire, grâce à vous, nous avançons dans notre enquête, et nous nous faisons une image plus claire du meurtrier.

Tamiko comprenait qu'il ne lui disait pas cela pour la consoler. Mais au lieu d'acquiescer, elle hocha la tête.

— Désolé de vous avoir dérangée, dit-il en partant.

2

Mitsui Mineko était une des rares amies qui lui restaient de l'université. Autrefois, elle en avait plus, mais elle les avait graduellement perdues de vue au fur et à mesure qu'elles s'étaient mariées et avaient eu des enfants. Ces camarades d'études avaient peut-être continué à se voir sans la convier, parce qu'elle était célibataire.

Mineko était une des premières à s'être mariée, enceinte, de surcroît. À l'époque où la maternité occupait tout son temps, elle l'appelait moins souvent. Mais comme elle était devenue mère très jeune, elle avait aussi été la première à ne plus devoir consacrer tout son temps à son enfant. À partir du moment où son fils avait atteint les dernières années de l'école primaire, elle s'était mise à lui téléphoner plus souvent, généralement pour se plaindre de son morne quotidien. Lorsque Tamiko lui disait qu'elle avait de la chance, Mineko se mettait en colère en lui reprochant de ne pas comprendre ce qu'elle ressentait. Il lui était arrivé de déclarer en pleurant que sa vie ne valait pas la peine d'être vécue. Son mari semblait négliger sa famille, et l'amour entre les époux avoir quasiment disparu.

Tamiko savait que Mineko l'enviait beaucoup parce qu'elle travaillait, comme traductrice, qui plus est. Elle n'avait pas oublié qu'étudiante, son amie rêvait déjà de traduire des contes et de la littérature jeunesse.

Un jour, Tamiko lui avait suggéré de s'y mettre, car une femme au foyer pouvait traduire pendant son temps libre.

"Ce n'est pas si simple", avait répondu son amie. Son mari ne voulait pas qu'elle travaille et n'accepterait probablement pas qu'elle le fasse même sans sortir de chez elle.

Bien que Tamiko ne pût résoudre les problèmes conjugaux de Mineko, elle écoutait patiemment ses récriminations.

Ces derniers temps, la situation avait changé. Mineko avait commencé à envisager le divorce parce que son fils unique avait soudainement quitté le domicile familial. Elle était cependant confrontée à un obstacle de taille : de quoi allait-elle vivre une fois divorcée ?

Sans y réfléchir, Tamiko lui avait proposé du travail. Elle était débordée, l'assistante à qui elle faisait confiance venait de la quitter, et elle avait besoin de la remplacer.

Mineko n'était pas sûre d'avoir le niveau, mais elle avait plutôt réussi la traduction test que Tamiko lui avait confiée. En réalité, elle n'avait jamais cessé de travailler son niveau d'anglais.

Quelque temps après avoir acquis la certitude de pouvoir gagner sa vie, elle avait fait part à son époux de son désir de divorcer. Il l'avait surprise en acceptant immédiatement. Mais le montant du patrimoine conjugal qu'il lui avait accordé était faible par rapport à sa fortune. Tamiko lui avait conseillé de réclamer plus mais son amie avait ri en disant qu'à ses yeux, sa liberté était plus précieuse que l'argent.

À peu près au moment où Mineko s'était installée dans son propre appartement, Tamiko avait commencé à lui donner du travail. Comme elle pensait qu'il lui faudrait un peu de temps pour pouvoir s'en sortir seule, elle avait l'intention de lui prêter main-forte au début. Mineko était pour sa part ravie de se lancer enfin dans la même profession qu'elle.

Juste après son divorce, elle avait loué à une de ses connaissances un petit appartement que celle-ci possédait à Kamata, mais l'avait quitté deux mois plus tôt pour emménager dans le quartier de Nihonbashi. Tamiko se doutait qu'elle avait pour cela une autre raison que "l'inspiration", et que c'était quelque chose dont elle se réjouissait. Son visage rayonnait chaque fois qu'elle en parlait. Quelque chose dans le quartier la comblait, c'était évident. Et Tamiko ne l'avait pas pressée de questions, persuadée qu'elle l'apprendrait tôt ou tard.

Tout paraissait aller le mieux du monde, mais un incident avait perturbé leur amitié. Et le problème n'était pas venu de Mineko, comme on aurait pu s'y attendre, mais de Tamiko.

Un an auparavant, elle avait fait connaissance avec Kōji Tachibana, un soir où elle avait retrouvé des éditeurs avec qui elle travaillait sous les cerisiers en fleur à Chidorigafuchi. Kōji accompagnait l'un d'entre eux. Célibataire, plus jeune qu'elle de trois ans, il travaillait dans l'audiovisuel et vivait au Japon depuis deux ans.

Ils s'étaient revus et étaient tombés amoureux. Mais ils n'avaient jamais parlé de mariage ou de vie commune. Exerçant tous les deux un travail prenant, ils préféraient passer de bons moments ensemble. Cela leur convenait.

Kōji l'avait récemment surprise en lui annonçant qu'il souhaitait se réinstaller à Londres et voulait qu'elle l'accompagne.

Tamiko avait d'abord hésité, troublée. Mais très vite, elle s'était laissé gagner par la joie.

Elle n'avait pas de famille dont elle devait s'occuper, et n'était pas non plus liée par un quelconque contrat à long terme sur le plan professionnel. Elle pouvait partir avec lui. Une chose la préoccupait cependant. Qu'allait devenir Mineko sans elle ?

Elle s'était engagée à veiller sur son amie jusqu'à ce qu'elle soit capable d'assurer sa propre indépendance. Mineko avait décidé de se lancer dans une nouvelle vie pour cette raison. Tamiko ne pouvait l'abandonner sans remords.

Elle n'envisageait pas pour autant de renoncer à Kōji, qui lui était à présent indispensable. Après avoir longtemps tergiversé, elle avait décidé de s'en ouvrir à son amie, en pensant qu'elle comprendrait.

Elle s'était trompée. Le visage de Mineko s'était fermé en l'entendant.

D'un ton acerbe, elle lui avait rappelé qu'elle avait divorcé parce que Tamiko lui avait promis de l'aider.

Elle pouvait comprendre ces reproches. Placée dans la même situation, elle aussi aurait probablement été insatisfaite, et même inquiète.

Ce jour-là, elles s'étaient séparées fâchées. Trois semaines s'étaient écoulées depuis. Elles avaient décidé de se revoir en ce fatidique 10 juin.

Si Tamiko avait appelé Mineko pour retarder d'une heure leur rendez-vous, c'était parce que Kōji lui avait demandé de le retrouver dans une bijouterie de Ginza. Quand elle y était arrivée, il lui avait montré une bague ornée d'un magnifique diamant.

Si elle te plaît, elle est à toi, avait-il dit. Les larmes avaient afflué aux yeux de Tamiko. Elle lui aurait sauté au cou s'ils avaient été seuls.

Quand ils avaient quitté le magasin, elle avait laissé la bague à Kōji et pris un taxi pour aller chez Mineko.

C'était la deuxième fois qu'elle se rendait dans ce nouvel appartement. Elle avait décidé chemin faisant qu'elle ne lui parlerait pas de la bague.

Le taxi s'était arrêté devant l'immeuble quelques minutes avant vingt heures. Elle avait pris l'ascenseur jusqu'au troisième et avait sonné à la porte de son amie qui n'était pas venue lui ouvrir. Elle avait sonné une seconde fois, sans plus de succès. Elle avait tourné la poignée, la porte s'était ouverte.

Sitôt entrée, elle avait vu Mineko allongée par terre. La première chose qui lui était venue à l'esprit était un accident vasculaire cérébral. Son grand-père en avait eu un dans sa baignoire.

Elle s'était approchée de Mineko et avait remarqué des marques autour de son cou. Ce n'était qu'ensuite qu'elle s'était rendu compte que ses yeux étaient ouverts.

D'une main tremblante, elle avait appelé la police sur son portable. Elle n'avait aucun souvenir de la manière dont elle leur avait rapporté ce qu'elle avait découvert. Elle était sortie de l'appartement pour attendre les policiers dans le couloir. Peut-être lui avaient-ils dit de le faire.

Ils étaient rapidement arrivés et l'avaient fait asseoir dans leur voiture. Elle avait cru qu'ils allaient l'emmener quelque part, mais elle s'était trompée. Un autre policier en civil l'avait rejointe et l'avait questionnée. Au début, elle avait eu du mal à répondre, mais grâce à la persévérance de son interlocuteur, elle avait graduellement retrouvé son calme. Cet enquêteur était Kaga.

Cruellement, une fois qu'elle s'était ressaisie, elle avait pris conscience de la terrible faute qu'elle avait commise. Son amie n'aurait pas été tuée si elle n'avait pas modifié l'heure du rendez-vous.

Elle avait pensé à ce qu'elle faisait à peine une demi-heure auparavant. À la bijouterie où l'avait emmenée

Kōji. À la bague. À son bonheur. Pendant ce temps, Mineko avait été étranglée.

La tristesse, les remords, la culpabilité l'avaient submergée. Sous le regard étonné de Kaga, elle avait bégayé :

— Tout est de ma faute. Si je n'avais pas décalé l'heure du rendez-vous… Si je n'avais pas pensé qu'à moi, à moi et rien d'autre… À cause de moi… à cause de moi… Mineko est morte. Tout est de ma faute.

3

Elle reçut un appel de Kōji le soir. Il lui proposa de dîner ensemble.

— Je suis désolée, mais je n'ai toujours pas envie de sortir.

— Dans ce cas, je vais venir et j'apporterai à manger. Qu'est-ce qui te ferait plaisir ?

Elle fit non de la tête.

— Écoute, ce soir, je ne préfère pas. Je ne suis pas maquillée et mon appartement est en désordre.

— Ça m'est égal. Je m'inquiète pour toi. J'espère que tu te nourris !

— Oui, ne t'en fais pas pour moi. J'ai simplement envie d'être seule.

Il n'avait rien dit, car elle avait parlé d'un ton ferme.

— Je te demande pardon, reprit-elle. Moi aussi, j'ai envie de te voir, d'être avec toi. Si tu étais là, je pourrais peut-être oublier.

— Dans ce cas…

— Mais quelque part, j'ai l'impression que je n'en ai pas le droit. Parce que Mineko a souffert bien plus que moi. J'ai l'impression de ne pas avoir le droit de me réfugier chez toi. Je ne peux pas m'empêcher de penser que ce serait lâche de ma part de me sentir bien, et d'oublier Mineko, ne serait-ce qu'un instant.

À nouveau, Kōji se tut. Il essayait probablement de la comprendre.

Elle lui avait dit la vérité, mais pas dans sa totalité. Elle n'arrivait pas à s'ôter de la tête l'idée que, si elle n'avait pas rencontré Kōji, Mineko ne serait pas morte. Ayant cela présent à l'esprit, elle n'arriverait pas à se conduire normalement avec lui. Le moment de bonheur qu'elle passerait se transformerait en un souvenir pénible.

Elle ne pouvait pas lui en parler. Parce qu'il ne manquerait pas de s'en prendre à lui-même. C'était lui qui l'avait conduite à modifier ses plans ce jour-là.

— Je ne peux vraiment rien faire pour toi ?

— Tu en fais déjà beaucoup en prenant de mes nouvelles.

Elle l'entendit soupirer.

— J'en veux à celui qui l'a tuée. C'est grave d'avoir tué ton amie, mais je lui en veux aussi de t'avoir fait tant de mal. Je voudrais le tuer.

Tamiko pressa la main qui ne tenait pas le téléphone contre sa tempe.

— S'il te plaît, évite d'utiliser le mot "tuer".

— Oh… pardon…

— Mes tourments n'ont aucune importance. Je voudrais surtout savoir ce qui s'est passé. Mineko était quelqu'un de très gentil… Les policiers m'ont posé beaucoup de questions, mais je n'ai pas réussi à y répondre. J'en ai honte.

— Tu ne dois pas t'en vouloir pour ça. C'est normal de ne pas arriver à y répondre.

— Je croyais pourtant être une de ses plus proches amies.

— Moi aussi, j'ai des amis proches, mais je ne sais pas tout d'eux. C'est normal.

Cette fois-ci, Tamiko se tut. Elle comprenait ce qu'il voulait dire, mais cela ne changeait rien à sa tristesse.

— En fait, la police est revenue me voir aujourd'hui, continua-t-il. Ce n'était pas le même policier que l'autre jour, mais un certain Kaga.

— Je le connais. Je l'ai vu plusieurs fois.

— Il est bizarre, hein ? Il m'a apporté un cadeau. Une omelette.

— Une omelette ?

— Il m'a dit que c'était une spécialité de Ningyōchō. Ça ne l'a pas empêché de me demander si je savais me servir de baguettes. Il doit être un peu bête. Je lui ai que je les maniais mieux que la plupart des gens.

— Et que t'a-t-il demandé ?

— D'abord, si je connaissais Mineko. Je lui ai dit que nous avions mangé tous les trois deux fois. Ensuite, il voulait savoir de quoi nous avions parlé. J'ai répondu que je ne m'en souvenais pas en détail, mais que je croyais que nous avions raconté à Mineko comment nous nous étions rencontrés, et ce genre de choses. Et du coup, il m'a posé les mêmes questions.

— Il voulait savoir comment nous nous étions rencontrés ? Mais pourquoi ?

— Je n'en sais rien. Je le lui ai demandé, mais il a esquivé. Il est vraiment bizarre, ce type. Ah oui, il voulait aussi savoir si j'avais un portable. Quand je lui ai répondu qu'évidemment j'en avais un, il a demandé à le voir.

Se souvenant des questions de Kaga, elle tressaillit.

— Et tu lui as montré ?

— Oui. Il voulait savoir depuis combien de temps je l'avais. Je ne comprends pas pourquoi.

— Moi non plus.

Mais elle devinait le but de Kaga. Il pensait que le coupable était la personne qui avait appelé Mineko depuis une cabine, et il avait voulu s'assurer que Kōji n'avait pas perdu son téléphone. Autrement dit, Kōji faisait à ses yeux partie des suspects.

C'est idiot, se dit-elle. Il était avec elle juste avant qu'elle ne découvre Mineko morte. Il avait un alibi en béton. La police pouvait le comprendre, non ?

Ou bien…

Kaga douterait-il de ses dires ? Croyait-il que Kōji aurait pu la précéder dans l'appartement et commettre le crime ?

Elle lui avait dit que Mineko s'était fâchée quand elle lui avait annoncé son intention d'aller vivre à Londres. Mais cela paraissait insuffisant comme mobile. Ou bien croyait-il que Kōji pouvait avoir une autre raison ?

Sa première impression de Kaga n'avait pas été mauvaise. Il lui avait fait l'effet d'être quelqu'un d'attentif aux autres, digne de confiance. C'était pour cela qu'elle s'était montrée franche avec lui dès leur premier entretien. Rien ne garantissait cependant que l'inverse soit vrai. Peut-être avait-il fait semblant de la croire en se demandant si ses larmes étaient sincères.

— Tamiko, tu es toujours là ?

— Oui, répondit-elle. Je suis là. Il t'a posé d'autres questions ?

— Non. Il est parti aussi vite qu'il était venu. Ça ne me plaît pas.

— Tu n'as pas à en t'en faire, non ? Il voulait juste vérifier quelque chose

— Tu dois avoir raison, répondit Kōji d'un ton léger.

— Écoute, je me sens vraiment fatiguée, je crois que je vais aller me coucher.

— Ah bon… Pardon de te garder si longtemps au téléphone. Repose-toi bien !

— Merci. Bonne nuit.

Elle raccrocha, posa le téléphone et s'allongea sur son lit.

Elle se demanda ce qu'elle allait devenir. Son chagrin finirait-il par s'atténuer ? Retrouverait-elle sa vie d'avant, le plaisir que lui apportait la compagnie de Kōji ? Si cela arrivait, comment ferait-elle pour Mineko ? Réussirait-elle à se dire que se demander ce que son amie disparue pensait d'elle ne servait à rien ? Ou bien finirait-elle par oublier sans faire d'efforts conscients en ce sens ?

Elle ferma les yeux. Elle aurait aimé s'endormir, mais elle sentait que le sommeil se refuserait à elle, malgré sa tête lourde.

Soudain elle entendit clairement la voix de Mineko qui lui demandait en fronçant les sourcils si sa décision était définitive, avec une expression qu'elle ne lui avait pas souvent vue. Tamiko venait de lui annoncer qu'elle avait l'intention de partir à Londres avec Kōji.

— Oui, je crois, avait-elle répondu d'un ton un peu hésitant.

— Et ton travail ? Comment vas-tu faire ?

— Eh bien… je vais finir tout ce que j'ai en cours, et je crois que je m'arrêterai ensuite. Je doute d'ailleurs que je continuerai à recevoir des propositions une fois que je serai à Londres.

Mineko avait sursauté, visiblement troublée.

— Mais je ne t'oublie pas, s'était-elle empressée d'ajouter. Je te présenterai à un bureau de traduction, et je connais des gens dans l'édition qui t'aideront. Tu n'as pas à te faire de souci.

Mais son amie avait détourné la tête.

— Quand je pense que j'ai décidé de divorcer parce que je comptais sur toi…

— Pardon… avait fini par dire Tamiko. Moi non plus, je ne m'attendais pas à ça.

Mineko avait porté sa main à son front.

— Qu'est-ce que je vais faire… Si j'avais su, j'aurais réclamé plus d'argent, murmura-t-elle comme pour elle-même.

Elle faisait sans doute référence à son ex-mari.

— Ne t'en fais pas. Avec le niveau que tu as, tu ne vas pas manquer de travail. Tu n'auras aucun problème pour gagner ta vie.

Son amie lui avait lancé un regard glacial.

— Ne dis pas n'importe quoi ! Ça ne sera pas si simple.

— Mais je pense ce que je dis.

— Écoute, ça suffit. Il n'y a rien d'étrange à ce que tu oublies ce que tu m'as promis puisque l'homme que tu aimes t'a demandée en mariage.

— Mais ce n'est pas vrai. Je suis très embêtée pour toi. Il faut que tu le comprennes.

— Si tu es embêtée pour moi… commença Mineko avant de s'interrompre en hochant la tête. N'en parlons plus. J'ai eu tort de compter sur toi. On est tous seuls dans la vie.

— Mineko…

Celle-ci avait posé son verre sur la table et s'était levée. Puis elle était sortie du café sans lui jeter un regard.

C'était la dernière fois qu'elle l'avait vue vivante.

À présent, elle regrettait de ne pas avoir continué la discussion. Elle aurait dû la rattraper et faire en sorte qu'elles s'expliquent calmement. Mineko était intelligente. Elle ne lui en aurait pas voulu parce qu'elle aurait fini par comprendre sa bonne foi.

Mais les deux amies ne s'étaient pas parlé pendant près de deux semaines. Mineko était probablement déçue par ce qu'elle prenait pour une attitude irresponsable de sa part. Et lorsqu'elles étaient convenues de se revoir, Tamiko avait retardé d'une heure leur rendez-vous, à la dernière minute.

— OK, d'accord pour huit heures, lui avait dit son amie, mais en réalité cela avait dû la fâcher.

Et elle avait été tuée pendant cette heure-là.

Pardon Mineko, murmura Tamiko comme elle l'avait fait d'innombrables fois depuis ce jour fatidique. Combien de temps allait-elle continuer comme ça ? De toute façon, son amie ne pouvait plus l'entendre.

4

L'air chaud et humide l'assaillit sitôt qu'elle poussa la porte en verre. Presque immédiatement, son corps se couvrit de sueur. Elle enfila quand même ses sandales. Elle ne se sentait pas encore capable de sortir, mais l'atmosphère climatisée de l'intérieur l'oppressait. Malgré l'odeur de gaz d'échappement qui flottait dehors, l'air extérieur lui fit du bien.

Depuis combien de temps n'était-elle pas venue sur son balcon ? Bien qu'elle ait choisi cet appartement parce qu'il donnait sur un petit square, elle n'en avait guère profité. Elle séchait sa lessive au sèche-linge ou dans la salle de bains.

Elle voulut mettre les mains sur la balustrade, mais ne le fit pas car elle venait de remarquer la poussière grasse qui la recouvrait.

Au moment où elle revint à l'intérieur pour aller chercher un chiffon, un signal sonore lui indiqua qu'elle venait de recevoir un message. De Kōji.

Il faut que je prenne mes dispositions pour le retour à Londres. Quand seras-tu prête ? J'attends ta réponse.

Elle soupira. Elle comprenait son impatience. Tant que la date du départ n'était pas fixée, il ne pouvait prendre d'engagement professionnel. Il avait fait un effort pour lui poser la question sans faire pression sur elle, mais en réalité il aurait préféré être plus insistant. Qu'il ne l'ait pas fait prouvait sa gentillesse.

Elle ressortit le chiffon à la main et le passa en pensant à lui. Il ne fallait pas qu'elle abuse de sa bonté. Elle savait qu'elle devait dépasser la mort de Mineko, qui ne reviendrait pas. Mais pouvait-elle vraiment partir pour Londres ? N'aurait-elle pas de remords ?

La rambarde brillait à présent. Elle soupira, jeta un coup d'œil dans la rue et découvrit une silhouette connue. Kaga, un sac en plastique blanc à la main.

Il dut sentir son regard, car il leva les yeux vers elle. Ou peut-être était-ce le hasard. Il lui sourit. Elle répondit par un signe de tête.

Parfait, se dit-elle car elle avait envie de savoir pourquoi il était allé voir Kōji. Deux minutes plus tard, Kaga se présenta à sa porte.

— Aujourd'hui, je ne vous ai pas apporté du sucré, mais des biscuits salés, fit-il en lui tendant le sac.

Tamiko esquissa un sourire embarrassé.

— Vous apportez toujours quelque chose aux gens que vous interrogez ?

— Pardon ? Euh… non… Vous n'aimez pas les biscuits salés ?

— Si. Mais je suis gênée de ne faire que recevoir, répondit-elle en acceptant le cadeau. Entrez, je vous prie. Et je n'ai pas encore rangé.

Mais il resta sur le pas de la porte, les bras croisés, l'air songeur.

— Qu'y a-t-il ?

— Vous n'auriez pas envie de sortir aujourd'hui ? J'aimerais que vous m'accompagniez quelque part. Je voudrais vous montrer quelque chose.

Tamiko était sur ses gardes.

— Où ça ?

— Dans un quartier que vous connaissez bien, celui de Ningyōchō, à Nihonbashi. À moins de dix minutes à pied de l'appartement de Mme Mitsui.

— Mais pourquoi…

— Vous comprendrez quand vous y serez. Je vous attends en bas, prenez votre temps.

Il fit demi-tour et repartit vers l'ascenseur sans lui laisser le temps de dire quoi que ce soit. Tamiko se maquilla pour la première fois depuis longtemps en se demandant où il allait l'emmener.

Quand il la vit arriver, Kaga héla un taxi.

— Ah oui, je voulais vous demander… Les gâteaux de l'autre jour, vous en avez pensé quoi ? demanda-t-il sitôt que la voiture démarra.

— Ils étaient délicieux. Je n'aime pas ce qui est trop sucré, mais ceux-ci étaient parfaits, légers. Vous avez bon goût, monsieur Kaga, répondit-elle, non pour le flatter mais parce qu'elle le pensait.

— Mon goût n'a rien à voir là-dedans. Je suis content qu'ils vous aient plu.

— Mon ami m'a dit que vous lui aviez apporté une omelette.

— Il vous l'a dit ? Je ne savais pas ce que je pouvais offrir à lui qui est d'origine japonaise, et finalement, j'ai choisi ça. J'espère qu'il ne l'a pas mal pris.

— Pas du tout. Mais il m'a confié que vous étiez un policier original.

— À force de me promener dans le quartier de Ningyōchō, j'ai découvert des magasins où l'on a envie d'acheter. Mais c'est vrai que recevoir une omelette de la part d'un policier, ça peut surprendre. Je ferai attention la prochaine fois, fit Kaga en souriant de toutes ses dents.

Il demanda au taxi de s'arrêter au croisement qui mène au sanctuaire Suitengū. L'avenue était bordée de magasins, petits et grands. Il commença à marcher et s'arrêta bientôt devant un commerce de vaisselle. Son enseigne indiquait qu'il s'appelait "Magasin Yanagisawa". Kaga y entra.

Une jeune fille d'une vingtaine d'années, les cheveux teints en brun, des anneaux aux oreilles, l'accueillit. Elle portait un jean troué.

— Bonjour monsieur Kaga, dit-elle d'un ton mi-figue mi-raisin.

— Désolé de ne pas être un client.

— Ça ne fait rien, mais qu'est-ce qui vous amène aujourd'hui ?

Kaga avait apparemment ses habitudes ici. Comme la jeune commerçante n'avait pas l'air particulièrement contente de le voir, Tamiko en déduisit qu'il y était venu dans le cadre d'une enquête.

— Vous avez encore ce que vous m'avez montré l'autre jour ?

— Bien sûr, puisque vous m'avez demandé de le garder, répondit-elle.

— Vous pourriez aller le chercher ?

— Oui, tout de suite.

Kaga la regarda entrer dans la réserve et se retourna vers Tamiko.

— J'aimerais que vous voyiez une chose. Quelques jours avant d'être tuée, Mme Mitsui est venue ici. Pour acheter des baguettes qu'elle voulait offrir. Je vous demande de deviner à qui.

— Des baguettes ? Mais comment pourrais-je le savoir ?

La jeune femme réapparut, une boîte longue et fine à la main.

— C'est bien ça, n'est-ce pas ? demanda-t-elle.

Kaga ouvrit la boîte et la tendit à Tamiko.

— Regardez, je vous prie.

Elle vit deux paires de baguettes, la première noire et plus grande que la seconde, de couleur rouge. Un set destiné à des époux.

— Comment voulez-vous que je devine ?

— Je vous en prie, prenez la boîte en main et regardez bien. Les baguettes ont un motif.

Elle s'exécuta. Il ne mentait pas : elle distingua un motif et poussa un cri de surprise.

— Alors ? Elles ont un motif de pétales de cerisier, n'est-ce pas ? La couleur argentée, c'est de l'argent, ai-je appris.

— C'est ce que Mineko…

— Quand elle est venue, le magasin n'en avait pas en stock, expliqua Kaga en regardant la jeune femme. Racontez-lui comment ça s'est passé.

La jeune femme acquiesça.

— Mme Mitsui les avait vues chez nous, et elle est revenue pour les acheter. Mais nous n'en avions plus et elle en a été contrariée. Nous en avons commandé, et elles sont arrivées hier…

Avant même qu'elle ait fini de parler, Tamiko eut soudain très chaud. Je dois être toute rouge, se dit-elle en sentant les larmes monter à ses yeux.

— Je crois que vous avez compris à qui elle destinait ce cadeau, fit Kaga. La main sur la bouche, elle hocha la tête.

— Je pense que c'était pour moi… et lui.

— Parce que les fleurs de cerisier ont une signification particulière pour M. Tachibana et vous. Vous vous êtes rencontrés sous celles de Chidorigafuchi, n'est-ce pas ?

— C'est exact. Il était stupéfait de voir qu'il y en avait autant. Et pour nous, les fleurs de cerisier sont le symbole du bonheur.

— La lanière de votre téléphone a un motif de fleurs de cerisier. Comme celle de M. Tachibana.

Elle écarquilla les yeux.

— C'est pour cela que vous vouliez voir son téléphone…

— Oui. Quand j'ai vu le vôtre, je me suis dit que c'était probablement à vous que Mme Mitsui destinait ce cadeau. Mais avant de vous le montrer, je voulais être sûr de mon fait. Pour ne pas vous blesser. Voilà pourquoi je suis allé rencontrer votre ami et j'ai demandé à voir le sien.

— Moi, j'ai pensé que vous le soupçonniez…

— Cela n'a rien d'étonnant, puisque je suis policier. Pouvez-vous lui transmettre mes excuses ?

Elle reposa les yeux sur les baguettes. Mineko lui avait pardonné. Elle avait l'intention de lui offrir ces baguettes qu'ils pourraient utiliser tous les deux à Londres.

— Les gâteaux que je vous ai apportés étaient ceux qu'elle avait voulu acheter juste avant de rentrer chez elle l'autre jour, ajouta Kaga. Je pense qu'elle voulait en manger avec vous. Mais elle n'a pas eu de chance parce que, ce jour-là, la pâtisserie n'en avait plus.

— Ces gâteaux…

— Quand je l'ai appris, je me suis dit qu'elle souhaitait se réconcilier avec vous. Et je voulais comprendre à qui elle destinait ces baguettes.

Tamiko essuya ses larmes de la main et scruta le visage du policier.

— Mais je croyais que vous cherchiez le coupable…

— Ne vous en faites pas, je le cherche. Mais le travail d'un enquêteur ne se limite pas à cela. Pour nous, les personnes affligées par un crime sont aussi des victimes. Et notre rôle est aussi de les aider.

Elle baissa la tête. Une de ses larmes tomba sur la boîte qu'elle tenait.

Le carillon à vent tinta.

LE PATRON
DE LA SOCIÉTÉ DE NETTOYAGE

1

Lorsqu'on frappa à la porte, Kiyose Kōki fumait la pipe, assis dans un fauteuil, un épais registre ouvert sur ses genoux.

— Matthew ? Entre, dit-il en veillant à avoir un ton détendu.

La porte s'ouvrit, et Yamada Ikuo, une perruque blanche sur la tête, fit son apparition.

— Monsieur Wyke, je vous apporte le cinquième volume qui vient de sortir des presses, annonça-t-il de la voix de basse qui le caractérisait en lui tendant le livre.

— Il est enfin paru… Les annales complètes du *Crime au château Mao*. Tu t'en souviens, non ? Ces jours remplis d'excitation intellectuelle et de tension… Mais quel dommage qu'avec un criminel si fier de ses talents artistiques…

— Stop !

L'ordre venait de Shinozuka, le metteur en scène de la compagnie. Kōki ne put s'empêcher de faire la grimace. Il ne l'aurait pas interrompu s'il était satisfait.

— Qu'est-ce qui t'arrive, Kōki ? Tu n'es vraiment pas en forme. J'ai bien dit qu'il mettait dans cette réplique toute sa fierté, sa nostalgie, et sa tristesse. Tu ne veux pas y croire un peu plus ? lança-t-il, le visage sévère.

— Je suis désolé. Laissez-moi réessayer.

— Non, on va faire une pause. J'ai besoin de réfléchir. On reprend dans dix minutes, précisa-t-il.

La tension dans la salle de répétition baissa d'un cran. Kōki revint à la réalité.

Mais la répétition ne reprit pas après les dix minutes. Le metteur en scène et l'acteur qui tenait le rôle principal discutaient dans le bureau. Il serait plus exact de dire que le premier venait de signifier au second qu'il devait renoncer à ce rôle. Parce que Kōki manquait de concentration.

Celui-ci répéta ses excuses. Il ne donnait pas tort à Shinozuka.

— Je vais faire mieux. Et me concentrer à fond.

— Relève la tête. Je ne te demande pas de t'excuser. Je sais pourquoi tu n'arrives pas à te concentrer. Ta mère a été assassinée, et la police n'a pas encore arrêté l'assassin. Qui pourrait se concentrer dans de pareilles circonstances ?

Kōki releva la tête et dévisagea Shinozuka.

— J'en suis capable. Laissez-moi vous le montrer.

Le metteur en scène fit non de la main.

— Là n'est pas le problème. S'il suffisait de se concentrer pour réussir, n'importe qui pourrait le faire. Je suis conscient que tu te donnes à fond. Je ne doute pas de ton talent. Mais dans ta situation actuelle, tu ne peux pas jouer. C'est ce que je constate.

Kōki baissa à nouveau la tête. Non pour s'excuser encore une fois, mais parce qu'il était déçu.

— C'est vraiment impossible ?

— Pour le moment, répondit calmement Shinozuka. Nous aurons besoin de toi, tôt ou tard. Mais pas pour l'instant. Une fois que tu auras surmonté ce qui t'est arrivé, tu arriveras à te concentrer même sans faire d'efforts et tu pourras rejouer. Et je te donnerai bien sûr le rôle principal.

Kōki serra les dents et scruta à nouveau le metteur en scène qui lui répondit en hochant la tête.

— Reviens une fois que tu auras réglé cette histoire.
— Très bien, lâcha le jeune homme.

L'immeuble se trouvait juste à côté de la gare d'Hamamatsu-chō. En lisant la plaque de cuivre qui indiquait "Takamachi Shizuko, avocat", Kōki se demanda combien coûtait une consultation. Tous les avocats étaient riches à ses yeux.

Le cabinet était au deuxième étage. Kōki poussa timidement la porte en verre et donna son nom à la jeune fille assise à l'accueil.

— J'ai rendez-vous à seize heures avec maître Takamachi. Mais ce n'est pas pour une consultation légale. J'aimerais lui parler de…

— Très bien. Un instant s'il vous plaît.

Elle prit le téléphone, l'annonça et lui demanda d'aller dans le bureau n° 3. Il était meublé d'une table de réunion et de chaises métalliques. Plutôt tendu, Kōki s'y assit, le dos tourné à l'entrée.

Il avait réfléchi à ce qu'il pouvait faire après que Shinozuka l'avait déchargé de son rôle. La mort de sa mère continuait à l'affecter, non seulement parce que le coupable n'avait pas été arrêté, mais aussi parce que l'idée de n'avoir rien fait pour elle le tourmentait.

Quand il était parti de chez ses parents, le théâtre était la seule chose qui comptait pour lui. En apprenant leur divorce, il avait pensé que cela ne le concernait pas. Ils étaient tous les deux adultes, et s'ils voulaient se séparer, libres à eux de le faire. Il était leur fils, mais aussi un tiers, et à ce titre, n'avait pas à s'en mêler. Le sujet ne l'intéressait d'ailleurs pas.

Mais Mineko ne voyait pas les choses comme lui. Elle avait divorcé, repris son indépendance, et probablement beaucoup pensé à son travail et à son avenir. Sans pour autant cesser de se préoccuper de son fils.

Elle avait décidé de s'installer dans un quartier qu'elle ne connaissait pas pour une raison précise : c'était près de l'endroit où travaillait l'amie de son fils. Elle avait découvert qu'elle était enceinte et voulait être près d'elle.

Elle n'en avait parlé à personne et ne s'était pas présentée à l'amie de son fils, sans doute parce qu'elle croyait que cela aurait déplu à Kōki. Peut-être craignait-elle aussi que Naohiro ne lui mette des bâtons dans les roues.

“Je crois que votre mère était très heureuse depuis qu'elle avait emménagé à Kodenmachō. Suivre ce qui se passait lui procurait du bonheur.”

Tels étaient les mots que Kaga avait utilisés pour lui apprendre la vérité. Sur le moment, Kōki n'avait pas saisi. Mais il comprenait à présent, et c'était douloureux.

Ami et lui avaient pleuré après leur visite dans la pâtisserie indiquée par Kaga. Ami, qui n'avait jamais rencontré sa mère, avait sangloté en disant qu'elle regrettait de ne pas être cette vendeuse.

Kōki souffrait quand il pensait à ce que sa mère avait imaginé. Il réalisait à quel point une mère est précieuse et s'en voulait d'avoir été trop bête pour le comprendre. Elle ne serait peut-être pas morte si j'avais été en contact avec elle, se disait-il en se sentant en partie responsable de sa disparition.

Shinozuka avait raison. Il était incapable de se concentrer sur le théâtre pour le moment. À présent, il avait une mission, découvrir qui était Mineko. Il ne savait presque rien d'elle et ne pouvait donc pas du tout imaginer pourquoi elle avait été assassinée. Il ne se croyait pas capable de découvrir la vérité sur le meurtre, mais il voulait au moins avoir une idée de la manière dont elle avait vécu avant de mourir.

Il ne savait pas par où commencer. Son appartement de Kodenmachō était sous le contrôle de la police, et bien qu'il soit son fils, il n'avait pas accès à son ordinateur et à son portable, qui auraient pu l'aider.

Il s'était souvenu d'une chose que lui avait dite Kaga. Sa mère était restée en contact avec l'avocat auquel elle avait eu recours pour son divorce. Celui-ci pourrait peut-être lui apporter des informations.

Mais comment le contacter ? Il n'avait trouvé qu'un moyen : obtenir son nom de son père.

— Pourquoi veux-tu le savoir ? En quoi cela t'intéresse-t-il ? lui avait demandé Naohiro avec irritation.

— Ça ne te regarde pas. Tout ce que je te demande, c'est son nom et ses coordonnées.

— Je ne peux pas. Tu es courant de la situation, non ? Tes initiatives pourraient nuire à l'enquête.

— Comment ça ? Je veux juste en savoir plus sur maman.

— Et moi, je te dis que ça pose problème. La police enquête. Tôt ou tard, elle trouvera le coupable. Tu n'as qu'à attendre. Un amateur comme toi n'a pas à s'en mêler.

— Tu n'y comprends rien. Je ne cherche pas à me mêler de l'enquête, je veux juste en savoir plus sur maman.

— Tu veux savoir quoi sur Mineko ?

— Tout ce qui a à voir avec elle m'intéresse. Je ne sais presque rien d'elle. Tu es aussi ignorant que moi. Tu n'as pas la moindre idée de ce à quoi elle pensait avant sa mort. Tu sais pourquoi elle a choisi de s'installer dans le quartier où elle habitait ? Non, bien sûr.

Il y eut un silence.

— Et toi, tu le sais ?

— Oui. Tu ne pourras jamais deviner pourquoi. Mais ne t'en fais pas, ça n'a rien à voir avec toi. Et de toute façon, ça ne te ferait ni chaud ni froid. Tu penserais juste que maman était bête. Donc je ne vais pas te le dire. Ça ne te servirait à rien. Mais moi, ce n'est pas pareil. J'ai envie d'en savoir plus sur elle. Je ne ferai rien qui te gêne, je m'y engage, dit Kōki d'une seule traite.

Il y eut un silence bien plus long que le précédent. Puis un soupir, suivi par :

— Attends une minute.

Quelques instants plus tard, il lui donna le nom et les coordonnées de l'avocat, ou plutôt de l'avocate, une certaine Takamachi Shizuko.

— Je tiens à te dire une chose, continua son père. Nous avons divorcé par consentement mutuel. À l'initiative de Mineko, qui voulait prendre un nouveau départ dans la vie. Je me suis dit qu'elle exagérait, mais je l'ai accepté. Nous avons chacun fait appel à un avocat, mais nous ne nous sommes pas disputés à propos de la division de notre patrimoine.

— Pourquoi éprouves-tu le besoin de le préciser ? L'avocate me l'aurait dit de toute façon.

— Parce que tout le monde ne voit pas les choses de la même façon. Son avocate te dira peut-être que c'est grâce à elle qu'il n'y a pas eu de conflit, mais en réalité, nous aurions pu nous débrouiller sans avocat. Je tenais à ce que tu le saches.

— Ça n'a aucune importance pour moi. Ça ne m'intéresse pas du tout.

Son père lui avait donné l'information recherchée, et il n'avait rien de plus à lui dire. Il raccrocha.

Takamachi Shizuko avait une quarantaine d'années. Elle était un peu ronde et son visage inspirait confiance. Kōki pensa que cela devait rassurer les femmes inquiètes qui venaient la consulter.

Il se leva pour la saluer et la remercia de prendre le temps de le voir. Elle lui fit signe de se rasseoir.

— Je vous présente mes condoléances. Vous avez dû être choqué.

— Bien sûr, répondit Kōki.

— Je l'ai été aussi. Comme vous le savez peut-être, j'étais restée en contact avec votre mère. Mais je ne l'ai jamais sentie en danger. Au contraire, elle paraissait heureuse d'avoir retrouvé son indépendance.

— Vous non plus ne voyez pas du tout ce qui a pu lui arriver.

Elle réfléchit un peu et hocha la tête.

— Non, je ne vois absolument rien qui puisse expliquer qu'elle ait été assassinée.

Quelque chose dans cette déclaration intrigua Kōki.

— Vous la connaissiez depuis combien de temps ?

— Depuis le moment où elle avait décidé de divorcer, naturellement. Une de ses amies lui a parlé de mon cabinet, et elle est venue me voir.

— Mais vous êtes restées en contact parce que vous aviez sympathisé ?

Le visage de Takamachi Shizuko prit une expression songeuse.

— Oui. Elle me tenait au courant par mail de ce qu'elle faisait, et je lui répondais quand j'avais le temps. Oui, c'est à peu près ça. Les femmes qui divorcent se font souvent du souci pour leur avenir, et je m'efforce d'être à leur écoute. C'est un peu une sorte de service après-vente. Bien sûr, si leurs problèmes sont de nature juridique, je ne peux pas les aider gratuitement.

— Tout à l'heure, vous avez dit que vous ne voyez rien qui puisse expliquer pourquoi elle a été assassinée. Mais vous avez peut-être une idée sur quelque chose qui aurait pu expliquer une dispute ?

Elle esquissa un sourire.

— Mme Mitsui était comme moi une femme adulte, et nous ne parlions pas que de choses insignifiantes dans nos mails.

— De quoi, par exemple ?

Sans cesser de sourire, elle hocha la tête.

— Je ne peux rien vous en dire, même si vous êtes son fils. Je suis avocate et j'ai l'obligation de respecter la vie privée de mes clients. Votre mère est morte, mais elle était ma cliente, expliqua-t-elle d'un ton posé.

Kōki entendit dans ces mots la fierté qu'elle tirait de sa profession, et il en fut ému. Un ton pareil devait l'aider quand elle plaidait.

— Mais… reprit-elle en plissant les yeux, je vous l'ai déjà dit, votre mère paraissait comblée. C'est ce que ses mails laissaient entendre. Elle pensait beaucoup à son avenir, mais je ne crois pas que cela soit lié à ce qui lui est arrivé.

La gorge de Kōki se serra. Il était certain que le bonheur qu'affichait sa mère était dû à sa certitude de devenir bientôt grand-mère.

Mais la correspondance que cette avocate avait eue avec sa mère, entre adultes, ne se limitait probablement pas à l'expression de cette joie. À quel sujet Mineko voulait-elle avoir son avis ?

Il savait que cela ne servirait à rien de le demander à l'avocate. Elle ne lui dirait rien. Que faire alors ?

Soudain, il se souvint de quelqu'un. Un homme qui pourrait peut-être l'aider.

— Que se passe-t-il ? demanda-t-elle.

— Ce n'est rien. Je vous remercie d'avoir pris le temps de me parler, conclut-il avant de se lever.

2

L'interphone sonna. Naohiro, qui était en train de relire des documents, répondit immédiatement.

— Oui ?

— M. Kishida est arrivé, fit Yuri, de la voix rauque qu'il aimait beaucoup et qui ne manquait jamais de lui apporter du réconfort.

— Fais-le entrer, répondit-il.

La porte s'ouvrit, livrant passage à la maigre silhouette de Kishida Yōsaku. Ses vêtements flottaient sur lui.

— Tu as le résultat de ta vérification ? demanda Naohiro en se dirigeant vers un des fauteuils de son bureau.

— Oui. Et globalement, il n'y a pas de quoi se réjouir, répondit Kishida en s'asseyant dans l'autre avant de sortir un dossier de sa serviette et de le poser sur la table.

— Il faut réduire les frais de personnel, c'est ça ?

— Oui. Aujourd'hui, les effectifs se montent à soixante-dix personnes, temps partiel et personnel temporaire compris, mais il faudrait redescendre à une cinquantaine. Cela te donnerait un peu d'air.

— Éliminer vingt postes ? C'est impossible. On ne pourra plus travailler.

— En tout cas dix.

— Hmm…

Au même moment, la porte s'ouvrit. Yuri entra, tenant un plateau sur lequel étaient posés deux gobelets de thé vert. Ses jambes étaient si longues que sa jupe en paraissait courte. L'anneau argenté qu'elle portait au petit doigt de la main droite paraissait l'œuvre d'un bijoutier amateur. C'était un cadeau de Naohiro, comme le collier orné d'un petit diamant qu'elle avait au cou.

Elle posa les gobelets sur la table et repartit. Les deux hommes ne dirent pas un mot en sa présence.

— Il va falloir que je me sépare de dix personnes… Ça ne sera pas facile, murmura Naohiro.

— Aujourd'hui, certaines sociétés renoncent à recruter de nouveaux diplômés. Personne n'est épargné. Dix employés parmi les temps partiels et les contrats courts. Moi, je préférerais onze, en ajoutant qui tu sais. Ta société n'a pas besoin de quelqu'un qui serve le thé, ajouta Kishida avant de boire une gorgée du sien.

— Tu recommences, fit Naohiro d'un ton las.

— Cela fait combien de temps que tu as créé cette entreprise ?

— Vingt-six ans, non ?

— Non, vingt-sept. Quand tu t'es lancé dans le nettoyage autour de tes trente ans, je n'aurais jamais pensé, en toute honnêteté, que tu irais si loin. Je peux te le dire maintenant, mais je n'ai jamais cru que le bureau de comptabilité que je venais de lancer gagnerait de l'argent avec toi. Même si j'avais peu de clients.

— Tu m'as souvent répété que tu n'y croyais pas, répondit Naohiro en prenant à son tour son gobelet.

Kishida et lui avaient fait connaissance à l'université. Plus jeune que lui d'un an, son ami lui avait présenté un expert-comptable quand il avait créé sa société. Par la suite, c'est lui qui avait pris le relais. Tout avait commencé vingt-sept ans auparavant. Le temps avait passé très vite.

— Je reconnais que tu es doué pour les affaires. Je ne m'attendais pas à ce que tu réussisses à ce point. Voilà pourquoi je ne t'ai jamais critiqué jusqu'à présent. Mais écoute ce que j'ai à dire à son sujet.

— Tu te répètes, tu sais.

— Et je recommence. Tu peux la garder, puisque tu l'as embauchée, mais pas comme ta secrétaire. C'est trop voyant.

— Comment ça, trop voyant ?

Kishida but du thé.

— Nous avons eu la visite d'un policier hier. Il est reparti après m'avoir posé de nombreuses questions, mais j'ai bien compris à qui il s'intéressait. Il voulait comprendre la nature de tes relations avec elle, et depuis combien de temps tu la connais. J'ai eu du mal à lui répondre de façon satisfaisante.

— Je ne comprends pas où est le problème. Tu n'avais qu'à répondre en te basant sur ce que tu sais.

— J'aurais dû lui dire qu'avant, elle était entraîneuse dans la boîte de nuit que tu fréquentais ?

— Pourquoi pas ?

— Comment aurais-je pu le lui dire ? Je me suis senti obligé de répondre que je l'ignorais.

— Ah bon… Mais c'est bien comme ça, non ?

— Écoute, je ne veux plus en parler, mais faire travailler sa maîtresse dans son entreprise est une mauvaise idée. Ou alors, épouse-la. Tu es célibataire. Personne ne te fera de reproche.

Naohiro scruta le visage maigre de Kishida.

— Me remarier alors que ma femme vient d'être assassinée ? Ça ferait jaser.

— Alors habite avec elle sans te marier.

— Ça aurait encore plus mauvaise allure. Ne te mêle pas de ma vie privée. Je ne t'ai jamais demandé de la gérer.

— Je n'ai aucune intention de le faire, je te donne un conseil, c'est tout.

— Je vais regarder de près ce que tu m'as apporté, et je te recontacterai une fois que j'aurais décidé ce que je veux faire.

Kishida soupira et se leva en secouant la tête.

— Et les autres employés alors ? Ils doivent trouver bizarre que tu aies tout d'un coup embauché cette jeune femme.

— Libres à eux d'en parler. Les employés médisent souvent de leur patron.

— Moi, ce que je crains, c'est qu'il ne soit déjà trop tard.

Peu de temps après le départ de Kishida, la porte de son bureau s'ouvrit, et Yuri, qui n'avait pas frappé, entra, l'air docile.

— Tu as entendu notre conversation ?

— Vous parliez fort. J'ai l'impression que je cause beaucoup de problèmes.

— Ne t'en fais pas. Le patron, c'est moi.

— Oui, mais... Je voulais te dire qu'hier, quand je partais d'ici, j'ai été abordée par un policier. Un certain Kaga.

Naohiro fit claquer sa langue et fronça les sourcils.

— Je le connais. Il travaille au commissariat de Nihonbashi. Je l'ai rencontré quand je suis allé voir l'appartement de Mineko. Que te voulait-il ?

— Je n'en suis pas sûre. Les questions qu'il m'a posées n'avaient rien à voir avec le meurtre.

— Que t'a-t-il demandé ?

— Si j'avais fait du sport, parce que je suis vraiment grande, ou encore quel genre de bijoux fantaisie j'aimais.

— De bijoux fantaisie ?

— Il a vu ma bague, et m'a dit qu'elle était originale, expliqua-t-elle en montrant sa main gauche. Il voulait la regarder de plus près.

— Et tu lui as montré ?

— Oui, parce que je ne voyais pas comment refuser.

Il hocha la tête et soupira.

— Tu n'avais pas le choix.

— Que dois-je faire ?

— Rien. Ce n'est pas un problème. Ce policier-là n'arrivera à rien.

3

Il lui avait donné rendez-vous dans un café à l'ancienne avec des fenêtres dont le châssis était en bois, et les murs en brique. L'enseigne indiquait qu'il avait ouvert en Taishō 10, c'est-à-dire en 1919. Les tables en bois étaient carrées, les chaises petites.

Environ un tiers d'entre elles étaient occupées. Il y avait parmi les clients quelques employés mais aussi des personnes âgées qui habitaient sans doute le quartier. Les cafés sont à la peine aujourd'hui, une clientèle locale leur permet peut-être de s'en sortir, pensa Kōki.

— Vous avez remarqué ce qui est écrit sur l'enseigne ? demanda Kaga en soulevant sa tasse de café.

Aujourd'hui aussi, il portait une chemise blanche sur un tee-shirt.

— Oui. C'est un endroit ancien. Vous connaissez bien le quartier, on dirait !

Kaga sourit.

— Pas du tout, je viens d'être nommé ici, autrement dit, je suis un nouveau. Mais cette partie de Tokyo me plaît. J'y découvre sans cesse quelque chose. Par exemple que l'omelette est la spécialité du marchand de brochettes de poulet. Votre mère allait très souvent au sanctuaire Suitengū, et je suis sûr qu'elle aimait se promener par ici.

Il a habilement amené le sujet, pensa Kōki.

— Mais de quoi vouliez-vous me parler ? reprit Kaga.

Kōki était à l'origine de ce rendez-vous. Kaga l'écouta en silence expliquer qu'il aimerait connaître le contenu des mails que sa mère avait échangés avec son avocate, en ajoutant que celle-ci avait refusé de le lui révéler. Il cligna plusieurs fois des yeux lorsque Kōki se tut.

— Vous me troublez, vous savez ! Je vous fais l'impression d'être quelqu'un qui va vous confier les secrets de l'enquête ? Cela me disqualifie comme policier.

— Non, non, absolument pas. Je voudrais en savoir plus sur ce que faisait ma mère, et je ne voyais pas à qui demander… J'ai pensé que vous pourriez peut-être m'aider. Je ne voudrais pas que vous vous mépreniez sur mes intentions, répondit Kōki en serrant ses poings moites.

Kaga reposa sa tasse de café. Il souriait.

— Je plaisantais. Je ne cherchais pas à vous mettre dans l'embarras. Je ne veux pas vous exposer les secrets de l'enquête par inadvertance, mais je pourrais le faire pour progresser dans notre travail.

Il se pencha vers son interlocuteur et posa les coudes sur la table.

— Avant de vous répondre, j'ai une question à vous poser. À propos du divorce de vos parents. À votre avis, pourquoi ont-ils divorcé ?

Décontenancé, Kōki hésita.

— Pourquoi ? Je crois avoir déjà dit à vos collègues que je pense qu'ils ont compris qu'ils ne s'entendaient plus.

— De votre point de vue aussi, le divorce était inévitable ?

— Disons que je n'ai pas été surpris quand je l'ai appris. D'après mon père, c'est ma mère qui en a pris l'initiative, ce que je trouve normal, car il ne s'occupait pas du tout de sa famille, et je crois que ma mère en avait assez.

— Je vois.

— Mais pourquoi me demandez-vous ça ?

Au lieu de lui répondre, Kaga lui posa une autre question.

— Savez-vous à combien s'élève la part du patrimoine reçue par votre mère ?

Kōki s'adossa.

— Non, je n'en ai pas la moindre idée.

— Ah bon… souffla Kaga, songeur.

— Mais…

— Depuis peu, Mme Mitsui semblait penser qu'elle avait besoin d'une somme importante. On peut envisager deux possibilités. La première, c'est qu'elle craignait de ne pas réussir à gagner assez en tant que traductrice. L'amie qui devait lui fournir du travail a récemment décidé de quitter le Japon. La seconde, vous la devinez, n'est-ce pas ? Mme Mitsui croyait qu'elle allait bientôt devenir grand-mère. Il est tout à fait compréhensible qu'elle ait eu envie de pouvoir aider les jeunes parents.

En l'entendant dire cela, Kōki eut une illumination.

— Ma mère a demandé conseil à Me Takamachi à ce sujet ?

Kaga reprit sa tasse.

— Je ne ferai aucun commentaire à ce sujet. Mais il semble que Mme Mitsui souhaitait rediscuter du montant avec votre père.

— C'est n'importe quoi, lâcha Kōki, visiblement contrarié. Même si c'est à cause de lui qu'elle a voulu divorcer, elle en a pris l'initiative, et puisqu'ils s'étaient mis d'accord sur un montant…

— Pas si vite… le calma Kaga. Comme je vous l'ai dit, des choses imprévues se sont produites autour d'elle. Je la comprends un peu. De plus, votre mère ne s'imaginait pas qu'il serait possible de renégocier juste parce qu'elle le souhaitait. Elle se demandait si cela pouvait l'être pour une raison valable.

— Une raison valable ?

— Pour être plus clair, elle pensait qu'elle pouvait peut-être demander une compensation à votre père parce qu'elle avait trouvé un autre facteur qui expliquait pourquoi la vie avec lui était devenue impossible.

Kōki eut du mal à suivre cette façon détournée de parler. Mais il y réfléchit et finit par comprendre.

— Vous voulez dire que mon père la trompait ?

Peut-être parce que le jeune homme avait parlé plus fort, Kaga regarda alentour avant de reposer les yeux sur lui.

— Votre attitude indique que vous n'en aviez aucune idée.

— Bien sûr que non, puisque je n'avais aucun contact avec mon père, et je n'aurais rien remarqué même si j'en avais eu.

— Qu'en était-il autrefois ? Votre mère n'a jamais reproché à votre père d'être volage ?

— Non, à ma connaissance, jamais. Mon père passait peu de temps à la maison, non pas parce qu'il sortait mais parce que son travail primait tout. Je n'ai jamais envisagé qu'il ait trompé ma mère.

Kaga hocha la tête et sortit, non sans hésiter, son téléphone de sa poche. Il le manipula puis tourna l'écran vers Kōki.

— Je n'ai pas le droit de vous montrer cela, et je vous demande de n'en parler à personne.

Il vit une jeune femme vêtue d'un tailleur. Elle semblait ne pas avoir remarqué qu'on la photographiait.

— Vous l'avez prise en cachette ?

— C'est pour ça que j'ai dit que je n'avais pas le droit de vous la montrer, répondit Kaga en esquissant un sourire. Avez-vous déjà vu cette personne ?

— Elle est très jolie. Mais je ne l'ai jamais vue.

— Regardez bien. Vous en êtes vraiment sûr ?

Kōki s'exécuta. Son visage lui disait indubitablement quelque chose. Mais peut-être n'était-ce qu'une illusion. Il le dit à Kaga.

— Très bien, fit celui-ci en remettant son téléphone dans sa poche.

— Qui est-ce ?

À nouveau, le policier parut hésiter.

— Une femme qui est proche de M. Kiyose, finit-il par répondre. Enfin, je ne voudrais pas que vous vous mépreniez. Je n'ai pas pu confirmer qu'elle avait une relation amoureuse avec lui.

— Mais vous la soupçonnez d'être la maîtresse de mon père.

— "Maîtresse" n'est pas le bon mot. Votre père est célibataire à présent. Après son divorce, il était libre de fréquenter qui il voulait, et son ex-femme ne pouvait pas exiger de lui une quelconque compensation à ce sujet.

Kaga avait insisté sur les mots "après son divorce". Kōki comprenait pourquoi.

— Mais s'il l'avait fréquentée avant le divorce, ma mère aurait pu lui en demander une.

— Vous êtes vif d'esprit, dit le policier en souriant à nouveau.

— Et vous l'avez prise en photo parce que vous estimez qu'elle a peut-être un lien avec le meurtre, dit le jeune homme, comprenant qu'il y avait une autre possibilité. Mon père aurait pu tuer ma mère parce qu'elle semblait avoir compris qu'il avait commencé à la tromper avant le divorce, par exemple.

Le policier le dévisagea.

— Et vous savez aussi élaborer des hypothèses.

— Ne vous moquez pas de moi. J'ai raison ?

Le visage de Kaga se fit sérieux à nouveau, et il but le reste de son café.

— La police envisage toutes les possibilités. Certains de mes collègues de la préfecture travaillent sur celle-ci.

— Mais vous, qu'en pensez-vous ? Vous soupçonnez mon père ?

— Moi ? Eh bien… De toute façon, cela a peu d'importance. Mon rôle se limite à fournir un soutien aux collègues.

Il s'interrompit et regarda sa montre.

— Il est déjà si tard ? J'aimerais pouvoir rester avec vous, mais j'ai un autre rendez-vous.

Il prit la note et se leva.

— Mais c'est moi qui… commença Kōki.

— Vous n'êtes pas encore installé dans la vie. Ne soyez pas dépensier !

Il se dirigea vers le comptoir.

4

En voyant Naohiro sortir de l'immeuble, Kōki rentra la tête dans les épaules. Mais son père n'eut pas un regard pour le fast-food de l'autre côté de la rue. Il leva la main pour arrêter un taxi et y monta. D'ordinaire, il marchait jusqu'à la station de métro pour rentrer chez lui.

Quelques minutes plus tard apparut une jeune femme qui portait un chemisier blanc. C'était elle que Kōki attendait, et il eut une montée d'adrénaline. Il se leva si rapidement de sa chaise qu'il heurta la table du genou.

Une fois dans la rue, il se mit à la suivre. Elle se dirigeait vers la gare. Par chance, elle était seule.

Il y avait chez son père un employé que Kōki connaissait depuis l'enfance, à qui il avait téléphoné hier soir pour obtenir des informations sur son père. Son interlocuteur s'était montré réticent et Kōki avait fini par lui demander tout de go si c'était vrai que son père avait une amante. La réponse de cet employé avait été embrouillée.

— Ce n'est qu'une rumeur. Elle est jeune, jolie, ça fait jaser. Mais ne vous inquiétez pas pour ça.

Mais Kōki ne s'arrêta pas là. Il insista et dit qu'il déciderait lui-même si c'était ou non une rumeur, mais qu'il voulait en savoir plus. Après lui avoir demandé de ne parler à personne de leur conversation, son interlocuteur lui apprit que la jeune femme s'appelait Miyamoto Yuri, qu'elle était la secrétaire de Naohiro, et qu'elle avait commencé à travailler en avril.

Kōki eut la conviction que c'était la personne dont Kaga lui avait montré la photo.

À présent, elle marchait devant lui à grands pas. Elle avait de telles jambes qu'il dut trottiner pour la rattraper.

— Mademoiselle Miyamoto ! lança-t-il.

Elle s'arrêta et se tourna vers lui, en écarquillant les yeux. Il la salua de la tête.

— Désolé de vous aborder ainsi. Je m'appelle Kōki et je suis le fils de Kiyose Naohiro.

Elle cligna plusieurs fois des yeux et baissa la tête.

— Oui…

— J'aimerais vous parler de quelque chose. Pourriez-vous m'accorder quelques minutes, dix au maximum ?

Sa surprise était compréhensible. Mais elle ne dura pas.

— Très bien, fit-elle en le regardant droit dans les yeux.

— Monsieur Kiyose, fit une voix alors qu'il venait d'entrer dans la rue Amazake Yokochō.

Naohiro se retourna et découvrit Kaga.

— Quel hasard ! s'exclama-t-il. Mais peut-être n'en est-ce pas un ?

Kaga sourit et se gratta la tête.

— Les collègues de la préfecture m'ont dit que vous veniez souvent dans le quartier.

— Dois-je en déduire que je suis sous surveillance ?

— N'allez pas vous imaginer des choses… Nous avons besoin de savoir ce que font les personnes qui ont un rapport avec l'enquête.

Naohiro serra les lèvres et haussa les épaules.

— Et que puis-je faire pour vous ?

— J'ai quelques questions à vous poser. D'abord pourquoi venez-vous si souvent dans le quartier ?

— Je dois vous répondre ?

Kaga sourit.

— Dois-je comprendre que vous ne pouvez pas me le dire ?

— Pff... fit Naohiro. Ça ne vous dérange pas de discuter en marchant ?

— Non, au contraire. Ce quartier est fait pour la promenade.

Ils se mirent en route. Le soleil était couché, et la chaleur moins forte. Quelque part, des clochettes tintaient.

Naohiro s'arrêta devant un magasin qui vendait des shamisens.

— D'après ce que j'ai compris, Mineko s'est installée dans ce quartier pour une raison précise. C'est mon fils qui me l'a dit. J'aimerais la connaître, et c'est pour ça que je viens souvent ici. Je finirai peut-être par la découvrir dans mes promenades. Même si, d'après mon fils, ça n'a rien à voir avec moi.

Kaga ne fit pas de commentaire. Son expression songeuse se reflétait dans la vitrine.

— Monsieur Kiyose, pourquoi avez-vous accepté de divorcer de votre ex-épouse ? finit-il par demander.

Naohiro se recroquevilla.

— Avons-nous besoin d'en parler maintenant ?

— Ça n'a rien à voir avec Miyamoto Yuri, n'est-ce pas ? Ce n'est pas parce qu'elle était entrée dans votre vie que vous avez eu envie de divorcer, n'est-ce pas ?

— Où voulez-vous en venir ?

— Je me demande si vous ne vous rendez pas compte à présent à quel point vous aimiez votre femme. Et si ce n'est pas pour cette raison que vous cherchez à comprendre sa vie ici.

Naohiro hocha négativement la tête.

— Mes sentiments pour Mineko n'ont jamais changé. Je n'ai pas besoin de confirmation à ce sujet. Divorcer était la chose à faire, le bon choix pour nous deux. C'est parce que j'en suis convaincu que j'ai envie de savoir ce qu'elle avait trouvé après le divorce.

Kaga eut l'air songeur, puis il sortit son téléphone de sa poche.

— Monsieur Kiyose, vous avez quelque chose de prévu ce soir ?

— Ce soir ? Non.

— Alors laissez-moi vous proposer d'aller boire un verre ensemble. Il y a certaines choses que j'aimerais vous dire à propos de Mitsui Mineko.

Kōki et Miyamoto Yuri étaient allés dans un café où ils avaient choisi une table à l'écart des autres parce qu'ils n'avaient pas envie qu'on puisse entendre leur conversation.

— Je serai direct. Quelle relation avez-vous avec mon père ? demanda-t-il sans élever la voix, mais distinctement.

— Je suis sa secrétaire, répondit-elle sans quitter des yeux son *latte*.

— Il ne s'agit pas de ça, réagit-il en se penchant vers elle. Je veux savoir si vous avez une relation en dehors du travail.

Elle leva la tête vers lui.

— C'est une question qui concerne ma vie privée. Je ne crois pas être obligée de vous répondre.

Il ne s'attendait pas du tout à cela. Comme elle l'avait suivi sans faire d'histoire, il la croyait prête à s'ouvrir à lui.

— J'estime que j'ai le droit de savoir si mon père a une relation avec une femme.

— Ne devriez-vous pas lui poser la question, dans ce cas ?

— Je vous la pose à vous, parce que je pense qu'il ne me dirait pas la vérité.

— Cela me conforte encore plus dans mon refus de vous répondre. M. Kiyose doit avoir une bonne raison de ne pas le faire et je ne peux que la respecter.

La jambe gauche de Kōki tremblait sous la table, comme toujours quand il était énervé. Yuri, pour sa part, buvait sa consommation avec indifférence.

Elle est belle, se dit-il soudain, malgré son irritation. Elle a le maintien d'une femme adulte, mais en réalité, elle est très jeune. Moins de dix ans nous séparent.

— La police soupçonne mon père d'être l'assassin. Si mon père et vous avez une relation amoureuse et qu'elle ait commencé avant leur divorce, ma mère aurait eu le droit d'exiger de lui une prestation compensatoire. Et il l'aurait tuée pour éviter d'avoir à la payer.

Miyamoto Yuri écarquilla les yeux.

— Mais c'est impossible ! Vous ne faites pas confiance à votre père ?

— Ce n'est pas mon point de vue, mais celui de la police.

Elle fit vivement non de la tête.

— L'important, c'est ce que vous pensez. Si vous lui faites confiance, ce que les autres en disent ne devrait pas vous affecter.

Son ton moralisateur fit grincer Kōki des dents.

— La seule chose que je puisse vous répondre est que je ne lui fais pas vraiment confiance.

Elle battit des paupières.

— Vous êtes sérieux ?

Le visage de son interlocuteur se détendit.

— Vous aussi, vous dites ça ?

— Peu importe. Vous ne lui faites vraiment pas confiance ?

— Non. Ou plutôt, je ne peux pas lui faire confiance. Il ne s'intéressait pas à sa famille, et quand ma mère a dit qu'elle voulait divorcer, il n'a même pas réfléchi à la manière dont il l'avait traitée. Une fois divorcé, il vous fait entrer dans sa société. Comment voudriez-vous que je lui fasse confiance ? Et il n'est même pas venu à son enterrement.

Elle leva les yeux au ciel, et murmura quelque chose.

— Qu'y a-t-il ?

Elle ne lui répondit mais continua à murmurer qu'elle n'y arrivait plus.

Avant même qu'il ait le temps de lui demander de quoi elle parlait, elle le regarda droit dans les yeux.

— J'ai quelque chose à vous dire.

— Pardon ?

— Ce n'est pas mon rôle de le faire, mais la situation m'est insupportable. Vous aussi, vous devez connaître la vérité.

— La vérité ?

— Je vous prie de m'écouter sans m'interrompre, dit-elle d'un ton ferme. Elle finit son *caffè latte* comme pour se donner de l'énergie.

5

Kaga emmena Naohiro au Matsuya. En voyant l'enseigne, celui-ci crut qu'il s'agissait d'un établissement luxueux, mais il fut rassuré une fois à l'intérieur.

Il cessa de s'intéresser au cadre pour se concentrer sur Kaga, qui lui révéla la raison pour laquelle Mineko avait choisi de s'installer à Kodenmachō. Elle avait retrouvé la trace de son fils, appris que son amie attendait un enfant, et voulait être près d'eux. C'est du moins ce qu'elle croyait, mais en réalité tout était basé sur un malentendu. Comme Kōki le lui avait dit, cela ne le regardait aucunement. Si elle n'avait pas été assassinée, il aurait peut-être ri de sa méprise. Mais il n'en fit rien. Au contraire, il en eut le cœur lourd.

— Vous n'avez pas soif ? lui demanda Kaga en tendant la main vers son verre de bière artisanale.

Naohiro, qui avait commandé la même chose, n'en avait pas encore bu non plus.

— Je suis stupéfait. C'était pour ça… souffla-t-il sans cacher sa surprise.

— D'après son avocate, Me Takamachi, Mme Mitsui ne vous soupçonnait pas de la tromper au moment du divorce. Apparemment, elle a pensé qu'elle trouverait peut-être quelque chose en y regardant de plus près. Mais pour finir, elle a préféré ne pas chercher de conflit. Parce qu'elle souhaitait reprendre son indépendance au plus vite. Récemment cependant, elle a changé d'avis et s'est dit qu'elle pourrait obtenir une prestation compensatoire. Elle avait une bonne raison pour cela.

— À savoir, que son fils allait devenir père… Je comprends, dit Naohiro en buvant une gorgée de bière. Mais je ne l'ai pas trompée.

— L'arrivée de Miyamoto Yuri n'est pas passée inaperçue, n'est-ce pas ? Il n'y a rien d'étonnant à ce que Mme Mitsui l'ait apprise et qu'elle ait cru avoir trouvé une raison de vous demander un dédommagement.

Naohiro secoua la tête.

— Quelle idiotie…

— C'est votre point de vue, mais il n'y a rien d'étrange à supposer que vous aviez eu de longue date une relation amoureuse avec cette jeune femme que vous avez fait entrer dans votre société immédiatement après votre divorce. Vous la connaissiez avant votre divorce, n'est-ce pas ? Tout le problème est la nature de vos relations. Comme vous êtes de sexe différent, les gens n'envisagent qu'une seule chose. Qui aurait pu imaginer que c'était votre fille ?

Naohiro regarda Kaga sans dissimuler son étonnement. Mais le policier du commissariat de Nihonbashi ne semblait pas conscient d'avoir dit une bêtise.

Son interlocuteur poussa un profond soupir.

— Quand Yuri m'a raconté que vous lui aviez parlé, j'ai eu l'intuition que vous aviez tout deviné. Vous lui avez posé une question sur sa bague, n'est-ce pas ?

Kaga hocha la tête.

— Celle qu'elle portait à la main gauche était visiblement l'œuvre d'un amateur. Et je dirais même d'un amateur très amateur. Mais elle la portait, bien qu'elle n'aille pas avec ses vêtements élégants. J'en ai déduit que ce devait être un cadeau de quelqu'un d'important pour elle. J'avais déjà vu quelque chose qui y ressemblait. Au départ, c'était une pièce de 50 yens qui a été limée, n'est-ce pas ?

Naohiro se gratta le sourcil, avec un sourire embarrassé.

— Ça alors…

— C'était la mode il y a une vingtaine d'années. Les hommes qui n'avaient pas les moyens d'en offrir une vraie à la femme qu'ils aimaient les fabriquaient eux-mêmes, n'est-ce pas ? Plus personne ne fait ça aujourd'hui. Et ce genre de bagues n'était pas destiné à être portée au petit doigt mais à l'annulaire.

— Je l'avais faite pour sa mère.

— Je m'en suis douté. Elle était petite, n'est-ce pas ? Avec de petites mains, et des doigts fins. Et la bague lui allait très bien à l'annulaire.

— Nous étions jeunes tous les deux. Et pauvres, lâcha Naohiro avant de boire une gorgée de bière.

À l'époque, les karaoké box n'existaient pas encore. On chantait en karaoké dans les bars, comme dans celui où Naohiro, qui venait de terminer ses études, travaillait quelques soirs par semaine. Le salaire était ridiculement bas, mais il était jeune et cela lui suffisait.

Une certaine Tokiko y était aussi employée. Divorcée, elle avait cinq ans de plus que lui. Le bar ne lui appartenait pas, mais elle en était la patronne.

Un soir qu'il l'avait raccompagnée chez elle parce qu'elle avait trop bu, ils devinrent amants. Naohiro tomba éperdument amoureux. Il croyait qu'elle partageait ses sentiments.

Très tard le soir de l'anniversaire de Tokiko, il lui fit cadeau de la bague. Et lui dit qu'il aimerait l'épouser.

Cette déclaration la fit pleurer. Elle le remercia et dit qu'elle ne se séparerait jamais de la bague.

— Je te donnerai ma réponse quand je reviendrai de chez mes parents. Je vais chez eux demain pour trois jours. Moi aussi je veux te faire un cadeau, lui expliqua-t-elle en souriant, les yeux pleins de larmes.

Tokiko n'était pas venue travailler pendant trois jours. Le quatrième, le barman qui tenait le bar en son absence lui avait appris qu'elle avait donné sa démission.

Naohiro était allé chez elle. Elle n'habitait plus là. Peu de temps après, il avait reçu une lettre par laquelle elle lui annonçait sa décision de le quitter pour ne pas priver de son avenir le jeune homme qu'il était. Et elle ajoutait qu'il devait sérieusement y réfléchir pour ne pas être ingrat vis-à-vis de ses parents qui lui avaient permis d'aller à l'université.

La lettre lui avait fait l'effet d'une douche froide. Il prit conscience du fait qu'il s'était conduit en enfant gâté, sans penser aux autres. Le ton de la lettre était affectueux mais Tokiko lui reprochait aussi son manque de maturité.

Cela changea sa vie. Il cessa de travailler dans le bar et entra comme apprenti dans une société de services, parce qu'il était prêt à tout apprendre.

Cette décision fut la clé de son succès. L'expérience qu'il acquit dans le domaine du nettoyage le conduisit à créer sa propre entreprise.

— J'ai rencontré par hasard Yuri dans un club de Ginza il y a deux ans. C'est le portrait craché de sa mère. Mais j'ai été encore plus étonné en voyant la bague qu'elle avait au doigt.

— Elle la portait ce jour-là aussi ?

— Oui. Je lui ai demandé d'où elle venait. Elle m'a répondu que c'était un souvenir de sa mère, morte trois ans plus tôt d'un cancer du pancréas.

Il avait résisté à l'envie de s'assurer du nom de sa mère, car il avait besoin de réfléchir à la situation.

Il était revenu dans ce club, en la demandant chaque fois, et il en avait appris plus sur elle. Elle ne lui disait pas que la vérité, mais il acquit la certitude qu'elle était la fille d'une mère célibataire.

Le jour où elle mentionna sa date de naissance fut décisif. À moins qu'elle n'ait menti, elle avait été conçue à l'époque où il était l'amant de Tokiko.

Un soir, il décida que le moment était venu de se dévoiler et annonça à Yuri qu'il avait à lui parler. "Je n'ai aucune mauvaise intention, mais j'ai quelque chose d'important à te dire. Cela concerne ta mère. Elle s'appelait Tokiko, n'est-ce pas ?"

Yuri avait écarquillé les yeux et lui avait demandé comment il le savait. Il comprit qu'il ne s'était pas trompé et eut le vertige.

Il avait attendu qu'elle finisse son service pour l'emmener dans un restaurant japonais qu'il avait choisi pour ses salons particuliers. Sitôt qu'ils s'étaient retrouvés seuls, il s'était prosterné devant elle sur les tatamis et lui avait annoncé qu'il était son père. Il lui avait expliqué comment les choses s'étaient passées en précisant que Tokiko ne lui avait jamais parlé de sa grossesse.

— Je lui ai demandé pardon de les avoir fait tant souffrir, sa mère et elle. Je savais qu'elles avaient eu la vie dure. J'en étais en partie responsable, même si je n'en avais rien su. Si j'avais été plus sérieux à l'époque, Tokiko aurait accepté ma demande en mariage, déclara Naohiro qui buvait à présent du saké.

— Et comment a réagi Miyamoto Yuri ?

— Elle a d'abord été surprise, bien sûr. Et elle semblait ne pas y croire complètement. C'est compréhensible. Mais elle avait aussi perçu que je ne m'intéressais pas à elle comme un homme s'intéresse à une femme. Ce soir-là, nous n'avons pas beaucoup parlé, mais le lendemain, elle m'a envoyé un message pour me dire qu'elle voulait en savoir plus.

— Et à présent, vous avez une bonne relation, n'est-ce pas ?

— Comme j'avais ma propre famille, je ne pouvais pas aider Yuri immédiatement. Mais j'ai commencé à le faire en cachette.

— Et c'est à cette époque que votre femme vous a parlé de divorce.

Naohiro sourit.

— C'est presque ironique, n'est-ce pas ? Ce que j'avais vécu avec Tokiko m'a appris la nécessité de travailler dur. Mineko, elle, m'a appris que cela ne suffisait pas. Je ne suis vraiment pas doué, moi !

— Mais vous avez au moins pu vous rapprocher de Yuri.

— J'avais envie d'agir comme un père pour elle. Je savais que cela créerait toutes sortes de rumeurs, mais je ne voulais pas qu'elle continue à travailler dans le monde de la nuit. Je comptais révéler la vérité tôt ou tard. Kōki est la première personne à qui je devais en parler. Et puis il s'est passé ce qui s'est passé, et cela a tout changé. Kōki m'en veut encore plus qu'avant, et je ne vois pas comment je pourrais le lui dire.

Naohiro vida sa coupe de saké d'une traite. Il rêvait depuis toujours d'en boire avec son fils. De l'inviter à sortir, pour qu'il lui confie ses soucis et reçoive ses conseils. Mais la réalité était tout autre. Son fils n'était pas proche de lui.

Kaga posa soudain ses baguettes et se redressa.

— Monsieur Kiyose, que vous a apporté votre divorce ?

Son interlocuteur grimaça.

— Vous êtes dur avec moi !

— Ce n'est pas mon intention. Mme Mitsui s'est méprise en croyant que l'amie de son fils était enceinte, et cela l'a conduite à s'installer non loin d'elle. Et vous, sitôt que le divorce a été prononcé, vous avez fait venir Yuri près de vous. Autrement dit, vous avez tous les deux recherché une famille après le divorce. Cela vous avait manqué, à elle comme à vous. Les liens familiaux sont forts. Kōki aussi est votre fils, ne l'oubliez pas.

Naohiro soutint le regard de Kaga. Puis il esquissa un sourire embarrassé et reprit ses baguettes.

— Désolé d'avoir été si franc avec vous, fit le policier.

Au moment où Naohiro bredouillait quelque chose, son téléphone vibra dans sa poche. Il le sortit après s'être excusé.

Le message venait de Yuri. Il était intitulé : *Urgent.* Il le lut et lâcha un cri de surprise.

Je suis avec mon frère. Dis-moi si tu peux nous rejoindre.
Yuri

— Que se passe-t-il ? demanda Kaga à Naohiro qui était pétrifié.

Celui-ci lui montra l'écran sans rien dire. Le policier cligna des yeux avant de lui sourire de toutes ses dents.

— On dirait que votre nouvelle famille ne vous a pas attendu. Allez vite les retrouver ! J'expliquerai votre départ à la patronne.

— Merci, répondit Naohiro en se levant. Mais vous, vous avez compris rien qu'en voyant cette bague que Yuri était ma fille ?

— Cela voudrait dire que ma clairvoyance est sans égale, répondit-il en souriant malicieusement. Non, en réalité, je m'en suis douté dès que je l'ai vue.

— Vraiment ?

— Kōki et elle se ressemblent beaucoup.

— Ah bon ?

— En voyant sa photo, votre fils a dit que son visage lui disait quelque chose.

Naohiro regarda Kaga droit dans les yeux en opinant de la tête.

— J'ai encore une question pour vous. Quel est votre grade dans la police ?

— Inspecteur adjoint.

— Vous devriez être inspecteur ! lança Naohiro avant de se diriger vers la sortie.

LE CLIENT DU MAGASIN D'OBJETS ARTISANAUX

1

Fujiyama Masayo était assise à la caisse lorsque le client entra. Il était dix-huit heures passées, un jour de semaine, un moment où les clients se faisaient généralement rares. Mais elle tarda à remarquer son arrivée parce qu'elle était absorbée dans sa comptabilité.

Elle se dit que celui-là n'achèterait peut-être rien, bien qu'il regardât les articles présentés. Cela ne la découragea pas. Elle se leva, s'approcha de lui.

Âgé d'une trentaine d'années, il portait une chemise bleue à carreaux ouverte sur un tee-shirt, une tenue de loisir.

Debout devant les toupies en bois qui existaient en trois tailles, petites, moyennes, grandes, toutes peintes de cercles concentriques rouges et blancs, il avait en main une des petites.

— Ça vous rappelle des souvenirs, n'est-ce pas ? Je suis sûre que vous avez joué à la toupie quand vous étiez petit.

— J'y pensais justement, répondit l'homme avec un sourire.

Le teint sombre, il avait des traits bien dessinés.

— Dans tout Tokyo, il n'y a qu'ici, à Ningyōchō, qu'on peut être sûr d'en trouver.

— Des jouets d'autrefois, j'en ai beaucoup, reprit Masayo. Des tambourins, des bilboquets… Tous faits artisanalement, et uniquement avec des matériaux japonais.

— Parce que ce sont des objets traditionnels ?

— En partie, mais aussi parce que j'aime savoir d'où viennent les matériaux. Les jouets peuvent se retrouver dans les mains de petits enfants, et dans leur bouche ! C'est pour ça que j'y fais attention.

— Je comprends, et je vous admire, fit l'homme en baissant à nouveau les yeux vers la toupie qui semblait décidément lui plaire.

— Elles viennent du département de Gunma. Je les achète en bois brut, et nous les peignons ici.

— Le fil aussi vient de Gunma ?

— Non, d'un autre endroit. Mais c'est du coton.

L'homme hocha la tête, et lui tendit l'objet.

— Je vais la prendre.

— Je vous remercie.

Elle prit le billet qu'il lui tendit et retourna à la caisse. Elle avait eu raison de lui adresser la parole. Elle était convaincue que les gens qui entraient dans un magasin comme le sien aimaient qu'on leur parle.

Masayo avait ouvert Hōzukiya vingt-quatre ans auparavant. Son commerce était affilié à la boutique de kimonos que ses parents tenaient à Nihonbashi. Elle collectionnait les objets traditionnels depuis l'adolescence et avait décidé d'en faire son gagne-pain. Tous les articles qu'elle vendait étaient le fruit de ses recherches, et elle connaissait chacun des artisans qui les fabriquaient. Elle leur commandait aussi des objets qu'on ne trouvait que chez elle, la plupart en tissu, un domaine qui lui était familier grâce à ses parents.

Après avoir emballé la toupie, elle prit la monnaie dans le tiroir-caisse. Lorsqu'elle releva la tête, l'homme était à côté d'elle. Il regardait les sacs alignés sur l'étagère.

— J'ai choisi les tissus de chacun, expliqua-t-elle. Et ils sont destinés à cet usage, ce ne sont pas des coupons ou des tissus recyclés.

Il sourit.

— Vous vous intéressez beaucoup à vos matériaux.

— Bien sûr. Parce que tous ces objets sont faits pour être manipulés, répondit-elle en lui tendant la monnaie et la toupie.

Il les prit et jeta un coup d'œil alentour.

— Et votre magasin est ouvert jusqu'à quelle heure ?

— Je n'ai pas d'horaire fixe, mais en général, pas plus tard que dix-neuf heures.

— Vous avez parfois du monde ?

Elle sourit, légèrement embarrassée.

— Les week-ends, un peu, mais on ne se bouscule pas dans la boutique. Ce commerce est surtout une passion.

Il hocha la tête.

— Les toupies se vendent bien ?

— Je n'irais pas jusqu'à dire ça, mais elles ont des amateurs. Souvent des personnes qui ne sont plus toutes jeunes et veulent sans doute en offrir à leurs enfants ou à leurs petits-enfants. Aujourd'hui, les jeux sur écran sont à la mode, mais mes clients trouvent les toupies plus conviviales.

— Je suis d'accord. On vous en a acheté récemment ?

— Euh…

Ce client commençait à l'intriguer. Pourquoi lui posait-il toutes ces questions ? Qu'est-ce que ça pouvait lui faire que d'autres gens en aient acheté, des toupies ?

Il dut le remarquer, car il esquissa un sourire.

— Pardon. Je comprends que mes questions vous surprennent. Permettez-moi de me présenter, dit-il en sortant de la poche de son pantalon une sorte de carnet marron.

Il l'ouvrit et elle vit une carte de police.

— Ah… vous êtes policier ?

— Je viens du commissariat de Nihonbashi. Je ne l'ai pas dit tout de suite, car je voulais que vous me parliez naturellement.

Il s'appelait Kaga. Elle perçut une grande énergie derrière son expression aimable.

— Et mes toupies ont un rapport avec une affaire dont vous vous occupez ? demanda-t-elle d'une voix craintive.

— Pas du tout, la rassura-t-il. Ce n'est rien de grave. Je ne m'intéresse pas à une toupie en particulier, mais à quelqu'un qui en a acheté une. Très récemment.

— Puis-je vous demander dans quel contexte ?

— Dois-je vraiment vous le dire ? Cela n'a aucun rapport avec votre magasin.

— Oui, mais vous m'inquiétez quand même. C'est lié à un de mes clients, n'est-ce pas ?

— Je n'en sais encore rien. Et je préfère ne pas vous en dire plus pour cette raison. Si je vous en parle et que ce client revienne, vous le verriez d'un autre œil.

— Oui, c'est possible, admit-elle.

— Vous ne vous souvenez pas du dernier client qui vous a acheté une toupie ?

— Attendez, je vais vérifier.

Elle alla consulter ses reçus. Bien qu'elle lui ait dit qu'il y avait des amateurs pour les toupies, ils n'étaient pas si nombreux et elle ne se rappelait pas quand elle en avait vendu une pour la dernière fois.

Elle continua à chercher et poussa un petit cri.

— Vous avez trouvé ?

— Oui. C'était le 12 juin, le même modèle que celui que vous avez acheté.

— Et avant ça ?

— Eh bien… Je crois que ça remonte à au moins un mois.

— Dans ce cas, vous vous souvenez de la personne du 12 juin ?

— Ce jour-là, ce n'était pas moi qui tenais le magasin, mais mon employée.

— Ah bon. Et cette employée, quand sera-t-elle là ?

— Demain, en principe.

— Je vois. Je repasserai demain. Ça ne vous dérange pas que je lui parle ?

— Non, bien sûr. Eh bien, à demain !

Le policier du commissariat de Nihonbashi sortit avec sa toupie.

— Ce ne serait pas ce meurtre dont on a parlé ? Cette femme de Kodenmachō qui a été assassinée ? demanda Sugawara Misaki en nouant son tablier.

— Il y a eu un meurtre à Kodenmachō ?

Masayo l'ignorait.

— Vous n'êtes pas au courant ? Nao m'a dit que la police était aussi venue chez eux.

— Nao ? Du magasin de biscuits ?

— Oui.

La biscuiterie Amakara se trouvait du même côté de la rue que le magasin d'objets d'artisanat. Nao, la fille unique de son propriétaire, avait presque le même âge que Misaki, et elles avaient sympathisé.

— Comment se fait-il qu'ils aient eu la visite de policiers ?

— Je ne connais pas les détails, répondit Misaki, songeuse.

— Ça ne me plaît pas du tout, cette histoire. Pourvu que la toupie n'ait rien à voir avec ce crime !

— Mais si c'était le cas, on parlerait d'Hōzukiya !

— Je n'aimerais pas. Ce ne serait pas bon pour notre image.

— Vous croyez ? Mais… s'écria Misaki en regardant le calendrier posé sur le comptoir. La toupie a été vendue le 12. L'assassinat en question s'est produit plus tôt. Il ne peut pas y avoir de lien.

— Tant mieux.

— Ça m'étonnerait que ce soit important ! conclut la jeune fille d'un ton léger.

Kaga débarqua un peu après midi, vêtu d'une chemise différente de celle de la veille. Assise à la caisse, Masayo entendit la conversation qu'il eut avec Misaki.

— Vous avez vendu la toupie le 12 vers quelle heure ?

— Je crois que c'était un peu après dix-huit heures. Il commençait à faire nuit.

— Vous vous souvenez du client ?

— Oui, c'était un homme dans la force de l'âge. Pas très grand. En costume-cravate, comme s'il revenait du travail, répondit Misaki sans hésiter, car Masayo lui avait dit de quoi il s'agissait.

— Vous le reconnaîtriez si vous le voyiez en photo ?

— Je ne pense pas, non, répondit-elle. Je ne regarde pas le visage des clients, mais plutôt leurs mains, et leur silhouette.

Masayo se dit qu'elle avait tort. Regarder discrètement le visage des clients permet de comprendre ce qu'ils désirent.

— Vous souvenez-vous de quelque chose de particulier à propos de cet homme ? Même un détail peut nous être utile.

Misaki prit une expression perplexe.

— Non, je ne crois pas…

— Les toupies existent en trois tailles, mais ce client a immédiatement choisi la plus petite ?

— Euh… Je ne sais pas, parce que je venais juste de servir un autre client. Mais j'ai l'impression qu'il est resté devant les toupies assez longtemps.

— Ah bon, fit Kaga avant de regarder Masayo. Vous n'avez pas vendu d'autres toupies depuis le 12, n'est-ce pas ?

— À part celle que vous avez achetée hier.

— Très bien. Dans ce cas, je vais vous prendre toutes celles que vous avez en rayon. Je vous les paie, bien entendu.

— Toutes ?

— Toutes. Ce n'est pas la peine de les emballer. Je vous dois combien ?

Il sortit son portefeuille.

— Euh, monsieur… risqua Masayo. Nos toupies ont un lien avec le meurtre de Kodenmachō ? Elles seraient une pièce à conviction ?

Le portefeuille à la main, Kaga écarquilla les yeux. Puis il battit des paupières plusieurs fois, regardant alternativement les deux femmes, un sourire aux lèvres.

— Ce quartier est vraiment un village ! Les rumeurs se répandent vite.

— C'est donc ça, n'est-ce pas ?

Le sourire du policier s'effaça et il fit tranquillement non de la tête.

— Pas du tout. Ces toupies n'ont rien à voir là-dedans. C'est important que vous le sachiez.

Masayo fronça les sourcils.

— Que voulez-vous dire ?

— Je suis sûr que je pourrai bientôt vous l'expliquer et je vous demande un peu de patience. J'aimerais un reçu, ajouta-t-il en sortant un billet de 10 000 yens.

2

Elle était en train d'étudier la carte des pizzas lorsque son téléphone posé sur la table se mit à vibrer. Reiko fit la grimace en voyant le numéro de son beau-père affiché à l'écran. Elle aurait préféré ne pas y répondre mais elle connaissait la raison de son appel.

— Bonsoir.

— C'est moi. Katsuya m'a dit que vous avez eu la visite de policiers.

— Oui. Avant-hier.

— Hum… En fait, je suis dans le quartier. Je peux passer ?

— Maintenant ? Oui, bien sûr, mais Katsuya n'est pas encore là. Il m'a dit qu'il rentrerait tard ce soir, expliqua-t-elle d'une voix qu'elle savait peu enthousiaste.

Cela ne l'aurait pas gênée que son beau-père le remarque. Au contraire, elle aurait préféré qu'il renonce à venir.

— Ah bon ? Ça ne fait rien. C'est toi que je veux voir. C'est toi qui leur as parlé, non ?

— Oui.

— Je voudrais que tu me racontes comment ça s'est passé. Je serai là dans dix minutes. Désolé de te déranger, ajouta-t-il avant de raccrocher.

Si vous ne voulez pas me déranger, vous n'avez qu'à ne pas venir, se dit-elle, contrariée. Elle n'aurait pas dû décrocher. Son beau-père qui vivait seul trouvait toujours un prétexte pour passer. C'était la combientième fois depuis le début du mois ?

Elle regarda le séjour. Affirmer qu'il était bien rangé était difficile. Des jouets de Shōta et des magazines féminins jonchaient le sol, le canapé était couvert de vêtements.

Elle se leva en ronchonnant intérieurement et se mit à ranger. Elle en profita pour cacher la carte des pizzas. S'il comprenait qu'elle comptait en commander pour le dîner, elle aurait probablement droit à un commentaire désagréable.

Pendant qu'elle s'affairait, Shōta sortit de la pièce voisine où elle le croyait endormi.

— Qu'est-ce que tu fais, maman ?

— Je range, parce que papi va venir.

— Papi va venir ? répéta le petit garçon âgé de cinq ans, les yeux brillants.

— Il ne restera pas longtemps, tu sais. Parce qu'il a beaucoup à faire, dit-elle en essayant de s'en persuader.

La sonnette retentit quelques minutes plus tard. Elle alla ouvrir à Kishida Yōsaku, son beau-père, qui avait à la main une boîte de choux à la crème, le gâteau préféré de son petit-fils.

— Désolé de déranger au moment du dîner. J'espère que tu n'étais pas en train de le préparer, fit-il, une fois qu'il s'était assis sur le canapé.

— Je viens de rentrer, et j'allais m'y mettre, répondit Reiko en lui apportant un verre de thé de céréales froid.

Elle tourna ensuite les yeux vers son fils, qui était en train d'essayer d'ouvrir le porte-documents de son grand-père.

— Laisse ça, Shōta !

— Désolé de déranger à cette heure-ci, répéta son beau-père avant de boire son thé. Que voulaient savoir les policiers ?

— Rien d'important. Ils m'ont demandé à quelle heure vous étiez passé le 10 au soir.

— Comment ça ?

— Eh bien… lâcha-t-elle en regardant la table.

Ils étaient deux. L'un de la préfecture de police, un certain Uesugi, et l'autre du commissariat de Nihonbashi, du nom de Kaga. C'était la première fois qu'elle parlait à de vrais policiers.

Uesugi avait mené l'essentiel de l'entretien. Il avait expliqué qu'ils procédaient à des vérifications dans le cadre d'une enquête. Yōsaku était-il vraiment venu ici le 10 juin au soir ? Quand elle l'avait confirmé, il lui avait demandé de préciser l'heure. Elle avait dit la vérité, à savoir qu'il était arrivé vers vingt heures et était resté environ une heure.

— Ils m'ont aussi demandé ce dont nous avions parlé. J'ai répondu que nous avions discuté du service anniversaire pour les trois ans du décès de belle-maman.

Cela aussi, c'était vrai. Yōsaku avait téléphoné vers midi le 10 pour savoir s'il pouvait passer le soir pour en parler. Elle se souvenait de son soulagement quand il avait précisé qu'il aurait dîné.

— Ils n'ont rien demandé d'autre ? insista son beau-père en lui lançant un regard inquisiteur qui déplut à Reiko.

— Eh bien…

Pendant qu'elle réfléchissait, Shōta s'approcha de son grand-père.

— Papi, tu peux la faire tourner ? demanda-t-il en lui tendant une toupie et son cordon.

— Attends un tout petit peu, répondit Yōsaku en lui caressant les cheveux.

— Ça me fait penser qu'ils m'ont aussi posé une question sur la toupie.

L'air contrarié, son beau-père émit un grognement.

— Tu leur as montré ?

— Non, mais Shōta était en train d'y jouer quand ils sont arrivés. Et…

C'était l'autre policier, celui qui s'appelait Kaga, qui en avait parlé. Après s'être étonné que le petit garçon s'amuse avec ce jouet à l'ancienne, il lui avait demandé où elle l'avait acheté.

Elle avait répondu que son beau-père, à qui quelqu'un en avait fait cadeau, la lui avait donnée. Kaga avait voulu savoir quand.

— Et qu'as-tu répondu ?

— J'ai dit que vous étiez venu l'apporter le 12. Je n'aurais pas dû ?

— Non… C'est bien comme ça. Ils n'ont rien dit d'autre sur la toupie ?

— Non. Après ils sont repartis. Ils étaient très polis tous les deux.

— Ah bon, fit son beau-père avant d'enrouler le cordon de la toupie.

— Vous savez ce sur quoi ces policiers enquêtent ? Cela a un rapport avec votre travail ?

— Ce n'est rien de grave. Un de mes clients a fait quelque chose d'illégal, et apparemment la police enquête à ce sujet. Je crois qu'ils me soupçonnent de l'avoir aidé.

— Oh là là… Je vous plains.

Yōsaku était expert-comptable et son cabinet avait pour clients des petites et moyennes entreprises. Reiko n'avait pas de mal à imaginer qu'avec la récession, beaucoup d'entreprises connaissaient des difficultés.

Son beau-père lança la toupie qui commença à tourner sur le plancher. Mais elle s'arrêta presque immédiatement. Cela amusa quand même son petit-fils.

— J'ai perdu la main. Autrefois, j'étais bien meilleur, commenta Yōsaku en la ramassant.

Katsuya rentra après vingt-deux heures. Ses joues rouges indiquaient qu'il avait probablement consommé de l'alcool. Il défit sa cravate et alla boire un verre d'eau dans la cuisine.

— Ce soir aussi, c'était pizza ?

Le carton vide ne lui avait pas échappé.

— Et pourquoi pas ? Toi, tu as mangé de bonnes choses au restaurant, non ?

— Je n'y suis pas allé pour le plaisir. Mais pour le travail. La pizza, ce n'est pas bon pour la santé. Un enfant a besoin d'autre chose.

— Il ne mange pas que ça, enfin ! D'habitude, je fais la cuisine.

— Tu sais, les plats surgelés non plus… continua-t-il en ouvrant le réfrigérateur. Qui est venu aujourd'hui ?

Il avait aussi vu la boîte de choux à la crème.

— Ton père.

— Mon père ? À nouveau ? Pourquoi ? demanda-t-il en déboutonnant sa chemise, assis sur le canapé.

— À cause des policiers qui sont venus avant-hier. C'est toi qui lui en as parlé, non ?

— Ah… oui. Et qu'est-ce qu'il a dit ?

Elle le lui raconta. Il l'écouta en fronçant les sourcils.

— Un de ses clients a fait quelque chose d'illégal ? Ce n'est pas de chance.

Il prit la toupie et son cordon qui étaient sur la table. Shōta dormait.

— Ton père n'a pas de soucis professionnels, j'espère. Son cabinet ne va quand même pas faire faillite ?

— Mais non ! Je ne crois pas, du moins.

Il enroula le cordon et lança la toupie. Mais elle alla heurter le mur au lieu de se mettre à tourner.

— Fais attention, s'il te plaît !

— C'est bizarre. Autrefois, je savais bien les lancer, dit Katsuya en se levant pour aller la ramasser.

— Ah oui, je voulais te dire que la société de crédit a appelé dans la journée.

Katsuya se figea.

— Ils voulaient quoi ?

— C'était à propos des échéances. Je leur ai donné ton numéro de portable, ils t'appelleront sans doute demain. Ne me dis quand même pas que…

— Quoi donc ?

— Que tu as du retard dans les paiements. Ça pourrait être dangereux, cette fois-ci.

— Ne t'en fais pas pour ça.

— Vraiment ? Je n'y suis pour rien, moi.

— Tu oses dire ça ? Je ne suis pas le seul à l'avoir dépensé, cet argent ! Tu achètes des tas de choses aussi, toi, avec la carte famille.

— Parce que la mienne est trop limitée. Il suffit que je fasse des courses une ou deux fois pour qu'elle soit bloquée.

— N'empêche que, toi aussi, tu dépenses.

Il posa la toupie sur la table, prit sa veste et quitta la pièce.

Reiko soupira et alluma la télévision. C'était un modèle avec un écran de 60 pouces, qu'ils avaient acheté cette année. Regarder des DVD était, après le shopping, son passe-temps préféré.

Son mari lui avait dit qu'elle n'avait pas de souci à se faire, mais il était peut-être en retard dans les remboursements. Cela leur était déjà arrivé, et Yōsaku les avait aidés.

Ils s'étaient rencontrés au lycée et s'étaient mariés six ans plus tôt. Cela faisait alors cinq ans qu'ils étaient ensemble. Katsuya, qui venait de commencer à travailler, aurait préféré attendre un peu avant de fonder un foyer, mais elle était persuadée qu'il voulait surtout profiter de la vie. Elle craignait qu'il ne rompe alors qu'elle avait déjà beaucoup investi en lui. Certaine qu'il l'épouserait, elle n'avait même pas cherché de travail à la fin de ses études.

Elle s'était résolue à lui forcer la main. Cela n'avait rien de compliqué, il suffisait de tomber enceinte. Katsuya s'en remettait à elle pour la contraception et la croyait toujours quand elle disait que ce n'était pas un jour à risques. Son plan avait fonctionné. Il n'avait pas été content, mais pour finir, il avait cédé sous la pression des deux familles qui se réjouissaient de la nouvelle.

Sa vie d'épouse ne lui déplaisait pas. S'occuper de son bébé n'avait pas été facile, mais tout s'était bien passé grâce au soutien de sa mère qui était encore jeune. Elle pouvait confier Shōta à ses parents qui n'habitaient pas loin quand elle sortait avec ses amies. Un des aspects qui lui plaisait le plus était de ne pas avoir de soucis d'argent. Elle ignorait combien gagnait son mari et le montant de ses économies. Elle achetait ce qui lui plaisait, mangeait ce qu'elle aimait, bien sûr dans les limites du raisonnable.

Elle avait conscience de vivre peut-être mieux que la plupart des femmes au foyer de son âge. Mais comme Katsuya ne lui avait jamais demandé de dépenser moins, elle imaginait que cela ne posait pas de réels problèmes.

De plus, s'ils venaient à manquer d'argent, les choses s'arrangeraient aussi, se disait-elle. Grâce à Yōsaku, son beau-père qui les aiderait sans doute encore une fois si Katsuya prenait du retard dans ses remboursements.

3

Masayo releva la tête en entendant une voix masculine dire : "Bonjour." Kaga était debout à l'entrée du magasin.

— Bonjour, monsieur le policier. Quel bon vent vous amène aujourd'hui ? demanda-t-elle en enlevant ses lunettes de presbyte.

— Rien de particulier, en réalité. Je tenais à vous remercier d'avoir coopéré à l'enquête.

Il s'approcha et lui tendit un sac plastique qui contenait une boîte blanche.

— J'espère que cette gelée de fruit et de lait d'amande vous plaira.

— Je vous remercie, mais vous n'auriez pas dû… dit-elle en le prenant.

Elle lui demanda si l'enquête avait progressé depuis la dernière fois qu'elle l'avait vu, trois jours plus tôt.

— Grâce à vous, nous avons à présent une piste, répondit-il en hochant la tête. Nous y sommes presque.

— Tant mieux, lança-t-elle en lui jetant un regard inquisiteur.

— Oui ?

— Vous venez de dire : "grâce à vous", n'est-ce pas ? Dois-je comprendre que notre toupie a un lien avec le crime ?

— Non, ce n'est pas du tout ce que je veux dire, répondit-il, embarrassé.

— Vous ne voudriez pas être plus clair ? Je me suis renseignée à propos de cette affaire. La victime a été étranglée. C'était une femme. Quand je l'ai appris, j'ai compris pourquoi vous vouliez savoir qui avait acheté cette toupie.

— Et vous pourriez me le dire ? demanda-t-il, le visage grave.

— Eh bien, il doit s'agir du cordon, et non de la toupie. Il a dû servir à l'étrangler, répondit-elle en pointant le policier de l'index.

En réalité, ce n'était pas son idée, mais celle de Misaki qui avait lu un article sur le meurtre.

Kaga prit un air surpris et recula.

— Vous m'étonnez. Comment l'avez-vous deviné ?

— Il suffit de réfléchir. Mais quand je pense que le cordon d'une toupie de mon magasin a servi à un crime…

— Pas du tout, réagit Kaga en faisant un geste de dénégation. Vous avez vendu cette toupie le 12, n'est-ce pas ? Or le crime a été commis le 10.

— Ah…

Misaki le lui avait déjà fait remarquer. En soulignant que même si la police s'était intéressée aux toupies d'Hōzukiya, cela ne signifiait pas que l'une d'entre elles avait été l'arme du crime.

— Et nos analyses montrent que le cordon utilisé était différent de celui de vos toupies. On parle de "cordon", alors qu'en réalité…

Il s'interrompit et adressa un sourire gêné à Masayo.

— Mais je prêche une convertie, n'est-ce pas ?

— Absolument. Dans les cordons traditionnels, il y a les tressés, les tissés, les torsadés, les tubulaires, et… fit-elle en comptant sur ses doigts.

— Ceux de vos toupies sont tressés, n'est-ce pas ?

— Oui, à partir de plusieurs fils, et à la machine, mais avec des matériaux soigneusement sélectionnés. Chaque toupie a un cordon spécifique.

— Bien sûr. Mais le cordon qui a servi au crime n'était pas tressé.

— Ah bon ? Cela ne m'avance guère. Si vous le saviez, pourquoi avez-vous examiné toutes mes toupies ? Dois-je comprendre que vous n'aviez pas encore établi le type de cordon utilisé quand vous êtes venu me voir ?

— Non, je savais à ce moment-là qu'il n'était pas tressé.

— Le mystère s'approfondit. Mais pourquoi alors… dit-elle en scrutant Kaga.

Il fit le tour du magasin des yeux en riant.

— En réalité, j'ai été muté ici il y a peu. Je découvre le quartier, je suis nouveau, pour ainsi dire.

— Ah bon… lâcha Masayo qui se demandait ce qu'il allait ajouter.

— J'ai envie de le connaître au plus vite, et je me promène beaucoup. C'est ce qui m'a permis de m'apercevoir que le vieux Tokyo subsiste ici. Je devrais plutôt dire les traditions japonaises. Et c'est aussi pour cela qu'on y trouve des commerces comme le vôtre.

— Ce n'est pas faux. Je ne pense pas que j'aurais pu l'ouvrir ailleurs.

— Des toupies, on en voit d'habitude dans les magasins au moment du Nouvel An. J'ai même trouvé une autre boutique qui en vend, un magasin de jouets sur l'avenue Ningyōchō-dōri.

— Oui, je le connais. J'imagine qu'ils en vendent aussi.

— Mais leurs toupies sont différentes des vôtres, et les cordons aussi. Les leurs sont torsadés.

— Torsadés…

Torsadés, c'est-à-dire semblables à des cordes, pensa Masayo, qui sursauta.

— Et le cordon du meurtre était torsadé, peut-être…

Kaga ne lui répondit pas. Il sourit, et haussa les épaules.

— Un cordon de toupie est fait pour faire tourner une toupie. Il ne faut pas s'en servir pour un meurtre, n'est-ce pas ? Désolé de vous avoir dérangée, dit-il avant de quitter la boutique à grands pas.

4

Sitôt arrivée chez elle, Reiko posa ses emplettes sur le canapé. Avant d'aller se changer, elle sortit une boîte bleu marine d'un des cabas, l'ouvrit, et souleva le papier blanc qui recouvrait son nouveau sac à main. Elle le prit et se dirigea vers la salle de bains. Elle s'était déjà contemplée avec sa nouvelle acquisition dans le magasin, mais elle avait envie de se revoir encore une fois.

En face du miroir, elle essaya plusieurs façons de le porter. Comment s'assurer que les autres l'admirent ? C'était son unique objectif.

Katsuya n'ayant plus reparlé de la société de crédit, elle en avait conclu que les choses s'étaient arrangées et avait décidé d'aller faire du shopping : un sac, une robe et des produits de beauté. Elle avait sans doute un peu trop dépensé, mais comme elle avait payé en utilisant le crédit renouvelable, cela ne devrait pas poser de problème.

Satisfaite de l'image renvoyée par le miroir, elle revint dans la pièce à vivre. Elle allait essayer sa nouvelle robe lorsqu'on sonna.

Elle crut d'abord que c'était un paquet. Il était juste après dix-huit heures. Encore une heure, et elle irait chercher Shōta chez ses parents, qui l'avaient emmené au zoo.

Elle décrocha le combiné de l'interphone et répondit.

— Désolé de vous déranger. Mon nom est Kaga, je suis venu l'autre jour.

— Pardon ?

— Oui, avec mon collègue, Uesugi.

— Ah…

Elle comprit de qui il s'agissait. Un des deux policiers de l'autre jour.

— J'aurais dû vous prévenir, mais j'ai quelques questions à vous poser. Auriez-vous un peu de temps à m'accorder ?

— Maintenant ?

— Oui. Je n'en ai pas pour longtemps. Cinq minutes suffiront.

Elle soupira. Comment éconduire un policier ? Elle était aussi curieuse de savoir dans quelle affaire son beau-père était impliqué.

— Très bien. Montez, je vous prie, fit-elle avant d'appuyer sur le bouton d'ouverture de la porte extérieure.

Elle entendit la sonnette pendant qu'elle était en train de ranger, et alla ouvrir à Kaga. Il avait un sac plastique à la main qu'il lui tendit en disant qu'il contenait des gaufres japonaises.

— Une moitié est fourrée aux haricots rouges, et l'autre nature. Il paraît que c'est une bonne pâtisserie, j'espère qu'elles vous plairont.

— Je vous remercie. Vous n'auriez pas dû.

Parfait, se dit-elle. Elle les donnerait à ses parents qui étaient friands de ce genre de gâteaux. Elle le fit entrer dans la pièce à vivre et alla chercher à boire dans la cuisine.

— Votre fils n'est pas là ?

— Mes parents l'ont emmené au zoo.

— Il a de la chance !

Quand elle revint dans la pièce à vivre en apportant deux verres de thé glacé, Kaga était debout, la toupie tournait sur le sol.

— Bravo ! s'exclama-t-elle. Vous êtes fort, monsieur Kaga !

Il se retourna vers elle et lui sourit.

— Pas du tout.

— Elle tourne drôlement bien. Mon mari et mon beau-père ont tous les deux essayé, mais sans succès. Avec mon mari, elle n'a même pas bougé.

Quand elle posa le plateau sur la table, elle remarqua le cordon blanc. Celui de la toupie. Que faisait-il là ? Kaga l'aurait fait tourner sans ?

Elle le vit se pencher pour la ramasser.

— Vous étiez sortie, n'est-ce pas ? dit-il en se penchant.

Il posa la toupie sur la table. Elle ne vit pas de cordon.

— J'avais rendez-vous avec une amie. Je viens juste de rentrer, je n'ai pas eu le temps de me changer.

— Et vous êtes allée faire du shopping ensuite.

— Pardon ?

— Je vous ai vue les bras chargés de sacs.

Il s'assit sur le canapé et prit le verre.

Reiko sentit la tension l'envahir. Il l'avait apparemment attendue dans la rue. Aurait-il menti en disant qu'il n'avait pas beaucoup de choses à lui demander ?

— Et vous avez fait vos courses où ?

— À Ginza, mais…

— Vous n'en faites pas à Nihonbashi ?

— Parfois. Dans le grand magasin Mitsukoshi, par exemple.

— En taxi, il faut combien de temps ?

— Pour aller à Nihonbashi ? Un quart d'heure, je pense.

— Ah bon. C'est vraiment un quartier pratique, dit-il avant de boire une autre gorgée de thé.

Reiko et sa famille habitaient Kiba, dans l'arrondissement de Kōtō. Le métro était un peu loin, mais en taxi, Ginza et Nihonbashi étaient proches. C'était une des raisons pour lesquelles ils s'étaient installés ici.

— Puis-je vous demander ce dont vous voulez me parler aujourd'hui ?

Kaga posa son verre et se redressa.

— Du 10 juin. J'aimerais connaître certains détails.

— Je ne vois pas ce que je pourrais ajouter…

— Vous m'avez dit que votre beau-père, M. Kishida Yōsaku, était venu voir votre mari pour préparer le troisième service anniversaire pour votre belle-mère, n'est-ce pas ? Il était urgent d'en parler ?

— Je n'en sais rien. C'est dans deux mois. Mon mari s'occupe toujours de tout à la dernière minute, mais cela préoccupait apparemment mon beau-père.

Elle n'avait que faire de ce service anniversaire, ou de sa défunte belle-mère.

— Et ils ont tout réglé ?

— Tout réglé, je ne sais pas, mais apparemment, ils se sont mis d'accord sur ce qu'il fallait faire.

— C'est tout ? Je n'ai pas l'impression que votre beau-père avait besoin de venir ici pour ça.

— Ce n'est pas faux, murmura-t-elle.

Elle fronça les sourcils et regarda le policier.

— Pourquoi me posez-vous toutes ces questions ? Vous vous interrogez sur le contenu de leur discussion ?

— Non, pas du tout.

— D'ailleurs, je voudrais bien savoir sur quoi porte votre enquête. Dites-le-moi. Ça concerne mon beau-père ? Si vous refusez de répondre, je ne répondrai pas non plus. Je ne crois pas être obligée de le faire, ajouta-t-elle d'un ton plus vif, convaincue qu'elle était capable de l'emporter.

Kaga fronça les sourcils puis hocha la tête.

— Vous n'avez pas tort. Je ferais peut-être mieux de vous dire de quoi il s'agit.

— Cela concerne une société pour laquelle mon beau-père travaille ?

— Non, pas du tout. J'enquête sur un meurtre.

— Quoi ? s'écria-t-elle en écarquillant les yeux, décontenancée.

— Un meurtre commis le soir du 10 juin. Nous n'avons pas encore arrêté le coupable. Et nous sommes en train de vérifier les alibis de toutes les personnes concernées. Dont votre beau-père. Lorsque nous lui avons demandé ce qu'il avait fait ce soir-là, il a déclaré qu'il était venu chez vous. Je suis ici pour m'assurer que c'est exact.

Reiko, qui avait jusque-là retenu son souffle, finit par ouvrir la bouche. Son cœur continuait à battre à grands coups.

— Ah bon… Mon beau-père n'en a pas parlé…

— Sans doute pour éviter de vous inquiéter. En général, les gens ont peur quand on leur dit qu'on est soupçonné dans une affaire de meurtre.

— Absolument. Je suis choquée, moi ! Mais s'il s'agit du 10, je peux vous rassurer. Mon beau-père est venu nous voir. Il est arrivé vers vingt heures, et il est reparti après vingt et une heures. Je ne sais pas ce qu'il a fait ensuite mais…

Kaga esquissa un sourire.

— Il nous a dit qu'il était allé dans un bar de Shinbashi, où il est resté jusque très tard. Nous avons pu vérifier la véracité de ses dires.

— J'en suis ravie. Donc son alibi tient.

Immédiatement après avoir dit cela, elle eut une bouffée d'angoisse et devina que cela se voyait.

— Mais à la télé, les témoignages de la famille ne comptent pas, non ?

Kaga esquissa un sourire.

— Ce n'est pas qu'ils ne comptent pas, mais ils ont moins de valeur que ceux de tierces personnes. Parce que chacun veut protéger les siens.

Reiko comprit pourquoi le policier lui avait posé tant de questions sur le 10. Il la soupçonnait de mentir. Il espérait qu'elle finirait par se contredire.

— Je vous prie me croire, monsieur Kaga. Mon beau-père est vraiment venu ce soir-là. Je ne mens pas, insista-t-elle.

Comment les voisins la traiteraient-ils si Yōsaku était soupçonné de meurtre ? Shōta serait peut-être rejeté par les autres enfants.

— Ce serait bien si vous aviez quelque chose qui puisse le prouver, reprit Kaga.

— Le prouver… répéta-t-elle en faisant un effort pour se souvenir du 10 juin.

Avait-elle quelque chose qui puisse servir de preuve ?

— C'est le 12 qu'il vous a apporté cette toupie, n'est-ce pas ? demanda le policier en montrant du doigt l'objet peint en cercles concentriques jaunes et verts. Pourquoi ne l'a-t-il pas fait le 10 ? Cela m'intrigue.

Sa question était compréhensible, pensa Reiko, embarrassée. Le fait qu'il ne l'ait pas apportée le 10 pouvait-il prouver qu'il n'était pas venu ce jour-là ?

— Non, en fait, il l'avait sur lui le 10.

— Le 10 ? Mais vous aviez parlé du 12.

Elle hocha la tête.

— Il l'avait sur lui le 10. Mais il avait oublié le cordon.

— Le cordon ?

— Il s'en était rendu compte, et il ne nous en a pas parlé tout de suite. Mais Shōta… Mon fils a ouvert la serviette de son grand-père, et il a trouvé la toupie. Il lui a demandé pourquoi il en avait une, et mon beau-père lui a répondu que quelqu'un lui avait donné.

— Vous voulez dire qu'il avait l'intention d'en faire cadeau à son petit-fils, mais qu'il avait oublié le cordon ?

— Oui. Il l'avait laissé dans un tiroir de son bureau, et il a promis de l'apporter rapidement. Ce soir-là, il est reparti avec la toupie.

— Et le 12, il vous l'a rapportée, avec le cordon ?

— C'est ça. Le jouet avait beaucoup plu à mon fils, et il a insisté. Je crois que c'est pour ça qu'il est revenu si vite.

— Je vois, fit Kaga. Vous m'avez convaincu.

— Il faut me croire, monsieur Kaga. Le 10, mon beau-père est venu ici, dit-elle en lui lançant un regard implorant.

Elle ignorait pourquoi Yōsaku était soupçonné, mais puisqu'il avait un alibi, elle devait insister.

Le visage de Kaga se détendit.

— Je ne crois pas que vous mentiez. Ce que vous venez de me raconter est très convaincant. Grâce à vous, tout se tient à présent.

— Vraiment ?

Reiko avait le cœur plus léger, mais elle conservait une certaine inquiétude. En quoi avait-elle été convaincante ? Que signifiait "tout se tient à présent" ?

— Désolé de vous avoir dérangée, conclut Kaga en se levant.

Dans l'entrée, après avoir enfilé ses chaussures, il sembla se souvenir de quelque chose.

— Ah oui... Donnez ça à votre fils, dit-il en sortant quelque chose de sa poche.

Il lui tendit un cordon, un peu plus fin que celui que leur avait apporté Yōsaku, torsadé comme une corde.

— C'est celui qu'il faut pour votre toupie. Elle tournera mieux avec celui-ci.

Il ouvrit la porte. Mais avant de sortir, il se retourna encore une fois.

— Il y a une chose que j'ai oublié de vous dire. Le lieu et l'heure du crime. Il s'est produit à Kodenmachō, dans le quartier de Nihonbashi, entre dix-neuf et vingt heures.

— Entre dix-neuf et vingt heures, à Nihonbashi ? murmura Reiko.

Elle tressaillit. Dans ce cas, même s'il était prouvé que Yōsaku était venu chez eux à vingt heures, cela ne lui fournissait pas d'alibi.

Quel était alors le but de la visite de Kaga ? Elle allait le lui demander quand il lança : "Au revoir" en fermant la porte derrière lui.

5

La bruine fine et enveloppante qui venait de se mettre à tomber annonçait peut-être le début de la saison des pluies. Sagawa Tōru sortit de son magasin pour déplier la marquise et repousser vers l'intérieur les articles exposés dehors, cubes, bilboquets, et autres jouets traditionnels en bois. Le commerce se trouvait sur le chemin du sanctuaire Suitengū, et de nombreux couples sur le point de devenir parents ou qui venaient d'avoir un enfant passaient devant chaque jour. Rien sur son éventaire n'était destiné aux élèves du primaire et du collège, afin d'éviter le chapardage. Il y veillait depuis qu'il avait commis l'erreur d'y placer des petites peluches d'un personnage de manga. Une mauvaise expérience.

Il leva les yeux vers le ciel uniformément gris et vit s'approcher un homme portant une chemise blanche sur un tee-shirt qu'il reconnut : Kaga, un policier qui venait d'être muté au commissariat de Nihonbashi.

— Ça y est, il pleut, fit celui-ci en se protégeant la tête des mains.

— La saison des pluies n'est pas bonne pour les affaires. Mais elle ne me dérange pas trop, parce qu'elle précède la meilleure période de l'année pour moi.

Comme partout au Japon, on voyait moins d'enfants qu'autrefois dans ce quartier de Ningyōchō. Il y en avait un peu plus après le début des vacances d'été.

Sagawa pensa qu'il était temps de commander des cierges magiques et des feux d'artifice pour enfants. Il tenait ce commerce depuis près de vingt ans et savait quels articles se vendaient à quelle époque.

Kaga contemplait les jouets exposés, parmi lesquels se trouvaient des toupies vert et jaune.

— À propos, vous avez résolu cette histoire de toupies dont vous m'avez parlé l'autre jour ? demanda Sagawa.

— Presque. J'en ai trouvé chez Hōzukiya, comme vous me l'aviez indiqué.

— Je le savais ! Ils ont vraiment de belles choses là-bas, je vais y faire un tour de temps en temps.

La dernière fois que le policier était passé, il lui avait demandé diverses choses à propos de toupies, notamment s'il en avait vendu récemment. Sagawa avait répondu par la négative, avant d'ajouter qu'on lui en avait volé une quelques jours plus tôt. Cela avait intéressé Kaga, qui s'était enquis de la date.

Le 10 juin, avait-il répondu. Sagawa vérifiait quotidiennement ce qu'il avait en magasin, et ce soir-là, il manquait une toupie.

Kaga en avait acheté une, et s'était mis à étudier le cordon qu'il avait immédiatement enlevé. Torsadé, avait-il murmuré, ce qui avait étonné le commerçant. Peu de gens savent distinguer les différentes sortes de cordon.

Il lui avait aussi demandé s'il connaissait d'autres magasins où en trouver. Sagawa lui avait donné le nom d'Hōzukiya et le policier avait dû y aller.

— Vous ne me posez aucune question, vous, remarqua Kaga.

— À propos de quoi ?

— À propos de mon enquête. Contrairement à la plupart des gens à qui je parle. Ils veulent savoir de quel genre d'affaires il s'agit.

Sagawa rit tout haut.

— Cela ne servirait à rien que quelqu'un comme moi le sache. Puisque vous menez une enquête, il a dû se passer quelque chose de regrettable. Si vous me le racontiez, j'en serais probablement attristé.

— J'aimerais bien que tout le monde pense comme vous, dit Kaga.

Le commerçant devina que les questions qu'on lui posait n'étaient pas toujours plaisantes.

— Vendre des jouets, c'est vendre des rêves, dit-il en prenant une toupie. Il faut que je sois toujours de bonne humeur pour le faire. C'est pour ça que je n'ai pas envie d'entendre des choses affligeantes. Mais je voudrais quand même vous poser une question. La toupie qu'on m'a volée, en quoi est-elle liée à votre affaire ? Elle a servi ?

Kaga réfléchit quelques instants avant de secouer la tête.

— Je ne peux rien vous dire. Je dois protéger le secret de l'enquête.

— Ah bon… Ça ne m'étonne pas. Tant pis. Bon courage pour la suite !

— Merci, fit le policier qui repartit sous la bruine.

LE POLICIER DE NIHONBASHI

1

Quand il avait vu la scène du crime, Uesugi Hiroshi s'était dit que ça n'allait pas être facile. Il n'avait pas de raison particulière de le penser, à part peut-être son sentiment que le meurtrier avait eu de la chance.

Le cadavre d'une femme avait été découvert dans un appartement de Kodenmachō le 10 juin vers vingt heures, par une amie qui avait rendez-vous avec la victime.

La mort remontait à moins de deux heures. De plus, cette amie avait indiqué qu'elle aurait dû venir une heure plus tôt. Si elle l'avait fait, elle aurait peut-être rencontré le meurtrier. D'où son sentiment que celui-ci avait eu de la chance.

La cellule d'enquête s'était installée dans le commissariat de secteur, celui de Nihonbashi. Uesugi y avait rencontré le premier policier arrivé sur la scène du crime, un certain Kaga, qui venait d'y être muté après avoir longtemps travaillé à Nerima.

Son nom était familier à Uesugi. Il était connu pour ses remarquables facultés d'observation, qui lui avaient permis d'élucider plusieurs crimes. Ainsi que pour avoir été champion de kendo.

Ce Kaga avait gardé un corps de sportif, mais son expression insouciante ne collait pas avec sa réputation de fin limier. Uesugi réprouvait aussi sa tenue, une chemise ouverte sur un tee-shirt.

— Vous êtes toujours habillé comme ça, vous ? lui demanda-t-il, une fois les présentations faites.

— Pas toujours, non, mais souvent. Il fait chaud en ce moment.

Cette réponse déplut à Uesugi. Il attendait autre chose d'un homme qui lui avait été décrit comme un enquêteur hors pair, à l'intelligence aussi acérée qu'un rasoir. Quand avait-il perdu ses qualités ? La rumeur avait peut-être exagéré ses talents. Tout bien pensé, s'il était bon à ce point, il aurait été muté à la préfecture de police depuis longtemps.

Les enquêteurs apprirent presque immédiatement beaucoup de choses sur la victime, une certaine Mitsui Mineko. Divorcée depuis six mois, elle vivait seule et était traductrice, profession qu'exerçait aussi l'amie qui l'avait découverte.

Le lendemain, le chef de section attribua à Uesugi la tâche d'aller entendre, en compagnie d'un policier plus jeune, son ex-époux, Kiyose Naohiro.

Celui-ci ne montra pas immédiatement d'émotion en apprenant la mort de son ex-femme. Il répondit mécaniquement aux questions d'Uesugi, le visage vide. La tristesse n'y apparut que plus tard, quand il murmura, entre deux questions : "Mais quand même… qu'il lui soit arrivé ça… pourquoi…"

Il venait enfin de saisir la nouvelle tragique, et sa réaction paraissait sincère.

Kiyose Naohiro se montra coopératif, mais ne leur apporta aucun élément déterminant pour résoudre l'énigme. C'était compréhensible car il n'avait pas vu la victime depuis plus de six mois. Et son alibi, un dîner avec des clients à Ginza, tenait.

Uesugi rencontra ensuite Kiyose Kōki, le fils de la victime, un acteur qui appartenait à une petite troupe de théâtre.

Lui non plus ne semblait pas avoir d'idée sur la raison pour laquelle sa mère avait été tuée. Cela faisait près de deux ans qu'il n'avait plus de contact avec elle. Le divorce de ses parents ne l'intéressait visiblement pas, et il en ignorait d'ailleurs la cause. Il tint là-dessus des propos qui parurent honteux aux oreilles du policier : "De nos jours, le divorce chez les gens de leur âge n'a rien d'extraordinaire. J'ai pensé qu'ils étaient libres de faire ce qu'ils voulaient."

Uesugi se dit que les enfants étaient décidément tous pareils. Ils s'imaginent qu'ils ont grandi sans l'aide de personne et oublient trop vite à quel point leurs parents les ont protégés. Kiyose Kōki avait abandonné ses études pour se lancer dans le théâtre, mais il avait pu se passionner pour cet art parce qu'il était étudiant et n'avait pas grand-chose à faire.

À ses yeux, ce jeune homme n'était pas encore un adulte. Il avait encore besoin que ses parents veillent à ce qu'il ne fasse pas d'écart. L'âge n'avait rien à voir là-dedans. La mission de tout parent est de déterminer si son enfant est capable de se débrouiller seul. L'enfant en a besoin, et seuls les parents peuvent évaluer ça.

L'enquête leur apprit que Kiyose Kōki vivait avec une serveuse du nom d'Aoyama Ami, au nom de qui était le bail de l'appartement où le jeune couple habitait. Le jeune homme était venu s'installer chez elle, en d'autres termes.

Uesugi n'en avait pas été étonné. Incapable de se prendre en charge, ce jeune avait simplement changé de protecteur. À la place de Kiyose Naohiro, le policier aurait ramené son fils à la maison par la peau du cou.

Comme Uesugi et son collègue, les autres enquêteurs n'avaient pas trouvé de piste intéressante. Un témoin avait vu un agent d'assurances sortir de chez la victime vers dix-sept heures trente. Interrogé, l'homme avait fait une déclaration qui comportait quelques incohérences, mais il avait ensuite pu leur fournir un alibi convaincant, dont Uesugi ignorait les détails.

La cellule d'enquête qui se réunissait tous les jours n'avait pas réussi à établir une liste de suspects. Mitsui Mineko avait un cercle d'amis restreint. Elle ne fréquentait que des gens dont elle était très proche, et ceux-ci s'entendaient pour dire qu'elle n'avait pas d'ennemis. Personne ne semblait savoir quoi que ce soit sur sa disparition. La scène du crime montrait au demeurant que le mobile du meurtre n'était ni le vol ni le viol.

Certains éléments inexplicables avaient cependant été mis au jour. Une des gaufres retrouvées chez elle était fourrée au wasabi ; il y avait dans sa cuisine deux paires de ciseaux de cuisine, dont une flambant neuve. La hiérarchie d'Uesugi avait cependant déclaré en réunion que ces éléments n'étaient pas liés au crime, sans qu'il sache pourquoi ils avaient été écartés.

Une piste fut découverte six jours après le crime lorsqu'on établit l'endroit où elle avait reçu, peu de temps avant d'être tuée, un appel d'une cabine téléphonique : une pâtisserie, situé à deux cents mètres environ de chez elle, dont l'employée se souvenait des propos de la victime.

"Allô… Ah, c'est toi. Pourquoi m'appelles-tu d'une cabine ?… Ah, tu n'as pas de chance. Euh… un instant s'il te plaît."

Plusieurs choses pouvaient être déduites de cette conversation, à commencer par le fait que la victime tutoyait son interlocuteur. Ce devait donc être un membre de sa famille, un de ses amis, ou quelqu'un qui était plus jeune qu'elle.

L'auteur de l'appel n'était pas nécessairement l'assassin, mais il était vraisemblable qu'il ait à voir avec le crime. Les enquêteurs s'étaient donc intéressés à tous les gens qu'elle connaissait et avait fréquentés pendant ses études et sa vie de femme au foyer. Ils leur avaient demandé à quand remontait leur dernier contact avec elle.

Uesugi s'en était aussi occupé, mais un point demeurait obscur à ses yeux : qui avait établi que Mme Mitsui s'était rendue dans cette pâtisserie ? Les enquêteurs n'en avaient pas été informés.

La manière dont était conduite cette enquête lui paraissait quelque peu étrange.

2

Cette découverte avait néanmoins apporté un peu de vie à l'enquête, mais les entretiens avec les amis et la famille de la victime n'avaient pas fourni d'informations utiles. Un nouvel élément était cependant apparu : Mme Mitsui avait récemment contacté l'avocate à laquelle elle avait eu recours pour son divorce afin de lui parler du partage du patrimoine. Celui-ci avait naturellement déjà été divisé entre les époux, mais la victime souhaitait apparemment revenir dessus. Elle avait dû comprendre qu'assurer son indépendance financière était plus compliqué qu'elle ne l'avait cru, s'était dit Uesugi.

Rediscuter de ce partage sans raison valable était difficile. L'intention de la victime semblait de chercher à prouver que son ex-mari la trompait déjà pendant leur mariage, ce qui lui aurait ouvert la voie à une compensation. Elle avait en effet sollicité les conseils de son avocate à ce sujet. Cette femme, une certaine Takamachi, avait indiqué qu'elle ne souhaitait pas collaborer avec la police.

La cellule d'enquête avait commencé à faire des investigations autour de l'ex-époux et découvert l'existence d'une jeune femme avec qui il avait une relation. Immédiatement après son divorce, Kiyose avait embauché comme secrétaire une jeune femme du nom de Miyamoto Yuri. Les employés de sa société pensaient qu'elle était peut-être sa maîtresse.

Si leur relation avait commencé avant le divorce, Mitsui Mineko aurait pu prétendre à une compensation. Pour la première fois, une question d'ordre financier était apparue.

Kiyose Naohiro avait un alibi. Mais il n'était pas rare de nos jours que les gens fassent appel à un homme de main recruté sur internet pour commettre un crime. La cellule d'enquête décida de s'intéresser de plus près à la relation entre l'ex-époux et Miyamoto Yuri, et son responsable chargea Uesugi d'aller entendre un certain Kishida Yōsaku.

— C'est l'expert-comptable de la société de Kiyose Naohiro. Les deux hommes se connaissent depuis près de trente ans. Quand on demande aux employés de Kiyose de parler de Miyamoto Yuri, ils sont tous réticents et recommandent d'aller voir ce Kishida, qui d'après eux est la personne qui connaît le mieux la vie privée de leur patron.

— Son numéro professionnel figurait dans le portable de Mitsui Mineko, non ?

— Si. Kishida nous a dit qu'elle l'avait appelé pour lui parler de sa déclaration de revenus.

— N'était-ce vraiment que pour cela ?

— Je n'en sais rien. À toi de le vérifier.

— Très bien, répondit Uesugi en mettant le papier dans sa poche.

— Tu veux qu'un jeune t'accompagne ?

— Ce n'est pas la peine. Je peux me débrouiller seul, répondit-il en prenant son veston.

Il venait de sortir du commissariat quand il entendit quelqu'un l'appeler. Il se retourna et vit Kaga.

— Je peux vous accompagner ?

— Tu sais où je vais ?

— Au cabinet du comptable Kishida, n'est-ce pas ? J'ai entendu votre conversation, répondit-il sans vergogne.

— Et pourquoi veux-tu venir avec moi ? Tu penses que cela peut mener au coupable ?

Kaga sourit de toutes ses dents.

— Si cela devait être le cas, le mérite vous en reviendrait. Je m'intéresse à ce comptable pour une autre raison.

— Laquelle ?

— Je vous en parlerai plus tard. Vous êtes d'accord pour que je vienne, n'est-ce pas ?

— Si tu as en vraiment envie, libre à toi de le faire.

Le cabinet de Kishida se trouvait à Ichigaya, au premier étage d'un immeuble qui en comptait cinq. Une femme d'un certain âge assurait l'accueil, une pièce vitrée d'où l'on voyait le bureau d'un homme maigre d'une cinquantaine d'années assis devant son ordinateur.

Uesugi se présenta et dit qu'il souhaitait parler à Kishida Yōsaku. L'homme maigre se leva. C'était bien lui. Il fit s'asseoir Uesugi et Kaga sur un canapé.

Le premier lui posa des questions sur Kiyose Naohiro tout en regardant la carte de visite qu'il venait de recevoir. Son interlocuteur y répondit d'un ton hésitant. Il confirma que Kiyose et lui se connaissaient depuis longtemps.

— Vous arrivait-il de vous voir en famille ? Connaissiez-vous aussi bien Mme Mitsui ?

Kishida fit non de la tête.

— Non, je ne dirais pas cela… Je vais très rarement voir Kiyose chez lui.

— Mme Mitsui vous a appelé le 2 juin, n'est-ce pas ? De quoi voulait-elle vous parler ?

— J'ai déjà répondu à cette question.

— Désolé, mais je vous demande de le faire encore une fois.

Il émit un soupir perceptible.

— Elle voulait savoir combien cela lui coûterait de me charger de faire sa déclaration de revenus. Je lui ai dit que je ne pouvais pas lui répondre sans connaître ses revenus, mais que si elle me faisait confiance, je lui ferais le meilleur prix possible.

— Vous n'avez pas parlé d'autre chose ?

— Non, pas que je me souvienne.

— Que savez-vous du divorce des Kiyose ?

Kishida eut l'air songeur.

— Que c'était le souhait de sa femme. Mais je n'en sais pas plus. Je n'en ai eu ni envie ni besoin, étant donné que c'était un divorce par consentement mutuel.

— Ne peut-on envisager que M. Kiyose ait été la raison pour laquelle elle souhaitait divorcer ? Par exemple, parce qu'il avait une liaison ?

Le comptable écarquilla les yeux et manifesta son désaccord en faisant non de la tête.

— Non, cela me paraît impossible. Kiyose n'est pas assez habile pour monter un coup pareil.

Uesugi décida d'aborder le sujet qui l'intéressait.

— M. Kiyose a récemment embauché une jeune femme comme sa secrétaire, Miyamoto Yuri. Vous la connaissez ? Comment se fait-il qu'elle ait été embauchée ?

— Euh… je… bredouilla Kishida, soudain hésitant. Je suis expert-comptable, je suis extérieur à la société, je n'ai pas d'informations sur le personnel qui y travaille. Kiyose m'a dit qu'il la connaissait depuis quelque temps, mais je n'en sais pas plus.

— Qu'il la connaissait ? Mais de quelle façon ?

— Je ne lui ai pas posé la question, moi, répondit-il sur un ton presque irrité.

Uesugi se dit qu'il préférait ne rien dire, de peur que Kiyose ne s'en agace s'il venait à l'apprendre. Il referma son carnet, pensant qu'il n'apprendrait rien de plus.

— Je vous remercie d'avoir répondu à nos questions, déclara-t-il en faisant mine de se lever.

— Je peux vous en poser encore une ? lança Kaga au même moment. Où étiez-vous le soir du 10 juin ?

Cette interrogation prit au dépourvu non seulement Kishida, mais aussi Uesugi. Demander aux personnes soupçonnées leur alibi était normal, mais pour l'instant, Kishida n'en faisait pas partie. Uesugi craignait que cette question ne fasse se raidir le comptable, ce qui risquait de compliquer l'enquête par la suite. Et de fait, son visage se ferma.

— Vous me soupçonnez ?

— C'est une formalité, rien de plus. Nous posons cette question à tout le monde, répondit tranquillement Kaga.

Kishida adressa un regard apeuré à Uesugi qui lui sourit en retour.

— Je suis navré, mais nous devons obéir aux règles.

— Hum... fit l'expert-comptable, l'air plus détendu.

Il se leva et alla chercher un carnet sur sa table de travail.

— Ce jour-là, après avoir quitté le bureau, je suis allé chez mon fils.

— Chez votre fils ? Il habite où ? demanda Kaga.

— À Kiba, dans l'arrondissement de Kōtō.

— À quelle heure avez-vous quitté votre bureau ?

— Après dix-huit heures trente, je pense. Mais je ne sais plus exactement.

Il expliqua s'être arrêté en route dans une libraire et d'autres endroits, et être arrivé chez son fils autour de vingt heures. Il en était reparti un peu après vingt et une heures pour aller dans un bar de Shinbashi où il avait ses habitudes. Il était rentré chez lui après minuit.

Kaga lui demanda l'adresse de son fils, le nom du bar, et indiqua qu'il n'avait pas d'autres questions.

Une fois les deux policiers dans la rue, Uesugi voulut savoir pourquoi Kaga avait posé cette question.

— Ce n'était pas nécessaire de lui demander ça. Je te prie de ne plus me faire ce genre de surprises.

— Mais ça a servi, non ? Kishida n'a pas d'alibi entre dix-neuf et vingt heures.

— Et alors ? Il n'est pas le seul dans ce cas. Nous n'avons aucune raison de le soupçonner, non ?

Kaga s'immobilisa, les yeux tournés vers l'avenue Yasukuni-dōri.

— Vous connaissez Kiyose Kōki ? Le fils de la victime.

— Je l'ai rencontré le lendemain du crime. Un enfant gâté.

Kaga haussa les épaules.

— Je vous trouve bien sévère.

— Ce genre de jeunes m'énerve. Il est incapable de se débrouiller seul, mais il fait comme si. Ses parents l'ont mal élevé, c'est pour ça qu'il est comme il est. Ils n'ont jamais rien osé lui dire parce qu'ils avaient peur qu'il ne les aime plus, et du coup, le gosse a pris le pouvoir.

Uesugi s'interrompit, conscient qu'il n'aurait pas dû aller aussi loin. Il toussota.

— Mais tu voulais en dire quoi, de ce sale gosse ?

— Je lui ai posé des questions sur la manière de parler de sa mère. Qui elle vouvoyait, et qui elle tutoyait.

Son collègue tressaillit. Kaga cherchait à trouver qui avait appelé Mitsui Mineko d'une cabine. Cela l'intéressait.

— Et alors ?

— Il m'a répondu qu'elle faisait comme tout le monde. Qu'elle pouvait tutoyer quelqu'un de plus âgé si elle était proche de cette personne, et au contraire vouvoyer des gens plus jeunes si elle ne les connaissait pas bien.

— Autrement dit, ta question n'a servi à rien.

— Je lui en ai donc posé une autre. Qu'il m'indique le nom de tous les gens qu'elle tutoyait. Comme il ne l'avait pas vue depuis deux ans, je pense qu'il avait oublié beaucoup des connaissances de sa mère, mais il m'a donné le nom ceux dont il se souvenait. Et parmi eux, il y avait… Après une pause, Kaga reprit : Kishida, l'expert-comptable.

— Hein ? lâcha Uesugi, surpris. C'est vrai ?

— Le comptable venait parfois chez eux. Kōki se souvenait d'avoir entendu sa mère lui parler, en le tutoyant, ce qui à la réflexion n'a rien d'étrange, puisque son mari était plus âgé que lui.

Uesugi émit un grognement involontaire.

— Pourtant Kishida nous a dit qu'il n'était allé que rarement chez les Kiyose, et qu'il la connaissait à peine.

— C'est louche, fit Kaga d'un ton ironique.

Son collègue serra les lèvres et le regarda.

— Je comprends maintenant pourquoi tu voulais m'accompagner. Mais de là à soupçonner Kishida ? Il n'a pas de mobile.

— Du moins nous ne l'avons pas encore trouvé.

— Arrête ! On peut dire ça de tout le monde, fit Uesugi en se remettant à marcher pour s'immobiliser presque immédiatement et se retourner. Trouve quelqu'un d'autre que moi pour arrêter le coupable.

Moi, je fais ce qu'on me demande de faire, et pas plus. Je ne suis pas loin de la retraite, alors…

Kaga lui lança un regard lourd de sens sans que son collège comprenne s'il était d'accord avec lui ou non.

3

Un gros camion passa en faisant beaucoup de bruit. Une voiture rouge accéléra sur la file de droite, suivie par un SUV.

Une moto apparut au même moment. Roulant à vive allure, elle dépassa le SUV et se faufila entre le camion et la voiture. Uesugi serra la canette de café qu'il avait en main. Une fois la moto hors de son champ de vision, il soupira et but une gorgée. L'espace d'une seconde, son cœur avait battu plus vite.

Il se trouvait à Ginza, tout près du pont sur l'autoroute urbaine d'où on voit la circulation en contrebas. Il était venu dans le quartier pour aller dans le bar où Miyamoto Yuri travaillait autrefois, afin de se renseigner sur la nature de ses relations avec Kiyose Naohiro. Étaient-ils amants, et depuis combien de temps ?

Les réponses qu'il avait obtenues ne l'avaient guère avancé : les différentes personnes à qui il avait parlé ne le croyaient pas.

— Ce genre de choses, je les repère tout de suite, lui avait dit un barman à la longue expérience. Yuri avait la cote auprès de M. Kiyose, c'est sûr, mais à mon avis, il n'avait pas d'arrière-pensées à son égard. Mon impression, c'est qu'il aimait vraiment lui parler. Comment dire… comme un père content de voir sa fille.

Tous les commentaires qu'il avait recueillis étaient du même ordre.

Uesugi pensa que ses collègues et lui faisaient peut-être fausse route. La jeune fille pouvait avoir exprimé le souhait de quitter le monde de la nuit, ce qui avait incité Kiyose à lui offrir un emploi dans sa société. Ce n'était pas impossible. Cela expliquerait que Mitsui Mineko ne se soit rendu compte de rien, et que son mari n'ait aucune raison de la tuer.

Il finissait son café lorsqu'il entendit quelqu'un lui dire : “C'est bien ici que vous étiez.” Kaga s'approchait de lui.

— Comment as-tu deviné ?

— Un collège m'a appris que vous étiez parti enquêter à Ginza, et j'ai pensé que vous passeriez par ici en revenant.

Uesugi écrasa sa canette.

— Les gens sont trop bavards.

Si Kaga connaissait cet endroit, il devait savoir le reste. Difficile de le regarder dans les yeux à présent.

— Et tu me veux quoi ? demanda-t-il sans lever la tête vers lui.

— J'ai besoin de votre avis. Vous ne voulez pas m'accompagner chez le fils du comptable Kishida ?

— Encore Kishida ? Tu es têtu, toi !

— Je ne pense pas que ça concerne la déclaration de revenus.

— Qu'est-ce que tu racontes ?

— Je parle de la raison pour laquelle Mme Mitsui a appelé le cabinet Kishida. C'est ce qu'il a dit, mais je ne crois pas que ce soit la vérité.

— Ça serait à propos de quoi, alors ?

— Elle voulait lui demander s'il savait depuis combien de temps son ex-mari et Miyamoto Yuri se fréquentaient.

Elle a peut-être pris prétexte de la déclaration de revenus pour l'appeler.

Uesugi ne répondit pas tout de suite. Ce que venait de lui dire Kaga était sensé. La manière la plus rapide de savoir si son ex-époux avait une femme dans sa vie était d'en parler à un de ses amis. Qui plus est, à quelqu'un qu'elle tutoyait.

— Pourquoi ne m'en as-tu rien dit plus tôt ?

— Parce que je pensais que Kishida était au courant de cette relation et voulait la cacher. Mais j'ai découvert que ce n'était pas le cas. M. Kiyose n'a pas de relation amoureuse avec la jeune Miyamoto Yuri. Vous en êtes certain aussi, maintenant que vous avez enquêté à Ginza, n'est-ce pas ?

Uesugi claqua de la langue et lança un regard noir à son collègue.

— D'où tu sors ça, toi ?

— J'y reviendrai plus tard. Donc, s'il n'y a rien entre M. Kiyose et Mlle Miyamoto, Kishida n'a rien à cacher. Mme Mitsui ne lui a-t-elle vraiment rien demandé ? Cela paraît bizarre. Vous ne trouvez pas que cela vaudrait la peine de s'intéresser à lui de plus près ?

Uesugi renifla, irrité.

— Tu n'as qu'à en parler au chef, alors. Quelqu'un d'autre que moi peut le faire. Arrange-toi avec cette personne.

— Mais c'est vous qui êtes chargé du comptable, non ? En taxi, l'appartement de son fils n'est qu'à un quart d'heure d'ici.

— Oui, mais…

Sans même attendre qu'il ait fini de parler, Kaga en héla un. Il invita de la main son collègue à y monter. Ce qu'Uesugi fit, en serrant les lèvres.

Pendant le trajet, Kaga lui expliqua ce qu'il savait du fils Kishida, Katsuya. Âgé de vingt-neuf ans, comme sa femme, il travaillait dans une société de travaux publics et avait un fils de cinq ans.

— Si tu sais tout ça, tu n'as probablement pas besoin que je t'accompagne. Je ne le prendrai pas mal si tu y vas tout seul.

Son jeune collègue ne lui répondit pas.

— Nous sommes presque arrivés. C'est cet immeuble, dit-il en le montrant du doigt. Kaga connaissait visiblement les lieux.

Kishida Katsuya n'était pas encore là. Sa femme leur expliqua qu'il avait souvent des dîners d'affaires et rentrait tard presque tous les soirs.

Sans mentionner qu'il enquêtait sur un meurtre, Uesugi lui demanda si son beau-père était venu chez eux le 10 au soir. Elle lui répondit qu'il était passé vers vingt heures. Il avait appelé son fils dans la journée pour lui dire qu'il viendrait discuter avec lui du troisième anniversaire du décès de sa femme. Lorsque le policier lui demanda si elle avait remarqué un quelconque changement d'attitude chez son beau-père, elle répondit par la négative. Il eut l'impression qu'elle réagissait spontanément.

Comme il ne voyait pas d'autre question à lui poser, il jeta un coup d'œil circulaire sur la pièce et remarqua un énorme écran de télévision, un buffet vitré dans lequel s'alignaient des bouteilles d'alcool coûteuses, et un sac d'une marque très connue, et très chère, posé négligemment sur le canapé.

Le petit garçon de cinq ans jouait à la toupie sur le plancher. Cela parut intéresser Kaga, qui demanda à la mère de l'enfant d'où elle venait. Elle lui répondit que son beau-père lui en avait fait cadeau le 12.

— Le 12, vraiment ?

— Oui, pourquoi ?

— Pour rien, dit Kaga.

L'acuité du regard qu'il adressa à la jeune femme n'échappa pas à Uesugi.

Une fois dans la rue, il dit à son jeune collègue que cette visite ne leur avait rien appris.

— Il est probablement venu à vingt heures. Mais cela ne lui fournit pas nécessairement d'alibi. À moins que cela n'ait été exactement son but…

— Nous ne le savons pas encore. Mais vous n'avez rien remarqué de particulier ? Sur le style de vie de ce couple ? s'enquit Kaga.

— Si, un peu. Ils vivent sur un grand pied, ces deux-là. Qu'il y ait encore des gens qui peuvent se le permettre aujourd'hui…

— Et elle nous a dit que son mari avait souvent des dîners d'affaires, n'est-ce pas ? Mais d'après ce que je sais, Kishida Katsuya travaille au service comptabilité. Un service où, d'ordinaire, on dîne peu avec les clients.

Cette remarque de Kaga fit s'immobiliser Uesugi.

— Que veux-tu dire par là ?

— Rien, parce que je n'ai pas encore tout compris, répondit son jeune collègue en hélant un taxi qui s'arrêta devant eux.

4

Lorsqu'Uesugi revint à la cellule d'enquête le lendemain soir, le chef lui fit signe de venir. Une fois qu'il s'était assis en face de lui, celui-ci, après s'être assuré que personne ne les observait, sortit quelque chose d'un tiroir de son bureau. Uesugi sursauta.

— Je vois que ça te dit quelque chose, lâcha son supérieur.

C'était une toupie en bois, avec des cercles concentriques verts et jaunes. Le même modèle que celui du fils de Kishida Katsuya.

— Mais comment… murmura Uesugi.

— Kaga l'a achetée dans une boutique de jouets de Ningyōchō. Avec son cordon. Il voulait que les techniciens l'analysent pour évaluer la possibilité qu'il ait causé les hématomes de la victime.

Ceux constatés sur son cou, se dit Uesugi.

La police ne savait pas encore avec quoi la victime avait été étranglée. Les techniciens avaient mentionné une cordelette de trois à quatre millimètres, mais n'avaient pas défini d'où elle venait.

— Et il m'a demandé de te transmettre ceci, dit le chef en lui donnant un papier.

Uesugi le lut et parut encore plus étonné. “Le 10 en fin de journée, il y a eu un vol à l’étalage chez un marchand de jouets de Ningyōchō.”

Un vol le soir du crime…

— Selon lui, tu vas m’expliquer le pourquoi de cette toupie. Je t’écoute, reprit son chef sur un ton irrité.

Au lieu de lui répondre, Uesugi lui posa une autre question.

— Et qu’ont conclu les techniciens ?

Visiblement impressionné par la tension contenue dans sa voix, le chef prit une feuille sur son bureau.

— L’épaisseur, la nature des torsades, tout correspond aux hématomes du cou de la victime.

Uesugi inspira profondément, avec le sentiment que son sang coulait plus vite.

— Je t’écoute Uesugi. Explique-toi !

Encore une fois, il n’obéit pas à son supérieur mais leva la main pour l’arrêter et demanda où se trouvait Kaga.

— Je n’en sais rien. Il est parti en disant qu’il devait encore vérifier quelque chose.

— Eh bien, je viendrai vous voir après lui avoir parlé. Je vous demande encore un peu de temps.

— Comment ça ?

Malgré la mauvaise humeur de son patron, Uesugi se leva et quitta le bureau. Il regarda sa montre et vit qu’il était un peu après dix-neuf heures.

Lorsque Kaga revint, une heure plus tard, il le prit par le bras et l’entraîna dans le couloir.

— Tu me dois des explications ! Libre à toi de faire l’intéressant, mais ne m’implique pas dans tes manigances.

Le jeune policier s’écarta doucement.

— Moi qui ne suis pas de la préfecture de police, je ne peux rien résoudre seul. Dites-moi plutôt si vous êtes au courant pour le cordon de la toupie.

— Oui. Comment as-tu eu cette idée ?

— Comme ça. L'idée qu'on ait pu offrir une toupie au comptable m'a intrigué. D'autant plus que je me suis rendu compte que l'on n'en vend pas partout. J'ai cherché un magasin. Pour être honnête, j'y avais pensé dès le départ.

— Le magasin de Ningyōchō, c'est ça ? C'était bien trouvé.

Kaga hocha la tête.

— Depuis que j'ai été muté ici, je me promène tous les jours dans le quartier. Je connais la plupart des magasins, et le genre de produits qu'ils vendent.

— Pas sûr que les commerçants soient heureux de voir un policier tous les jours !

— C'est la raison pour laquelle je ne m'habille pas comme un policier, répondit Kaga en montrant sa chemise.

C'était pour ça, se dit Uesugi. À ses yeux, Kaga n'avait pas l'air professionnel, mais c'était exprès.

— Et ce commerce a subi un vol à l'étalage.

— Oui, le 10 en fin de journée. Juste avant le crime, autrement dit.

— Le meurtrier se serait procuré l'arme du crime juste avant de passer à l'acte ? C'est possible, ça ?

— Je n'en sais rien. Tout est possible.

— Peut-être, mais même si les hématomes correspondent à ce cordon, rien ne prouve que ce soit le cordon de cette toupie qui ait été utilisé.

— Je sais. Par contre, je suis sûr que Kishida Yōsaku s'est débarrassé du cordon de cette toupie.

Uesugi ne comprit pas le sens de cette déclaration. Il fronça les sourcils.

— Kishida a donné la toupie à son petit-fils, mais pas avec le bon cordon. Parce qu'il lui faut un cordon torsadé, et non tressé. Je pense qu'il s'est procuré quelque part un cordon tressé, et qu'il le lui a donné.

— Il se serait débarrassé du cordon torsadé après le crime ?

— C'est le plus vraisemblable.

— Autrement dit, continua Uesugi en réfléchissant tout haut, ça serait intéressant de trouver le magasin dans lequel Kishida se l'est procuré.

— C'est aussi mon avis, et je me suis mis à sa recherche.

— Tu l'as trouvé ?

— Peut-être, dit Kaga. Je pense que tout sera plus clair d'ici deux à trois jours.

5

Il était dix-huit heures passées. À cette saison, il ne faisait pas encore nuit. Mais certains automobilistes qui roulaient sur l'avenue Yasukuni-dōri avaient déjà allumé leurs phares.

Uesugi attendait à bord d'une voiture de police garée le long du trottoir. Il surveillait l'entrée d'un immeuble tout proche. Celui dans lequel était situé le cabinet de Kishida. Le comptable s'y trouvait. La porte à l'arrière du bâtiment aussi sous surveillance.

Aucun mandat d'arrêt n'avait encore été émis. Aujourd'hui, les policiers lui demanderaient de les suivre en tant que témoin assisté. Uesugi était certain qu'il avouerait.

Kaga avait fait une autre trouvaille dans le quartier de Ningyōchō : des toupies de trois tailles, petite, moyenne et grande. Il les avait toutes achetées. Le magasin n'était pas celui qui avait subi un vol à l'étalage, mais un autre, qui vendait des objets d'artisanat traditionnel. Les cordons des toupies étaient tous tressés.

— Acheter un cordon sans toupie est difficile, donc j'imagine qu'il a acheté une toupie. Mais il n'a pas osé retourner dans le magasin où il en avait volé une. Et je me suis dit qu'il était allé dans un autre commerce qui en vendait.

Les toupies qu'on y trouvait avaient trois tailles, avec des cordons de trois largeurs. Kaga avait supposé que Kishida en avait touché plusieurs avant de se décider.

Il ne s'était pas trompé, car les techniciens avaient retrouvé sur certaines d'entre elles les mêmes empreintes digitales que celles relevées sur sa carte de visite.

Ne restait plus qu'à établir ce qui l'avait poussé à donner la fameuse toupie à son petit-fils. Kaga avait une hypothèse à ce sujet.

— Il a dû se passer quelque chose le 10 lorsqu'il est allé chez son fils. Sinon, il n'en aurait pas fait cadeau à son petit-fils.

C'était pour le savoir que Kaga se trouvait en ce moment au domicile de Kishida Katsuya. Il pensait pouvoir tirer quelque chose de son épouse, Reiko.

Le téléphone d'Uesugi sonna à dix-huit heures trente précises. L'appel venait de Kaga.

— Je viens de sortir de chez le fils.

— Tu as parlé à sa femme ?

— Oui. C'est bien ce que j'avais pensé. La toupie était dans la serviette de Kishida Yōsaku le 10. La même que celle qui a été volée. Son petit-fils l'a vue.

Kaga expliqua ensuite les circonstances, assez rapidement, mais Uesugi comprit comment les choses s'étaient passées.

— Je vois. Une fois qu'il avait dit qu'il la donnait à son petit-fils, il ne pouvait plus reculer.

— Kishida Reiko m'a dit clairement que, ce soir-là, le cordon de la toupie manquait, et que l'alibi de son beau-père n'en était pas un. J'imagine qu'elle est en ce moment au téléphone avec son mari ou avec son beau-père.

— Très bien. On s'occupe du reste, dit Uesugi avant de raccrocher.

Dix minutes plus tard, Kishida sortit de l'immeuble. Il avait l'air contrarié. Le soleil déclinant accentuait les ombres.

Uesugi fit signe à son collègue et ils descendirent de voiture pour aller à sa rencontre. Il ne réagit pas immédiatement. Il leur adressa un regard vague, sans doute parce qu'il était trop préoccupé. Mais lorsqu'il remarqua enfin leur présence, il écarquilla les yeux. Sans rien dire.

— Monsieur Kishida ! Nous avons des questions à vous poser. Je vous demande de bien vouloir nous suivre.

L'expert-comptable entrouvrit la bouche. Son visage était tellement maigre qu'on aurait dit une tête de mort. Puis il baissa la tête. Ses genoux flanchèrent.

6

Il y a vingt-sept ans, j'ai reçu un appel d'un camarade d'études âgé d'un an de plus que moi. Il avait créé une société de nettoyage, et il souhaitait que j'en devienne le comptable. Je venais d'ouvrir mon cabinet, je n'avais pas encore beaucoup de clients, et j'ai immédiatement accepté. Je connaissais bien Kiyose Naohiro, je croyais à ses capacités, et je ne doutais pas de son succès.

Sa réussite a cependant dépassé ce que j'avais imaginé. J'avais sous-évalué la demande dans ce secteur. Son entreprise a connu une croissance très rapide.

Je lui ai conseillé, peu de temps après son mariage il me semble, d'établir une autre société à des fins fiscales, avec pour gérante son épouse Mineko. Elle serait naturellement rémunérée, et cette rémunération serait versée sur un compte bancaire ouvert à cette fin. Il était à son nom, mais j'en avais la signature et j'étais chargé de le gérer.

Plus de vingt ans se sont écoulés. J'ai continué à avoir de bonnes relations avec M. et Mme Kiyose. Mais un changement s'est produit de leur côté. Comme vous le savez, ils ont décidé de divorcer. J'ignore pourquoi. Après son divorce, M. Kiyose a fait de Mlle Miyamoto Yuri, qui travaillait jusque-là dans une boîte de nuit, sa secrétaire, mais je ne crois pas que cette jeune femme ait joué un rôle dans la séparation des Kiyose.

Le divorce s'est fait par consentement mutuel, sans procès. Mme Mitsui a pris une avocate qui a demandé le partage du patrimoine du ménage. Son avocate a eu connaissance de tous les comptes bancaires des époux, et il y a eu une négociation. J'y ai bien sûr participé, mais je ne m'y suis pas exprimé plus que le strict nécessaire.

Le montant obtenu par Mme Mitsui m'a paru approprié. Les comptes bancaires de M. Kiyose ne montraient aucune irrégularité, ce dont Mme Mitsui est convenue. Le divorce s'est déroulé dans les meilleures conditions possible. Et pour moi, c'était un chapitre clos.

Mais au début du mois, j'ai reçu un appel de Mme Mitsui. Elle voulait me voir car elle souhaitait s'assurer d'une chose, et me demandait aussi de ne pas informer son ex-mari de sa requête. Je ne voyais pas du tout de quoi il pouvait s'agir.

Nous nous sommes donné rendez-vous dans un café proche de la gare de Tokyo. Je l'ai trouvée rajeunie depuis son divorce. Et j'ai été heureux de voir qu'elle avait l'air satisfaite de la vie qu'elle menait.

Nous avons commencé par parler de choses et d'autres, puis elle est entrée dans le vif du sujet, à savoir Mlle Miyamoto Yuri. Elle avait appris que son ex-époux l'avait embauchée comme secrétaire, et elle voulait savoir si elle était l'amante de son ex-mari. J'ai dit tout à l'heure que je ne croyais pas que Mlle Miyamoto était à l'origine du divorce des époux Kiyose, parce qu'au moment où ils ont divorcé, Mme Mitsui ignorait l'existence de Mlle Miyamoto.

Je lui ai répondu que je n'en savais rien. C'était la vérité. M. Kiyose appréciait Mlle Miyamoto quand elle travaillait dans un club de Ginza, et il est impossible qu'il n'ait pas eu des sentiments pour elle, mais il ne s'en est jamais ouvert à moi.

Mme Mitsui a ajouté que l'idée que Mlle Miyamoto ait une relation amoureuse avec son ex-mari ne la dérangeait pas ; tout le problème était de savoir quand cela avait débuté. J'ai alors deviné son objectif. Si son ex-époux l'avait trompée pendant qu'ils étaient encore mariés, elle comptait lui demander un dédommagement.

Je lui ai dit que j'ignorais la nature des relations entre M. Kiyose et sa nouvelle secrétaire, et que je ne savais pas non plus, en admettant que leur relation soit de nature amoureuse, quand elle avait débuté. Elle a rétorqué que, de par ma mission de comptable, je devais pouvoir jusqu'à un certain degré déduire quelque chose. Elle a précisé sa pensée : si Mlle Miyamoto avait été la maîtresse de son ex-mari pendant leur mariage, il avait dû lui donner de l'argent ou lui faire des cadeaux de valeur.

Je lui ai dit qu'au moment du divorce, elle avait eu connaissance des mouvements sur les comptes bancaires de son ex-époux. Elle a répliqué que son interrogation portait sur les comptes de la société. Son ex-époux aurait pu par exemple virer de l'argent sur le compte de Mlle Miyamoto sous un prétexte ou un autre. J'ai admis qu'il aurait pu le faire, puisqu'il est le PDG. Mais j'ai ajouté que ce n'était pas le cas. M. Kiyose aurait pu tromper ses employés ou d'autres personnes, mais j'aurais remarqué des mouvements suspects. Je lui ai affirmé que j'en répondais.

Cela ne l'a pas convaincue. Selon elle, comme je suis l'ami de son ex-mari, il était possible que j'aie décidé de le couvrir. Elle a insisté pour que je lui permette de consulter les comptes de la société. Elle envisageait sans doute de faire appel à un autre expert-comptable pour procéder à une vérification.

J'ai eu un mauvais pressentiment. Je me suis dit que les choses tournaient mal pour moi. Elle a ensuite mentionné ce que je craignais le plus, à savoir la structure créée à des fins fiscales il y a une vingtaine d'années. Elle voulait avoir accès au compte lié à celle-ci. Au moment de la division du patrimoine du ménage, cette structure en avait été exclue, car le compte relevait de fait de la société de M. Kiyose.

J'ai feint le calme, mais la tempête régnait en moi. J'avais en effet une raison de souhaiter qu'elle ne fasse pas l'objet d'une vérification. Depuis quelques années, j'ai retiré de l'argent du compte de cette structure dont Mme Mitsui était la gérante en titre. J'ai profité du fait que M. Kiyose me faisait entièrement confiance pour la gestion de cette structure pour détourner au profit de ma société des sommes de loin supérieures à ce que ma rémunération justifiait. J'estime le montant de ces fonds à environ 30 millions de yens*.

J'en ai consacré la totalité au remboursement de mes dettes. Mon cabinet va mal, et j'ai aussi perdu des sommes considérables au jeu, ce qui m'a contraint à emprunter. J'ai toujours eu l'intention de rembourser de manière à ce que M. Kiyose ne remarque rien mais, à ce jour, je n'ai pas encore pu le faire.

Mme Mitsui et moi sommes convenus de nous revoir une semaine plus tard. Je n'étais pas dans mon état normal. Je lui ai demandé de ne parler de tout cela à personne, sans pour autant être rassuré, car elle pouvait changer d'avis. Peut-être allait-elle me dire qu'elle avait décidé de négocier avec M. Kiyose par l'intermédiaire de son avocate. Lui aurait certainement accepté, car il n'avait commis aucune malversation. Je serais alors perdu.

Les jours ont passé sans que je voie de solution. Une semaine plus tard, j'ai à nouveau rencontré Mme Mitsui.

* Environ 226 000 euros.

Elle s'est énervée contre moi, m'a dit que si je ne faisais rien, elle allait immédiatement prendre contact avec son ex-mari. J'étais terrifié. Je n'ai pu que lui dire que je la recontacterais dans deux ou trois jours. En réalité, je n'avais aucun plan d'action.

J'ai très mal dormi cette nuit-là, et le lendemain, je n'ai cessé de penser à elle. Je n'arrivais pas à travailler. Le temps a passé effroyablement vite.

Je ne saurais dire à quel moment l'idée m'est venue. La seule chose dont je me souvienne clairement, c'est que le soir après avoir quitté mon bureau, ma décision était prise. J'en veux pour preuve le fait que j'avais appelé mon fils plus tôt dans la journée pour lui annoncer que je passerais le voir chez lui vers vingt heures. Probablement dans le but de m'établir un alibi. L'idée qui m'était venue était de faire disparaître Mme Mitsui.

Je suis parti pour Kodenmachō, avec ma serviette. Elle m'avait donné son adresse la dernière fois que nous nous étions vus.

Dans le métro, j'ai réfléchi à quelque chose, et je suis descendu à la station Ningyōchō. En chemin, je m'étais rendu compte que je n'avais aucun plan concret pour la tuer. Quelqu'un de fort physiquement aurait pu envisager de l'étrangler de ses propres mains, mais je ne m'en croyais pas capable. Je ne croyais pas non plus pouvoir trouver chez elle une arme appropriée.

J'ai erré dans le quartier en pensant me procurer un couteau. Je suis passé devant de nombreux magasins. Je me suis arrêté devant la coutellerie Kisamiya, une maison ancienne, dans la vitrine de laquelle s'alignaient des couteaux, des ciseaux, ou encore des pinces à épiler.

Cette vision m'a oppressé. Particulièrement quand j'ai aperçu un couteau à sashimi.

Je me suis dit que je ne serais pas capable de m'en servir. Il ne s'agissait pas de couper de la viande ou du poisson. Si je n'arrivais pas à la tuer sur le coup, elle pourrait peut-être m'échapper. Même si tout se passait bien, je serais probablement couvert de sang. Et si j'achetais un couteau ici, la police ne manquerait pas de le découvrir.

Si l'arme blanche était exclue, que me restait-il ? Si je l'étranglais, elle ne crierait pas, il n'y aurait pas non plus de sang. J'ai décidé que c'était ce que je devais faire. Mais avec quoi ? J'ai écarté l'idée de me servir de ma cravate. Elle laisserait des fibres qui pourraient servir de preuves.

Ou pouvais-je trouver ce que je cherchais ? J'ai pensé à du cordon en vinyle, mais j'ai hésité à en acheter dans la supérette où j'étais entré. J'avais remarqué qu'il y avait une caméra de surveillance. Si la police comprenait que j'avais utilisé un tel cordon, elle ne manquerait pas de venir dans ce magasin. J'y ai donc renoncé. De plus, je n'aurais besoin pour mon crime que de quelques dizaines de centimètres, et je n'aurais pas su comment me débarrasser du reste.

Je suis sorti de la supérette, et j'ai continué à marcher dans les rues commerçantes, à la recherche d'un magasin qui vendrait ce dont j'avais besoin. Il y avait une boutique de kimonos, où l'on trouvait nécessairement toutes sortes de cordons. Mais si j'y étais entré pour en acheter un, cela aurait paru bizarre. L'employé se serait souvenu de moi. Je me suis aussi arrêté devant des commerces qui vendaient des cravates et des ceintures, mais je n'arrivais pas à me décider. J'avais le sentiment que les vendeurs se rappelleraient ma visite.

J'ai alors aperçu des toupies. Je n'ai pas vu le nom de ce magasin de jouets, qui en avait sur son éventaire, à l'extérieur.

Par chance, il n'y avait personne alentour, ni dans la boutique. J'en ai glissé une en toute hâte dans ma poche et je suis parti. Je n'avais jamais volé auparavant, et cela m'a donné des palpitations.

Une fois à bonne distance du magasin, j'ai enlevé le cordon de la toupie que j'ai rangée dans ma serviette. Le cordon était solide, et j'ai pensé qu'il était adapté à l'usage que je comptais en faire. Je l'ai mis dans ma poche, et je suis allé dans une cabine téléphonique. Je ne me suis bien sûr pas servi de mon portable pour éviter que mon nom figure dans le journal d'appels de celui de Mme Mitsui.

Elle a répondu immédiatement. Comme elle semblait trouver étrange que je l'appelle d'une cabine, je lui ai expliqué que mon portable avait un problème.

J'ai deviné qu'elle était à l'extérieur, mais elle m'a dit qu'elle n'était pas loin de chez elle et rentrerait immédiatement.

Je lui ai demandé si je pouvais passer chez elle car je voulais lui parler. Elle m'a dit que c'était possible, à condition que je sois bref, car elle avait un rendez-vous à vingt heures. Je lui ai répondu que cela me convenait.

Je suis arrivé chez elle sans doute un peu après dix-neuf heures. Je suis entré dans son immeuble en m'assurant que personne ne me voie, et j'ai sonné à sa porte. J'avais sorti le cordon de ma poche et le tenais dans ma main droite.

Elle est venue m'ouvrir sans se douter de rien, et m'a fait entrer chez elle. Elle était seule. Sitôt qu'elle m'a tourné le dos, je lui ai passé le cordon autour du cou et j'ai tiré les deux extrémités par-derrière.

Peut-être parce qu'elle n'a pas compris ce qui lui arrivait, elle n'a d'abord pas réagi. Ses bras et ses jambes ont commencé à s'agiter vivement une dizaine de secondes plus tard. Elle a ensuite lutté de toutes ses forces, en secouant la tête. Mais elle n'a pas poussé un seul cri. Sans doute en était-elle incapable.

Elle s'est bientôt effondrée, et n'a plus bougé du tout. J'ai évité de regarder son corps, et j'ai ôté le cordon de son cou. Puis j'ai entrouvert la porte d'entrée, et je suis sorti de chez elle après avoir vérifié qu'il n'y avait personne dans le couloir. J'avais essuyé avec mon mouchoir la poignée de la porte et la sonnette.

Une fois dans la rue, j'ai marché jusqu'à l'avenue Shōwa-dōri, et j'ai pris un taxi pour aller chez mon fils. Je crois y être arrivé avant vingt heures. Je lui avais dit que je voulais lui parler du troisième anniversaire de la mort de sa mère, mais j'avais la tête vide, et j'ai eu beaucoup de mal à avoir une conversation cohérente.

Mon petit-fils a découvert la toupie dans ma serviette. Ma belle-fille m'a demandé pourquoi j'en avais une, et je n'ai pas tout de suite su quoi lui répondre. J'ai fini par dire que quelqu'un m'en avait fait cadeau, mais que j'avais oublié le cordon au bureau. En réalité, il se trouvait dans la poche de mon pantalon. Mais je ne pouvais pas donner à mon petit-fils le cordon avec lequel j'avais tué. J'ai repris la toupie en lui disant que je la lui rapporterais avec le cordon. En pensant m'en procurer un autre quelque part.

En sortant de chez mon fils, je suis allé dans un bar de Shinbashi où j'ai mes habitudes. J'y ai bu du whisky. Mon but était de me créer un alibi. Je ne pouvais pas savoir que le corps avait déjà été découvert, et que mes efforts étaient vains. Je ne voulais surtout pas être seul. Quand je suis rentré chez moi très tard, j'ai brûlé le cordon.

Le lendemain j'ai appris au bureau que Mme Mitsui avait été tuée. Ce jour-là, je n'étais pas en état de me mettre à la recherche d'un nouveau cordon. J'ai passé une journée épouvantable, craignant en permanence la visite de la police.

Elle ne m'a contacté que le 12, par téléphone. Le numéro de mon cabinet figurait dans le journal d'appels de Mme Mitsui. La personne à qui j'ai parlé m'a demandé à quel sujet elle m'avait appelé.

J'ai répondu que c'était à propos de sa déclaration de revenus. Elle comptait vivre après son divorce de ses revenus de traduction, et elle aurait dorénavant besoin de les déclarer. Ma réponse a paru satisfaire mon interlocuteur.

Rassuré par le fait que la police me croyait, je me suis mis ce soir-là à la recherche d'un cordon pour la toupie. Je ne savais pas du tout où je pourrais en trouver un. Je n'avais besoin que d'un cordon mais j'ai vite compris que j'aurais besoin d'acheter une toupie. Je suis à nouveau allé à Ningyōchō. Parce que je ne savais dans quel autre quartier je pourrais en trouver.

Mais j'avais peur de m'approcher du magasin où j'en avais volé une. À nouveau, je me suis promené dans ce quartier et j'ai trouvé une boutique d'artisanat traditionnel non loin. Elle vendait aussi des toupies en bois, en trois tailles. J'en ai pris plusieurs en main, considérant leur taille par rapport à celle de l'autre jour, et j'ai acheté le plus petit modèle. Je suis sorti du magasin et me suis dirigé vers la station de métro. Pendant que je marchais, j'ai enlevé le cordon de la toupie, que j'ai jetée avec son papier d'emballage dans la poubelle d'une supérette. Puis je suis allé chez mon fils et j'ai donné à mon petit-fils la toupie de l'autre jour avec le nouveau cordon, en me disant que tout était réglé.

La police semblait cependant me soupçonner. J'ai même eu le sentiment que plus le temps passait, plus j'étais considéré comme un suspect. Quand j'ai su que ma belle-fille avait eu la visite d'un policier, j'ai été saisi d'angoisse à l'idée que tout était fini pour moi.

Lorsque j'ai appris qu'un enquêteur du nom de Kaga avait apporté à mon petit-fils le cordon d'origine de la toupie, j'ai compris que j'étais perdu.

Je regrette profondément ce que j'ai fait à Mme Mitsui. J'ai perdu la tête. J'aurais dû reconnaître que j'avais détourné de l'argent et accepter d'être puni pour cela. Mais j'ai privé une personne qui n'avait rien fait de mal de la vie, le bien le plus précieux qui soit, et je suis prêt à accepter le châtiment que je mérite.

7

Les aveux de Kishida Yōsaku ne comportaient pas de contradictions majeures. La reconstitution du crime montra que les choses avaient dû se passer comme il le disait. L'examen des comptes de l'autre structure de la société de Kiyose Naohiro révéla qu'au moins 30 millions de yens avaient été détournés. Et il manquait près de 20 millions de yens sur le compte bancaire associé, établi au nom de son ex-épouse. Kiyose Naohiro ne s'en était pas rendu compte. Il faisait entièrement confiance à celui qui était son comptable depuis presque trente ans.

Le crime de Kodenmachō qui avait paru impossible à résoudre était à présent élucidé, et les responsables de la cellule d'enquête paraissaient satisfaits.

Mais il aurait été inexact de dire que tout avait été résolu. La plus grande énigme avait trait à l'usage qu'avait fait Kishida de cet argent. Il avait expliqué que son cabinet connaissait des difficultés et qu'il avait perdu beaucoup d'argent au jeu, ce qui l'avait conduit à s'endetter, mais l'enquête montra que ses affaires n'étaient pas mauvaises. Et aucune de ses connaissances, à commencer par Kiyose Naohiro, ne savait qu'il jouait.

Lors des nombreux interrogatoires portant sur ce sujet, Kishida ne dévia jamais de sa première version. Si son cabinet paraissait florissant, c'était parce qu'il savait comment présenter les comptes de manière favorable, et il avait joué sans que personne s'en rende compte.

Les gradés de la préfecture de police semblaient enclins à se satisfaire de ces explications. Le meurtrier avait avoué, et il pouvait être poursuivi pénalement. Le fait que l'on ignore à quoi l'argent détourné avait servi ne posait pas problème en soi.

Uesugi avait été chargé du premier interrogatoire de Kishida, qui avait abouti à ses aveux, mais il avait pris ses distances avec l'enquête. Il considérait que ce n'était pas lui mais le policier du commissariat de Nihonbashi qui avait résolu l'énigme. Le reconnaître ouvertement aurait nui à la renommée de son service, la direction de la police judiciaire de la préfecture de police. Il préférait donc ne pas se montrer dans la cellule d'enquête.

Uesugi marchait sous la pluie fine qui tombait. Son téléphone vibra alors qu'il se trouvait dans la rue Amazake Yokochō. Il le regarda et vit que l'appel venait de Kaga.

— Vous êtes où ?

— Dehors. Je me promène.

— Si vous êtes dans le coin de Ningyōchō, auriez-vous un peu de temps à m'accorder ?

— Pour quoi faire ?

Il se rendit compte qu'il venait d'admettre qu'il était là où Kaga le pensait.

— Je vous l'expliquerai de vive voix. Je vous attends en face de la station Ningyōchō.

Lorsqu'il arriva à proximité, Kaga lui fit de grands signes. Les deux hommes montèrent ensuite dans un taxi, à qui Kaga demanda d'aller au pont d'Asakusabashi.

— Et tu comptes m'emmener où ?

— Vous verrez bien, répondit son jeune collègue d'un ton presque taquin.

Uesugi devina leur destination avant que le taxi ne s'arrête. Il était déjà venu dans la salle de la compagnie théâtrale du fils Kiyose.

— Que va-t-on faire ici ?

— Entrons, et vous comprendrez.

La troupe répétait dans la petite salle. Des visages se tournèrent vers eux lorsqu'ils y pénétrèrent et Kaga les salua de la tête.

Il prit une chaise métallique et la disposa à côté d'une autre. Uesugi comprit qu'il l'invitait à s'asseoir.

Sur scène, les comédiens continuaient à jouer. Ils étaient en costume. La première devait être proche.

Des membres de la troupe modifiaient le décor au fur et à mesure que la pièce progressait. Leurs mouvements fluides faisaient comprendre que les acteurs n'étaient pas les seuls à travailler lors des répétitions.

Uesugi reconnut l'un d'entre eux, Kiyose Kōki, les cheveux couverts d'une serviette éponge. Son débardeur laissait voir ses épaules ruisselantes de sueur.

— Il ne joue pas, lui ? murmura-t-il à l'oreille de Kaga qui lui répondit en mettant l'index devant la bouche.

L'action se déroulait en Angleterre. Il y avait peu de personnages, et le héros était un vieil Anglais, apparemment un détective célèbre, qui se remémorait les affaires fameuses qu'il avait résolues.

Les deux policiers restèrent jusqu'à la fin de la pièce qui, admit intérieurement Uesugi, était plutôt plaisante. Avec des éléments qui lui allèrent droit au cœur.

— Ce n'était pas mal, commenta Kaga.

— C'est vrai.

En réalité, il était plus enthousiaste. Une seule chose l'avait préoccupé. Kiyose Kōki n'était pas monté sur scène. Cela signifiait-il qu'il y avait renoncé pour cette fois-ci ?

Il se posait la question quand le jeune homme s'approcha de Kaga. Il avait enlevé la serviette, et la transpiration luisait sur son visage. Il s'inclina devant les deux policiers.

— Je vous remercie pour ce que vous avez fait. Je suis sûr que ma mère peut reposer en paix.

— Nous n'avons fait que notre travail, n'est-ce pas ? répondit Kaga en recherchant l'approbation d'Uesugi qui hocha la tête.

— Je pense que tout ne va pas être facile pour vous, mais je voulais vous souhaiter bonne chance, reprit Kaga en regardant Kōki.

— Merci.

— Vous n'avez pas joué aujourd'hui.

— Non. Je ne vais pas remonter sur scène pendant quelque temps, répondit le jeune homme, le regard vif.

— À cause de ce qui s'est passé ? demanda Uesugi.

— En quelque sorte. Après la mort de ma mère, je n'arrivais plus à me concentrer, et j'ai abandonné mon rôle. À présent, je me dis que c'était une bonne chose. Je n'étais pas assez mûr. J'ai besoin de mieux me connaître, de prendre confiance en moi avant de remonter sur scène.

L'aîné des deux policiers trouva cette déclaration un peu exagérée, même si elle ne lui déplaisait pas. Le jeune homme qu'il avait sous les yeux lui donnait le sentiment d'avoir changé, en mieux.

— J'ai des choses à faire, je ne peux pas rester avec vous, dit-il avant de les quitter.

— Eh bien, nous aussi, nous allons y aller, fit Kaga.

— Tu m'as emmené ici pour que je voie ce fils à papa ?

Kaga cligna des yeux, l'air surpris.

— C'est l'impression qu'il vous a faite ?

— Euh… non, répondit Uesugi en se frottant la joue. J'ai l'impression qu'il a changé.

— N'est-ce pas ?

— Comment ça se fait ?

— Je vais vous l'expliquer. Venez avec moi. Nous n'en aurons pas pour longtemps.

Kaga l'emmena dans une pâtisserie de Kodenmachō. Les deux hommes s'assirent dans le petit salon de thé adjacent mais se contentèrent d'un café glacé.

— C'est ici que…

— Que Mme Mitsui est passée juste avant d'être tuée, ajouta Kaga en tournant les yeux vers le comptoir à gâteaux. C'est cette vendeuse qui s'est souvenue que Mme Mitsui avait répondu au téléphone.

— Et c'est toi qui as trouvé ce magasin ? Je comprends pourquoi mes supérieurs ne s'en sont pas vantés. Mais comment as-tu fait pour le découvrir ?

— Avant de vous répondre, je voudrais vous raconter autre chose. Dans l'ordre.

Kaga but son café comme pour préparer son récit.

Il commença par lui parler d'un magasin de biscuits de Ningyōchō. La famille qui le tenait était cliente d'un agent d'assurances qui avait été un temps soupçonné, et Kaga lui expliqua pourquoi il n'avait pas pu dévoiler son alibi.

Il passa ensuite à un restaurant du même quartier, lié à la gaufre fourrée au wasabi trouvée dans l'appartement de la victime. Puis il évoqua un commerce de vaisselle où elle était cliente, une horlogerie dont le patron la connaissait de vue, puis la traductrice qui était son amie. Rien de ce qu'il lui raconta n'était directement lié au meurtre, mais Uesugi l'écouta dans un silence admiratif. Ce policier de quartier avait découvert la vérité en s'arrêtant à de petits détails que personne d'autre n'avait relevés.

Kaga en vint enfin à la pâtisserie. Elle avait un lien inattendu avec Kōki. Mitsui Mineko croyait que la vendeuse enceinte était l'amie de son fils.

— Cette jeune femme là-bas, ajouta-t-il en tournant les yeux vers la vendeuse dont le ventre commençait à s'arrondir. Mme Mitsui croyait que son fils allait être père, et elle a décidé d'emménager à proximité.

— Mais son fils qui voulait être acteur n'avait pas de travail stable. Elle voulait l'aider, et elle s'est dit qu'elle pouvait demander une compensation à son ex-époux, résuma Uesugi en soupirant. Normal que ce fils à papa ait changé.

— Il n'y a pas que ça qui l'a fait changer.

Ce que son jeune collègue lui raconta ensuite était encore plus surprenant. Miyamoto Yuri, dont tout le monde pensait qu'elle était l'amante de Kiyose Naohiro, était en réalité sa fille.

— Comme les Kiyose et elle ne l'ont pas encore annoncé, je vous prie de garder cela pour vous, précisa Kaga.

Uesugi secoua la tête.

— Il y avait tout ça derrière ce crime... Pas étonnant qu'il ait compris l'importance de ses parents.

— Monsieur Uesugi, c'est de cela que je voulais vous parler, fit Kaga en se penchant vers lui. Dans mon travail, il y a une chose à laquelle je pense toujours. À partir du moment où il y a eu un meurtre, je crois que nous devons non seulement arrêter l'assassin, mais aussi comprendre les tenants et les aboutissants du crime. Ne pas le faire peut nous mener à une erreur que nous ne manquerons pas de répéter. Il y a toujours beaucoup à apprendre de la vérité. Kiyose Kōki l'a fait. C'est pour ça qu'il a changé. Mais vous ne croyez pas que d'autres personnes doivent aussi tirer la leçon de ce qui s'est passé ?

Uesugi cessa de remuer sa paille dans son café glacé et regarda son collègue.

— Où veux-tu en venir ?

— Je suis sûr que vous le savez. Kishida cache quelque chose. Et vous comprenez pourquoi.

Son collègue baissa les yeux.

— Je ne sais pas de quoi tu parles.

— Vous comprenez ce que pense Kishida ? Et vous trouvez que c'est bien comme ça ?

— Écoute, reprit Uesugi en rentrant le menton, si tu as quelque chose à me dire, exprime-toi clairement.

— Eh bien, je vais le faire, fit Kaga, le visage sombre, avec dans les yeux un éclat que son collègue n'avait jamais vu. Vous êtes le seul à pouvoir le faire parler. Je vous prie de lui faire dire la vérité.

Celui-là…

Il sait, se dit Uesugi. Il l'avait regardé de cette manière parce qu'il était au courant de la terrible erreur que lui-même avait commise trois ans auparavant.

— Moi, je ne veux plus me faire remarquer, répondit-il posément. Je ne vaux rien, et en réalité, je ne mérite plus d'appartenir à la police. Il y a trois ans, j'ai donné ma démission, mais je me suis laissé persuader de la retirer. J'ai eu tort. J'aurais dû partir.

— Ne pourriez-vous pas le dire à cet homme ?

Uesugi souleva son verre, l'agita un peu. La glace tinta.

— Ne me demande pas l'impossible, murmura-t-il.

8

Les joues creuses, les yeux enfoncés dans les orbites, Kishida Yōsaku était encore plus maigre que la dernière fois qu'il l'avait vu. Les os de ses épaules saillaient sous son veston. Il ressemblait plus à un squelette qu'à autre chose.

Il ne tourna pas les yeux vers Uesugi, qui fut frappé par la vacuité de son regard.

— Il y a au commissariat de Nihonbashi un collègue embêtant, commença celui-ci. Il est convaincu que moi seul peux vous parler, et c'est pour ça que je suis ici. En toute honnêteté, je ne suis pas sûr qu'il ait raison. Vraiment pas. Mais je vous demande quand même d'écouter ce que j'ai à vous dire. Je ne peux pas faire plus.

Il but une gorgée du thé de son gobelet.

— J'aurai cinquante-cinq ans cette année. Je me suis marié quand j'en avais trente-quatre. Nous voulions un enfant, mais ça n'a pas marché tout de suite et ma femme n'est tombée enceinte qu'au bout de deux ans. Quand mon fils est né, j'étais fou de joie.

L'expression de Kishida se modifia imperceptiblement. Ses sourcils tressaillirent. Il écoutait.

— Comme je suis devenu père sur le tard, j'ai adoré mon fils. Non, je l'ai idolâtré. Quand il a commencé à parler, je téléphonais chez moi en cachette de mes collègues pour entendre sa voix même lorsque j'étais sur une filature. J'étais vraiment fou de mon fils. D'ailleurs, je n'en avais pas honte. Au contraire, j'en étais fier.

À nouveau, un changement se produisit chez Kishida. Au lieu de fixer la table d'un regard vide, il le faisait maintenant avec concentration.

— J'ai gâté mon fils, c'est certain. Ça aussi, j'en étais fier. Mais gâter un enfant, ce n'est pas lui rendre service. Lui rendre service, c'est penser à son avenir, et toujours faire les meilleurs choix pour lui. Je n'en ai pas été capable. Je ne le voyais que comme l'objet de tout mon amour.

Uesugi but une nouvelle gorgée de thé.

— Les enfants finissent par grandir, c'est dans l'ordre des choses. Ils ne sont pas éternellement de charmants bambins. Parfois, ils sont à l'origine de problèmes ennuyeux. Quand ça se produit, la plupart des pères esquivent. Ils prétendent avoir trop de travail. C'est ce que j'ai fait. Lorsque ma femme me racontait les bêtises que faisait mon fils, je lui disais que je ne voulais pas le savoir, sans essayer de discuter avec elle. D'ailleurs, quand elle s'entêtait à m'en parler, je lui disais toujours que, moi, j'avais mon travail. Même quand je n'étais pas plus occupé que ça, j'utilisais ce prétexte pour la laisser s'occuper de toutes les choses embêtantes. Je n'ai pas fait attention lorsqu'elle m'a parlé de ses mauvaises fréquentations. Je voyais les choses de manière optimiste, je me rassurais en me disant que tous les garçons passent par une telle phase et que ça n'allait pas durer. En réalité, je crois que je me mentais à moi-même.

Kishida leva les yeux vers lui mais les baissa lorsque les regards des deux hommes se croisèrent.

— Il y a trois ans, j'ai reçu un appel dans mon bureau à la préfecture. C'était un collègue qui travaillait dans un poste de police, avec qui j'avais fait connaissance lors d'une enquête. Il venait de stopper un jeune qui s'apprêtait à monter sur une moto sans casque, et qui lui avait dit que son père était Uesugi, de la direction de la police judiciaire de la préfecture. Il voulait vérifier si c'était vrai. Je lui ai posé une ou deux questions et j'ai compris que ça l'était. J'étais stupéfait. Rouler sans casque est grave, mais mon fils n'avait pas le permis. Mais quand le collègue m'a demandé ce qu'il devait faire, je lui ai demandé de fermer les yeux juste pour cette fois.

Sa voix était rauque. Il tendit la main vers son gobelet de thé et s'aperçut qu'il était vide.

— Le collègue a accepté. Il ne l'avait pas vu sur la moto et pouvait le laisser repartir avec un simple avertissement. J'étais soulagé. Mon fils venait d'entrer au lycée, et il aurait pu en être exclu si cela s'était su. Par la suite, j'ai regretté mon choix. J'aurais dû être ferme et demander au collègue de le sanctionner sévèrement, comme il le méritait. Si je l'avais fait, ça ne serait pas arrivé…

Incapable de continuer, la voix brisée par l'émotion, il inspira deux fois profondément avant de continuer.

— J'ai bien sûr grondé mon fils. Mais il n'a pas pris mes remontrances au sérieux. Probablement parce qu'il a entendu que je ne considérais pas que l'incident était grave. Je l'ai compris une semaine plus tard quand mon fils est mort dans un accident sur l'autoroute urbaine. Il s'est lancé dans un virage en "S" à cent trente à l'heure, il a fait une fausse manœuvre, et il a heurté le mur qui borde la route. Il portait un casque, mais rien pour protéger son corps. Et il roulait sans permis, évidemment. Sur la moto du même ami qu'une semaine plus tôt. Par la suite, j'ai su qu'il s'était vanté de n'avoir pas été sanctionné quand il avait été arrêté sans casque. Selon lui, il ne risquait pas de sanction parce que son père était flic à la préfecture de police.

Uesugi se redressa et baissa les yeux vers Kishida qui courbait toujours le dos.

— Je n'ai pas protégé mon fils qui faisait des bêtises. Je l'ai encouragé à continuer. J'ai complètement failli en tant que père. Et en tant que policier. Les parents doivent guider leurs enfants dans la bonne direction, même si leurs enfants les détestent pour ça. Ils sont les seuls à pouvoir le faire. Monsieur Kishida, vous avez tué. Vous allez bien sûr expier votre faute. Mais si vous continuez à mentir, vous ne l'expierez pas vraiment. Non, votre attitude mènera à de nouvelles fautes, c'est certain. Vous n'êtes pas d'accord avec moi ?

Kishida tressaillit puis trembla de tout son corps. Il se mit à gémir. Bientôt, il releva la tête. Ses yeux étaient injectés de sang.

— Dites la vérité, lui enjoignit Uesugi.

9

Le ciel était bleu pour la première fois depuis plusieurs jours. Mais, en contrepartie, la chaleur montait de l'asphalte. Uesugi arriva au café où il avait rendez-vous, le dos ruisselant de sueur.

Assis à une table près de la vitrine, Kaga notait quelque chose sur une serviette en papier. Il releva la tête vers lui et le salua.

— Tu comptes quoi ? demanda Uesugi en s'asseyant en face de lui. Kaga avait écrit plusieurs fois le caractère "juste*".

— Le nombre de personnes qui ne portent pas de veston. Par cette chaleur, ils sont moins nombreux que ceux qui en ont un, répondit son collègue en roulant la serviette en boule.

Uesugi appela la serveuse et commanda un café glacé.

— Nous connaissons le montant du détournement de fonds de Kishida Katsuya : 80 millions de yens en tout.

— Ça alors… lâcha Kaga comme si cela ne l'intéressait pas particulièrement.

Kishida Yōsaku n'avait pas volé l'argent des Kiyose pour rembourser ses propres dettes, mais celles de son

* Ce caractère qui s'écrit en cinq traits sert aussi à compter les objets ou les choses qu'on voit.

fils. Celui-ci avait détourné l'argent de sa société et savait qu'il était sur le point d'être découvert. Il était venu pleurer sur l'épaule de son père.

— Le plus incroyable, c'est que le fils ne savait pas du tout comment son père s'était procuré ces fonds. Il affirme avoir cru qu'ils venaient du cabinet paternel. C'est d'une bêtise incroyable. Et sa femme ignorait que son mari avait tapé dans la caisse de son employeur. Elle se rendait apparemment à peine compte qu'elle et son mari vivaient sur un plus grand pied que la moyenne.

Kaga continuait à observer la rue. Uesugi suivit son regard. Il vit sur le trottoir d'en face l'enseigne d'un magasin de biscuits.

Lorsque la serveuse lui apporta son café glacé, il porta le verre à ses lèvres sans se servir de la paille et fixa Kaga des yeux.

— J'ai une question à te poser. Quand as-tu commencé à t'intéresser au fils Kishida ?

Son collègue secoua la tête.

— Je ne me suis pas intéressé à lui.

— Vraiment ? Tu ne m'as pas choisi parce que tu as très vite remarqué qu'il était lié à ce crime ?

Kaga pencha la tête, comme s'il ne comprenait pas la question.

— Tu es tellement perspicace que tu aurais pu choisir n'importe qui comme partenaire. Mais tu m'as choisi. Pourquoi ? N'est-ce pas parce que tu connaissais l'histoire de mon fils, et que tu t'es dit que même si Kishida couvrait son fils, je pourrais le faire parler ?

C'était ce qui s'était produit. Uesugi ne pouvait qu'en déduire que ce policier de quartier avait écrit tout le scénario.

Kaga esquissa un sourire et fit non de la tête.

— Vous vous trompez. Vous me surestimez.

— Mais alors, pourquoi…

— J'avais deux raisons, dit-il en levant le pouce et l'index. La première, c'est que vous étiez chargé de Kishida. Si cela avait été quelqu'un d'autre, j'aurais suivi cette personne. La seconde, c'est que je connaissais l'histoire de votre fils. Et que j'avais entendu dire que vous aviez voulu cesser de travailler comme enquêteur. Il faut que votre terrible expérience vous serve à quelque chose dans votre travail. Voilà pourquoi je voulais faire équipe avec vous.

Il regarda calmement son collègue qui détourna les yeux et essuya des doigts les gouttes d'eau sur son verre.

— Tu dis ça comme si tu savais tout de moi ! Mais que sais-tu en réalité ?

— Mais je ne m'étais pas trompé, non ?

— Ça reste à voir, murmura-t-il.

Moi aussi, je sais des choses sur toi, songea-t-il à ajouter. Il se souvenait de ce qu'on lui avait dit avant qu'il rejoigne la cellule d'enquête.

Kaga avait autrefois travaillé à la direction de la police judiciaire de la préfecture de police. Mais il aurait été muté pour avoir témoigné en faveur de l'accusé dans le procès d'un meurtrier. La famille de la victime avait protesté, arguant que les sentiments individuels d'un des membres de la cellule d'enquête avaient retardé la résolution de l'enquête. En réalité, c'était le contraire.

Je ferais mieux de me taire, se dit Uesugi. Kaga ne regrette rien. Il est comme ça.

— Kishida sera bientôt formellement inculpé. Notre collaboration a été courte, mais je te remercie, dit Uesugi qui se leva après avoir laissé sur la table le montant de sa consommation.

— Revenez me voir quand vous voulez. Je serai heureux de vous faire découvrir le quartier.

— Quand il fera un peu moins chaud, répondit Uesugi avant de s'éloigner.

Au même moment, une jeune fille vêtue d'un jean et d'un tee-shirt entra dans le café. Ses cheveux qui étaient coupés de façon asymétrique étaient teints en marron. Elle se dirigea vers la table de Kaga.

— Alors monsieur Kaga, on se repose encore pendant ses heures de travail ?

— Pas du tout. Je fais ma ronde.

— Et puis quoi encore !

Kaga rit.

— Tu veux un jus de banane ? Je te le paie !

— Non merci. Il faut que je réfléchisse à une coiffure. Bon, à la prochaine.

Elle sortit du café, traversa la rue, et entra dans le magasin de biscuits.

— C'est la fille du magasin. Une apprentie coiffeuse, expliqua Kaga.

Uesugi revint vers son collègue.

— Je peux te poser encore une question ? Qui es-tu vraiment, toi ?

Kaga prit son éventail, l'ouvrit et répondit en l'agitant devant son visage.

— Personne de particulier. Un nouveau dans le quartier.

TABLE

Retrouvez l'insondable inspecteur
Kaga Kyōichirō en Babel noir…

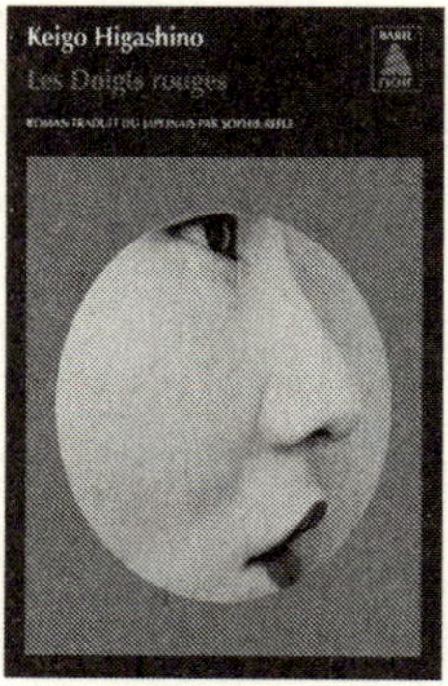

LES DOIGTS ROUGES
traduit du japonais par Sophie Refle

Maehara Akio est un homme ordinaire qui mène une existence ordinaire d'employé de bureau. Un jour, il découvre le cadavre d'une fillette dans son jardin. Sa femme lui apprend que c'est leur fils âgé de quatorze ans qui l'a tuée. Alors qu'Akio veut prévenir la police, sa femme l'implore de ne pas ruiner la vie de leur enfant et il accepte de dissimuler le crime. Mais c'est l'inspecteur Kaga Kyōichirō qui est chargé de l'enquête, un homme qui excelle dans l'art de suivre les mille plis et replis de l'âme humaine…

… et dans la collection “Actes noirs”.

LES SEPT DIVINITÉS DU BONHEUR
traduit du japonais par Sophie Refle

Aoyagi Takeaki, un homme d’une cinquantaine d’années, est assassiné au pied de la statue du dragon ailé qui orne le pont de Nihonbashi, à Tokyo. Une enquête apparemment simple pour l’enquêteur Kaga, fraîchement arrivé au commissariat d’un quartier d’affaires prospère de la capitale. Mais les apparences sont parfois trompeuses : comment servir la vérité lorsque le suspect numéro un s’avère innocent ?

OUVRAGE RÉALISÉ
PAR L'ATELIER GRAPHIQUE ACTES SUD
REPRODUIT ET ACHEVÉ D'IMPRIMER
EN JUILLET 2023
PAR NORMANDIE ROTO IMPRESSION S.A.S.
À LONRAI
POUR LE COMPTE DES ÉDITIONS
ACTES SUD
LE MÉJAN
PLACE NINA-BERBEROVA
13200 ARLES

DÉPÔT LÉGAL
1re ÉDITION : AVRIL 2023
N° impr. : 2303185
(Imprimé en France)